Knaur.

Über die Autorin:

Sabine Kornbichler, 1957 in Wiesbaden geboren, wuchs an der Nordsee auf. Nach dem Studium der Volkswirtschaftslehre in Hamburg arbeitete sie mehrere Jahre als Beraterin in einer PR-Agentur. 1998 folgte sie ihrem Mann nach Düsseldorf, wo sie inzwischen als freie Korrektorin und Autorin arbeitet. Mit einer ihrer Kurzgeschichten gewann sie den 2. Platz im Limburg-preis 1997. Ihr erster Roman, »Klaras Haus«, war ein großer Erfolg, dem bald darauf »Steine und Rosen« und »Majas Buch« sowie »Annas Entscheidung« folgten.

SABINE KORNBICHLER

VERGLEICHSWEISE WUNDERVOLL

Erzählungen

Knaur Taschenbuch Verlag

Für Susanne

Bitte besuchen Sie uns im Internet:
www.droemer-knaur.de

Originalausgabe 2004

Ein Unternehmen der Droemerschen Verlagsanstalt
Th. Knaur Nachf. GmbH & Co. KG, München

Umschlaggestaltung: ZERO Werbeagentur, München
Umschlagabbildung: FinePic
Satz: Quark XPress im Verlag
Druck und Bindung: Clausen & Bosse, Leck
Printed in Germany
ISBN 3-426-62530-X

2 4 5 3 1

Nachbarschaftshilfe

Was habe ich, was sie nicht haben?, fragte ich mich verwundert und forschte in den Gesichtern der vier überaus viel versprechenden Jungmanager. Ihr Ehrgeiz und ihr Biss ließen auf berufliche Perspektiven schließen, die sich mir nie eröffnen würden. Ihr Auftreten war geschliffen, ihr Outfit perfekt. Warum also ich? Ich kam zu keinem Ergebnis, das auch nur annähernd Sinn gemacht hätte.

Ähnlich erging es meinen vier Konkurrenten, die ich scheinbar mühelos aus dem Feld geschlagen hatte. »Warum ausgerechnet sie?«, fragten sie wie aus einem Mund. Ihrem Tonfall nach zu urteilen, machte ihnen diese Niederlage schwer zu schaffen. Gegen einen der Ihren zu verlieren, hätten sie akzeptieren können. Aber gegen mich, eine freiberufliche Übersetzerin Anfang dreißig, die mit dem Fahrrad vorgefahren war?

»Weil sie eine Frau ist«, antwortete Frau Miller, meine zukünftige Vermieterin. Sie war die jugendliche Ausgabe einer Mittsechzigerin und machte den Eindruck einer bodenständigen Geschäftsfrau. Sie gehörte ganz sicher nicht zu jenen Menschen, die davon überzeugt sind, dass eine Frau eine Wohnung pfleglicher behandelt.

Warum ausgerechnet sie die Wohnung an eine Frau vermieten wollte, war mir deshalb schleierhaft.

»Davon stand nichts in Ihrer Anzeige!«, bellte einer der vier.

»Die Erfahrung hat mir gezeigt, dass eine derartige Präzision unklug ist.«

Unglaube sprach aus fünf Augenpaaren.

»Warum unklug?«, fragte ich.

»Weil sie der Ausnahme keinen Raum lässt.«

»Interessant«, sagte ich mit zart aufkeimender Begeisterung.

»Sie haben unsere Zeit verschwendet!«, presste der selbst ernannte Sprecher der vier zwischen seinen ebenmäßigen Zähnen hervor. Die drei anderen nickten zustimmend.

»Erfahrungen sind nie Zeitverschwendung, meine Herren. Glauben Sie mir, ich weiß, wovon ich spreche.« Mit einem sehr bestimmten Lächeln breitete sie ihre Arme aus und trieb die vier Zukunftsträger unmissverständlich Richtung Wohnungstür. »Wenn Sie Frau Felten und mich nun bitte allein ließen, dann könnten wir den Mietvertrag abschließen.«

Bevor sie sich widerstrebend in Bewegung setzten, erntete ich noch Blicke, die jeder sportlichen Fairness entbehrten. Aber was machte das schon? Spätestens in zehn Minuten würde ich Mieterin einer wunderschönen Zwei-Zimmer-Altbauwohnung mit Balkon sein. Ein kleines, perfektes Glück, das ich kaum fassen konnte.

Frau Miller kam zurück und breitete zwei bereits von ihr unterzeichnete Mietvertragsformulare auf der Fensterbank aus. Nachdem sie alle noch offenen Felder ausgefüllt hatte, reichte sie mir die beiden Exemplare. »Lesen Sie sich alles gut durch und geben Sie mir dann bitte eine unterschriebene Ausführung zurück.«

»Gleich morgen«, versprach ich überglücklich.

»Sie werden sich wohl fühlen in diesem Haus.«

Ich folgte ihrem Blick in den Garten unter uns, der wie ein kleines Paradies anmutete.

»Der Garten steht übrigens allen Mitbewohnern offen«, klärte sie mich auf. »Schön, nicht?«

»Ja«, antwortete ich versonnen und sah mich schon in einer lauschigen Ecke dieses Gartens meine Übersetzungen machen. Kaum war ich von meiner gedanklichen Traumreise zurückgekehrt, meldete sich mein Realitätssinn zu Wort: »Und ungewöhnlich. Normalerweise darf so ein Garten doch nur von den Bewohnern der Erdgeschosswohnung benutzt werden.«

»Hier im Haus ist alles anders. Hier wird Nachbarschaftshilfe groß geschrieben.«

Oje, war das jetzt der Wermutstropfen? »Sie meinen, dafür, dass ich den Garten benutzen darf, muss ich Hammer und Bohrmaschine auspacken? Ganz davon abgesehen, dass ich so etwas nicht besitze, kann ich gar nicht ...«

»Nein«, unterbrach sie mich lachend. »Seien Sie unbesorgt. Alles, was Sie hier brauchen, tragen Sie in sich.«

Mein Blick machte aus meiner Verwirrung keinen Hehl.

»Nur Ihr Herz ist gefragt, weiter nichts. Vielleicht noch ein wenig ... .«

»Ach so«, meinte ich erleichtert. »Ihnen geht es um das menschliche Miteinander.«

»Lassen Sie sich überraschen.« Ihr geheimnisvolles Lächeln war eindeutig: Mehr würde sie nicht verraten. »Wenn Sie sonst keine Fragen mehr haben, dann könnten wir ...«

»Eine habe ich noch«, fiel ich ihr ins Wort. »Wohnen Sie auch hier?«

»Nein, ich wohne am Stadtrand.«

Innerlich atmete ich auf. Sie war mir sympathisch, trotzdem zog ich es vor, mit meiner Vermieterin nicht in einem Haus zu wohnen. Auch ich hatte meine Erfahrungen gemacht.

»Sollte es Probleme geben, rufen Sie mich an.«

Ich nickte abwesend. In Gedanken verteilte ich bereits meine Möbel auf die beiden Zimmer. Ach, es würde wundervoll werden. Ich hätte vor Freude in die Luft springen können.

Wir verabschiedeten uns in dem Bewusstsein, dass jede von uns gefunden hatte, was sie suchte. Noch am selben Abend warf ich den unterschriebenen Mietvertrag in den Briefkasten und machte mir einen Schlachtplan, was alles für meinen Umzug vorzubereiten war. Die größte Hürde würde sein, so schnell wie möglich einen Nachmieter für meine Wohnung zu finden. Aber auch da hatte ich Glück. Und so zog ich zwei Wochen später in meine neue Wohnung, ohne eine Doppelmiete zahlen zu müssen.

Mir war, als schlüpfe ich in ein maßgeschneidertes Kleidungsstück, als fügten sich zwei Teile nahtlos zusammen. Am ersten Abend durchströmte mich ein Glücksgefühl, das ich als ein gutes Omen wertete. Ich hatte einen Platz gefunden, der viel schöner war als alle bisherigen.

An den Vormittagen arbeitete ich, wenn es warm genug war, draußen im Garten. Nachmittags überließ ich dem kleinen Mädchen aus dem Erdgeschoss das Feld und verzog mich in meine Wohnung. Das menschliche Miteinander in diesem Haus schien tatsächlich zu funktionieren, es herrschte ein überaus freundlicher Ton.

Insgesamt wohnten sieben Parteien im Haus, die mehrere Generationen repräsentierten. Am interessantesten fand ich die Mieterin aus dem Dachgeschoss, eine dunkelblonde, zarte Person, die sehr verhuscht wirkte. Wann immer ich ihr begegnete, war sie in weich fließende Stoffe gehüllt, deren Farben sich zwischen Lachs, Orange und Rot bewegten. Sie hatte etwas von einem schwebenden Engel, den ich gerne näher kennen gelernt hätte.

Leider musste das warten. Ich saß an einem großen Auftrag, dessen Abgabetermin unaufhaltsam näher rückte. Es blieb noch nicht einmal Zeit für Verabredungen mit Freunden.

Als es fünf Wochen nach meinem Einzug an meiner Tür klingelte, sah ich deshalb zunächst in meinen Kalender, um zu prüfen, ob ich verschwitzt hatte, eine Verabredung abzusagen. Aber für diesen Tag stand gar nichts drin, also konnte ich auch nichts vergessen haben. Und für den Paketboten war es viel zu spät. Bestimmt hatte sich jemand in der Klingel geirrt. Ich blieb sitzen und arbeitete weiter, nur um eine Minute später erneut von einem durchdringenden Klingeln gestört zu werden. Dieses Mal erschien es mir fordernder. Widerstrebend ging ich zur Tür und öffnete sie.

»Darf ich mal auf deine Toilette?«, fragte mich ein ungefähr achtjähriges Mädchen, das vor meiner Tür unruhig von einem Bein auf das andere trat. Ihren Schulranzen hatte sie neben sich abgestellt.

»Natürlich. Sie ist …«

»Danke, ich weiß, wo sie ist.« Sie nahm ihren Schulranzen, stellte ihn bei mir im Flur ab und verschwand in der Toilette.

Ich blieb an der geöffneten Wohnungstür stehen und wartete, dass sie zurückkam. Vom Fenster aus hatte ich sie oft im Garten spielen sehen. Sie wohnte mit ihrem Vater in der Erdgeschosswohnung. Wahrscheinlich rechnete er noch gar nicht mit ihr und war deshalb nicht zu Hause. Warum sonst sollte sie bei mir zur Toilette gehen?

Als sie herauskam, setzte sie sich in aller Seelenruhe auf den Boden und begann, ihre Schuhe auszuziehen. Staunend sah ich ihr dabei zu.

»Du kannst die Tür ruhig zumachen«, sagte sie in einem befehlsgewohnten Ton.

Als Schwester von drei jüngeren Brüdern bin ich im Widerstand geübt und ignorierte deshalb ihre Aufforderung. »Ich schließe sie, wenn du gegangen bist«, sagte ich ungeduldig.

»Das kann dauern.«

»Kann es nicht, denn ich muss arbeiten und habe keine Zeit.«

»Hast du einen Fernseher?«, fragte sie, scheinbar um eine für beide Seiten zufrieden stellende Lösung bemüht.

Ich nickte abwartend.

»Wenn du mir KiKa einstellst, bin ich mucksmäuschenstill.«

Irgendetwas lief hier schief. »Wie heißt du überhaupt?«

»Hannah.«

»Also, Hannah ...«

»Und du?«

Ich versuchte, Ruhe zu bewahren. »Wenn du mal hier vor die Tür kommst, dann kannst du selbst lesen, wie ich heiße.« Es war nicht gerade fair, ein Kind auf diese Weise auszutricksen, aber irgendwie musste ich sie schließlich loswerden.

Sie fiel jedoch nicht auf meinen Vorschlag herein. »Ich möchte wissen, wie du vorne heißt. An der Tür steht doch immer nur, wie man hinten heißt.«

»Wenn ich es dir sage, gehst du dann?«

»Hm.«

»Ich heiße Billa.«

»Komischer Name.«

»Billa ist die Abkürzung von Sybille. So, und jetzt musst du gehen.« Wie zuvor sie trat nun ich unruhig von einem Fuß auf den anderen.

Sie nahm in jede Hand einen Schuh und sah sich ratlos um. »Wo soll ich sie hinstellen?«

»Nimm sie mit!«

»Ins Wohnzimmer? Schuhe müssen doch immer im Flur bleiben. Weißt du das etwa nicht?«

»Hannah, ich rede nicht vom Wohnzimmer, ich rede davon, dass du die Wohnung verlässt – mit deinen Schuhen.«

»Das geht nicht«, sagte sie fest.

»Und wieso nicht?«

»Ich bin zu jung, um die ganze Zeit allein in unserer Wohnung zu bleiben.«

»Da gebe ich dir Recht«, sagte ich genervt. »Aber du wirst sicher auch mir Recht geben, wenn ich dir sage, dass es wohl kaum meine Aufgabe ist, dafür zu sorgen, dass du nicht allein in eurer Wohnung bist.«

Den tiefen Furchen auf ihrer Stirn nach zu urteilen, zerlegte sie meinen Satz gerade in seine Einzelteile, um ihn besser zu verstehen.

»Kurz gesagt«, versuchte ich, die Sache zu beschleunigen, »bitte deinen Vater, dir Gesellschaft zu leisten.«

»Ich kann ihn nicht erreichen.«

»Wo ist er?«

»Im Flugzeug.«

»Hast du seine Telefonnummer?«

»Im Flugzeug schaltet er sein Handy aus.«

Konsequent, der Mann, dachte ich neiderfüllt. Hätte ich genauso konsequent das Klingeln an meiner Tür missachtet, wäre ich jetzt schon zwei Seiten weiter mit meiner Übersetzung. »Hast du auch eine Mutter?«

»Natürlich.« Sie klang, als habe ich sie beleidigt.

»Und? Wo ist sie?«

»Sie ist ein Stern.«

Die Andächtigkeit, mit der sie das sagte, schnürte mir den Hals zu. »Schon lange?«

»Schon immer.« Hannah schaute betrübt.

»Hast du Großeltern?«, fragte ich eine beachtliche Nuance weicher.

»Eine Oma. Aber die ist gerade auf Geschäftsreise.« Mit so vielen Fragen schien sie nicht gerechnet zu haben. Inzwischen hielt sie ihre Schuhe wie einen Schutzpanzer vor sich. »Sie hat gesagt, dass du nett bist.«

»Ich kenne deine Oma doch gar nicht.«

»Sie kennt dich aber.«

»Wie heißt sie denn?«, fragte ich skeptisch.

»Beate.«

»Und hinten?«

»Miller.«

»Die Nachbarschaftshilfe«, murmelte ich vor mich hin und schöpfte endlich einen Verdacht, was es damit wirklich auf sich hatte.

»Hat sie gesagt, du sollst zu mir kommen?«

Sie schüttelte den Kopf.

»Wer dann?«

»Niemand.«

»Hannah, jetzt erzähle mir bitte keine Lügengeschichten.«

»Ehrlich!«

»Wieso bist du dann hier?«

»Weil es bei Elise immer nur komische Sachen zu essen gibt«, antwortete sie kleinlaut. »Und einen Fernseher hat sie auch nicht.«

»Wer ist Elise?«

»Die wohnt unterm Dach.«

Der schwebende Engel hieß also Elise. »Und dort solltest du jetzt eigentlich sein?«

Wieder ein Kopfschütteln.

»Gibt es irgendein Zauberwort, das dich dazu bewegen könnte, ein bisschen mitteilsamer zu sein?«

»Du redest komisch«, sagte sie mit einem Stirnrunzeln.

»So rede ich immer, wenn ich keine erschöpfenden Antworten bekomme.«

Das war Hannah nun endgültig zu viel. Sie stellte ihre Schuhe neben dem Schulranzen ab, verschränkte ihre Arme vor der Brust und schwieg, nicht ohne mir Blicke zuzuwerfen, die ihre abgrundtiefe Enttäuschung offenbarten und die dazu angetan waren, mich augenblicklich noch milder zu stimmen.

»Wenn dein Vater heute im Flugzeug sitzt, dann hat er doch bestimmt dafür gesorgt, dass solange jemand auf dich aufpasst.«

Sie schüttelte den Kopf.

Da ich mit Fragen bei ihr offensichtlich nicht weiterkam, tat ich es ihr gleich und schwieg. Vielleicht würde das zu der von mir ersehnten Beschleunigung führen.

Nach einer mir unendlich erscheinenden Minute gab sie nach. »Mein Papa wollte, dass ich heute zu Elise gehe, aber ich habe gesagt, dass du mich eingeladen hast.«

»Eingeladen?«, hakte ich mit einem entsetzten Quietschen in der Stimme nach.

»Mhm.« Sie presste ihre Lippen fest aufeinander.

»Du hast ihn angelogen.«

Schweigen.

»Und was, wenn ich gar nicht da gewesen wäre?«

»Meine Oma sagt, du bist immer zu Hause, weil du da arbeitest.«

»Und da hast du beschlossen, die nächsten paar Stunden bei mir zu verbringen«, brachte ich das allzu Offensichtliche auf einen Nenner.

Ihr zögerndes Nicken signalisierte mir, dass das nicht die ganze Wahrheit war.

Ich zog meine Augenbrauen hoch und fixierte sie mit einem drohenden Blick.

Hannah nahm all ihren Mut zusammen: »Die Nacht auch noch. Mein Papa ist erst morgen Mittag zurück.«

»Na fein!« Ich dachte fieberhaft nach. Da ich nicht vorhatte, Hannah vierundzwanzig Stunden lang zu hüten, musste ich mir eine Lösung einfallen lassen. Und da Not bekanntlich erfinderisch macht, ließ die erlösende Idee auch nicht lange auf sich warten. »Ich weiß, was wir machen«, sagte ich aufgekratzt. »Ich bringe dich jetzt einfach hoch zu Elise.« Dass ich darauf nicht gleich gekommen war.

»Nein!« Hannah stampfte vehement mit dem Fuß auf.

»Es gibt Schlimmeres als komisches Essen und ein bisschen Fernsehdiät.«

»Sie stinkt«, sagte Hannah weinerlich.

»Nie im Leben!«

»Sie schlägt mich.«

»Glaub ich nicht.«

Als sie einsah, dass sie mit der weinerlichen Masche bei mir nicht weiterkommen würde, versuchte sie es mit einem filmreifen Augenaufschlag. »Bitte …«

»Nein, kommt nicht in Frage!«

»Petra war viel netter als du.«

»Wer ist Petra?«

»Die hat vor dir hier gewohnt.«

Aha, daher wusste Hannah also, wo die Toilette war. »Und wahrscheinlich hatte sie einen Fernseher und hat dir immer Pommes Frites gemacht.«

»Genau!«

»Na prima«, sagte ich spöttisch. Ein Blick auf die Uhr

zeigte mir, dass ich mit meiner Arbeit mehr und mehr ins Hintertreffen geriet. »So, ich sage dir jetzt, was wir machen. Du darfst unter der Bedingung hier bleiben, dass du mich nicht störst. Den Fernseher schalte ich dir ein, und in der Küche findest du etwas zu essen. Ein Brot wirst du dir ja wohl alleine schmieren können. Und heute Abend bringe ich dich zu Elise.« Ich verzichtete darauf, ihr Einverständnis einzuholen. Sie würde es mir ohnehin nicht geben.

Nachdem ich ihr den Kinderkanal eingeschaltet hatte, nahm ich mein Notebook und meine Unterlagen und verzog mich damit ins Schlafzimmer auf mein Bett, nicht ohne die Tür hinter mir zu schließen. Innerhalb von einer Minute steckte ich wieder so tief in meiner Übersetzung, dass ich alles um mich herum vergaß – auch Hannah. Ich tauchte erst wieder auf, als sie plötzlich neben mir stand und an meinem T-Shirt zupfte.

»Mhm?«, fragte ich geistesabwesend.

Sie hielt ein Handy direkt an mein Ohr. »Mein Papa möchte dich sprechen.«

Dann war er offensichtlich gelandet. »Felten«, meldete ich mich knapp.

»Alexander Gerlach«, hörte ich ihn sich am anderen Ende der Leitung vorstellen. »Ich wollte mich nur schnell bedanken, dass Sie Hannah bis morgen bei sich aufnehmen. Das ist wirklich sehr nett von Ihnen.«

In Gedanken formulierte ich gerade meinen Protest, als er bereits weitersprach.

»Hoffentlich konnten Sie meine Schrift lesen.«

»Ihre Schrift?«

Neben mir begann Hannah wild mit ihren Händen zu fuchteln, legte ihren Zeigefinger auf meinen Mund und machte mir Zeichen, dass sie gleich zurück sein würde. Es dauerte nur Sekunden, bis sie aufgeregt mit zwei handbeschriebenen Blättern vor meiner Nase herumwedelte.

Ich nahm sie ihr aus der Hand und hielt sie in lesefreundlicherem Abstand vor meine Augen. »Ihre Schrift ... ja ... die kann ich lesen.«

Liebe Frau Felten, stand da. *Wenn Hannah aus der Schule kommt, sollte sie zunächst etwas essen. Sie finden alle Zutaten für ein ausgewogenes Essen in unserem Kühlschrank. Achten Sie bitte darauf, dass sie genug trinkt, am besten Saft, Milch oder Mineralwasser – keinesfalls Cola, dann kann sie abends nicht einschlafen. Außerdem enthält dieses Getränk viel zu viel Zucker. Ganz wichtig ist es auch, dass sie das Essen gut kaut und nicht hinunterschlingt. Nach dem Essen ...*

»Wenn Sie Fragen haben«, drang seine Stimme in meine Gedanken, »dann rufen Sie mich doch bitte an. Ich gebe Ihnen schnell meine Handynummer.« Er sprach so schnell, dass er sie zweimal wiederholen musste, bis ich sie endlich richtig notiert hatte.

»Eine Frage habe ich jetzt schon, Herr Gerlach. Warum schreiben Sie mir, anstatt bei mir zu klingeln und Hannahs Besuch direkt mit mir zu besprechen?«

»Das war Hannahs ausdrücklicher Wunsch«, antwortete er. »Sie möchte ihre Verabredungen gerne selbstständig treffen.«

»Wie alt ist Hannah?«

»Acht.«

»Finden Sie das nicht ein wenig früh?«

»Irgendwann muss sie damit anfangen.«

Irgendwann und irgendwo – ja. Aber nicht heute und nicht bei mir! Genau das hätte ich ihm liebend gerne gesagt, einzig Hannahs flehender Blick hielt mich davon ab. »Das ist wohl so«, sagte ich deshalb vage.

Mein Tonfall schien ihn zu irritieren. »Hannah sagte mir, Sie hätten sie eingeladen. Stimmt das vielleicht gar nicht?«

»Sie glauben doch nicht, dass Ihre Tochter lügt«, entgegnete ich mit einem Schmunzeln, das ihm jedoch entging.

»Sie flunkert hin und wieder, aber angeblich soll das normal sein in ihrem Alter.«

Ich zwinkerte Hannah zu, was sie sichtlich entspannte. »Solange es sich verwächst …«

»Keine Sorge, das behalte ich im Auge.«

Ich glaubte ihm aufs Wort. Der erste Absatz seines Briefes hatte ausgereicht, um mich von seiner ausgeprägten Fürsorge zu überzeugen.

»Wenn Sie nichts dagegen haben, rufe ich heute Abend noch einmal bei Ihnen an und höre, ob alles in Ordnung ist. Bis dahin also.«

»Moment! Ich habe Ihnen meine Telefonnummer doch noch gar nicht gegeben.«

»Die habe ich bereits bei der Auskunft erfragt. Außerdem habe ich mich bei meiner Schwiegermutter, deren Intuition ich vertraue, ausführlich über Sie erkundigt. Ganz so locker, wie Sie glauben, gehe ich mit der Betreuung meiner Tochter nicht um.«

Mittlerweile fand ich ihn gar nicht mehr locker, was Hannah betraf. Ich konnte es kaum abwarten, den Rest seiner *Betreuungsanweisung* zu lesen. »Dann ist ja alles bestens. Bis heute Abend also.«

Ich wartete noch sein *Ja* ab, um dann die Verbindung zu beenden. Hannah hatte sich gleich wieder ins Wohnzimmer verzogen, als sie gemerkt hatte, dass ich sie nicht verraten würde. Es war unschwer zu erraten, was sie dort tat. Bevor ich mich wieder meiner Beschäftigung zuwandte, vertiefte ich mich in den Brief von Alexander Gerlach, der hoffentlich nie in einen Erziehungsratgeber aufgenommen werden würde.

Nach dem Essen, fuhr ich fort zu lesen, *sollte Hannah eine halbe Stunde sich selbst überlassen werden, damit sie ihre Entspannungsübungen machen kann.*

»Hannah?«, rief ich Richtung Wohnzimmer. »Welche Entspannungsübungen sollst du machen?« Vielleicht konnte ich von ihr noch etwas lernen.

»Meditieren«, rief sie zurück.

»Das kannst du?«

»Na klar, ist doch puppig.« Plötzlich stand sie wieder neben mir.

Ich sah sie skeptisch an. »Und du machst das jeden Tag?«

»Immer, wenn mein Papa da ist. Er macht es mit mir zusammen.«

Ich versuchte, mir Vater und Tochter einträchtig meditierend vorzustellen. Das Bild, das dabei entstand, ließ mich wünschen, mit von der Partie zu sein.

Hannah lehnte sich neben mich und sah auf die beiden eng beschriebenen Seiten in meiner Hand.

Ich las weiter: *Jetzt sind die Hausaufgaben dran. Hannah benötigt dabei nur hin und wieder Hilfe. Sie ist eine gute Schülerin und erledigt ihre Aufgaben weitestgehend selbstständig. Manchmal kann sie sich allerdings nicht erinnern, etwas aufzuhaben. In diesem Fall empfiehlt sich ein Blick in das kleine gelbe Heft. Darin sind alle Aufgaben vermerkt.*

»Was ist mit Hausaufgaben, Hannah?«, fragte ich sie mit einem Seitenblick.

»Wir haben heute nichts auf.« Und weg war sie.

»Aha«, murmelte ich vor mich hin.

Sollte ihre Konzentration mal abfallen, helfen meist ein Joghurt oder eine Banane für den notwendigen Energieschub.

»Hast du Hunger?«, rief ich ihr zu.

»Nee, ich hab schon was gegessen.«

Viel konnte es nicht gewesen sein, wenn ich an den Inhalt meines Kühlschranks dachte. »Was?«

»Brot mit Ketchup.«

Igitt, dachte ich. »Hat's geschmeckt?«

Ihr *Hm* klang abwesend. Anscheinend war die Sendung im Kinderkanal spannender als die Nachbesprechung des Essens. Zumindest hoffte ich, dass sie sich auf diesen Kanal beschränkte und nicht in eine der Nachmittags-Talkshows geschaltet hatte, um sich eine Diskussion über Penisverlängerung oder Vaterschaftstests anzuhören. Hin- und hergerissen zwischen Vertrauen und Kontrolle, entschied ich mich für Letztere, stieg von meinem Bett und lugte um die Ecke ins Wohnzimmer. Als ich kleine Zeichentrickfiguren über den Bildschirm hüpfen sah, ging ich beruhigt zurück und widmete mich wieder meiner Lektüre.

Nach den Schulaufgaben sollte Hannah sich an der frischen Luft bewegen. Da Sie sicher nicht so viel Zeit haben, mit ihr auf einen Abenteuerspielplatz zu gehen, schicken Sie sie am besten hinunter in den Garten.

»Hast du Lust, im Garten zu spielen?«

»Jetzt nicht!«

Sie kann so lange draußen bleiben, wie sie möchte. Falls sie nach dem Spielen verschwitzt ist, sollte sie frische Wäsche anziehen, damit sie sich nicht erkältet. Für den Rest des Nachmittags geben Sie ihr bitte eines von den Kinderbüchern aus ihrem Schulranzen. Da Hannah schon sehr gut selbst lesen kann, müssen Sie ihr nicht vorlesen. Sorgen Sie nur bitte dafür, dass sie ausreichend Licht zum Lesen hat, damit sie sich nicht die Augen verdirbt.

Die Sache mit den Augen fand ich vernünftig. Ich ging

noch einmal ins Wohnzimmer, um zu prüfen, ob meine kleine Besucherin auch einen genügend großen Abstand zum Fernseher einhielt. Das tat sie, wie ich beruhigt feststellte.

Um neunzehn Uhr beginnt das Abendritual. Wenn Hannah ihren Schlafanzug angezogen hat – Sie finden ihn auf ihrem Bett in unserer Wohnung – muss sie drei Minuten lang ihre Zähne putzen. Wenn Sie ihre Haare gekämmt haben, flechten Sie sie bitte zu zwei Zöpfen, damit sie am Morgen nicht verfilzt sind. Sobald sie im Bett liegt, lesen Sie ihr bitte noch eine kurze Gute-Nacht-Geschichte vor. Um zwanzig Uhr sollte sie spätestens schlafen. Am Morgen …

Stirnrunzelnd ging ich zu Hannah und setzte mich neben sie. »Hör mal. Da steht überhaupt nichts von Fernsehen.«

»Macht doch nichts.«

»Ich finde, der Fernseher war jetzt lange genug an.«

»Nur noch diesen einen Film, bitte.« Hannah hatte die Gabe, ihre Bitte unwiderstehlich klingen zu lassen.

»Okay, diesen Film noch und dann …«

»Versprochen!«

Zum Glück hatte sie mich unterbrochen. Ich hatte nämlich überhaupt keinen Plan, was dann wäre. Vielleicht würde es am einfachsten sein, wenn ich an einem beliebigen Punkt in Alexander Gerlachs Plan einstieg.

»Hält sich eigentlich irgendjemand an diesen Plan?« Ich hielt Hannah die Blätter vor die Nase.

»Mein Papa.«

»Sonst niemand?«

»Elise.«

»Dann machst du also gewissermaßen Urlaub bei mir.«

»Es sind keine Ferien, ich muss morgen wieder zur Schule«, sagte sie ernsthaft.

Ich sah auf meine Uhr. Es war sechs, blieb also noch eine

Stunde bis zum Beginn des Abendrituals. »Ich arbeite jetzt noch eine Stunde, und dann hole ich uns beiden eine Pizza. Was hältst du davon?«

»O ja«, sagte sie begeistert, schenkte mir einen Blick aus ihren strahlenden Augen und kehrte augenblicklich in ihre Zeichentrickgeschichte zurück.

Als Hannah das nächste Mal an meinem T-Shirt zupfte, waren zwei Stunden vergangen. Ich hatte die Zeit völlig vergessen.

»Ich hab Hunger, holst du jetzt die Pizza?«

Nachdem ich meine Datei abgespeichert hatte, wandte ich mich zu ihr um. »Worauf hast du Lust?«

»Margherita.«

Keine halbe Stunde später saßen wir in der Küche und machten uns über die leckeren Dreiecke her. Während wir aßen, redete Hannah ohne Punkt und Komma. Unterbrochen wurde ihr Redeschwall nur beim Schlucken. Sie erzählte mir von ihren Freundinnen, die alle Mütter hatten, die keine Sterne waren, von ihrem Schwimmkurs, bei dem sie einmal fast untergegangen war, und von der Schlaghose, die sie sich schon fast so lange wünschte wie ein Hundebaby.

»Meine Mutter ist auch schon lange ein Stern«, erzählte ich ihr.

Hannah dachte nach. »Wenn du willst, kannst du am Wochenende zu uns runterkommen. Ich habe ein Teleskop, dann können wir sie uns angucken. Aber dafür muss es dunkel sein.«

In diesem Augenblick klingelte das Telefon. Hannahs Vater fragte nach, ob der Nachmittag mit seiner Tochter gut verlaufen sei.

»Bestens«, antwortete ich wahrheitsgetreu.

»Ich hoffe, sie hat Ihnen nicht zu viel Mühe gemacht.«

»Nein, hat sie nicht«, beruhigte ich ihn.

»Wenn sie morgen früh aufwacht, dann grüßen Sie sie bitte von mir.« Er ging davon aus, dass ich getreu seinem Plan verfahren war, dass Hannah also bereits schlief.

Seine Tochter schien ihn gut zu kennen, sie gab keinen Laut von sich.

»Ja, das werde ich«, versprach ich und entschuldigte mich dann mit einem Berg unerledigter Arbeit. Auch das entsprach der Wahrheit.

»So, und du läufst jetzt hinunter, holst Zahnbürste und Schlafanzug und dann wird geschlafen.«

Als sie eine Viertelstunde später in meinem Bett lag, forderte sie, obwohl ihr die Augen schon fast zufielen, ihre Gute-Nacht-Geschichte ein. Ich erzählte ihr eine der Geschichten, die meine Mutter mir stets erzählte hatte und die von den Abenteuern einer kleinen Maus handelte. Sehr weit kam ich in der Geschichte nicht, da Hannah nach fünf Minuten eingeschlafen war. Ich betrachtete ihr kleines, zufriedenes Gesicht, ihre langen Wimpern, den herzförmigen Mund und das Kinn, das Entschlossenheit ahnen ließ. Ihre dunkelblonden Haare, die ihr weit über die Schultern reichten, lagen wirr um den Kopf herum. Ich hatte sie weder gekämmt noch geflochten. Die Lösung dieses Problems würde bis zum nächsten Morgen warten müssen.

Schnell räumte ich noch die Küche auf und machte mich dann wieder an meine Arbeit. Bis spät in die Nacht übersetzte ich und holte damit die Stunden wieder auf, die ich mit Hannah verbracht hatte. Um zwei Uhr morgens fiel ich erschöpft und todmüde neben Hannah ins Bett. Selbst die Ellenbogen und Knie, die mich die Nacht hindurch attackierten, schafften es nicht, meinen Schlaf nachhaltig zu stören. Ich schlief so lange wie ein Stein, bis zwei kleine Hände mich unsanft wachrüttelten.

»Steh auf, Billa, ich muss zur Schule.«

»Wie spät ist es?«, fragte ich verschlafen. Ich hielt meine Augen fest geschlossen.

»Sieben.«

Beruhigt drehte ich mich noch einmal um. »So früh fängt keine Schule an«, murmelte ich.

»Billaaa!« Mit ungeahnter Kraft zog sie mir die Decke weg. »Ich brauche frische Anziehsachen.«

»Dann geh runter und hole sie dir!«

»Du musst Frühstück machen.«

»Ich frühstücke morgens nicht.«

Das schien das Zauberwort gewesen zu sein, denn sie verschwand aus meinem Blickfeld. Ich zog die Decke wieder über mich. Sekunden später raschelte etwas so penetrant vor meiner Nase, dass ich eines meiner bleischweren Lider hob. Hannah hielt mir auffordernd den Brief ihres Vaters hin.

»Lies!«

»Das habe ich gelesen«, knurrte ich.

»Lies, was da übers Frühstück steht.«

Widerwillig hob ich auch mein zweites Augenlid. *Am Morgen,* las ich, *steht Hannah für gewöhnlich um sieben Uhr auf. Beim Anziehen und der Auswahl ihrer Kleidung benötigt sie keine Hilfe. Sie hat einen sehr sicheren Geschmack. Um Viertel nach sieben sollte sie frühstücken. Sie trinkt morgens gerne Milchkakao. Dazu gibt es ein Vollkornbrot mit Käse und danach eines mit Honig. Dazu sollte sie noch einen Apfel essen. Bitte lassen Sie Hannah eine halbe Stunde Zeit für ihr Frühstück, damit sie sich nicht hetzen muss. Um Viertel vor acht verlässt sie dann das Haus. Es wäre schön, wenn Sie ihr zwei mit Käse belegte Vollkornbrote und eine Banane mit in die Schule geben könnten. Wie gesagt – alle nötigen Zutaten finden Sie unten in unserer Küche. Ganz herzlichen Dank für Ihre Hilfe, Alexander Gerlach.*

Ich stöhnte laut auf und ließ mich zurück aufs Bett sinken. Gab es eigentlich irgendetwas, das dieser Mann dem Zufall überließ? Das er nicht minutiös durchplante? Den Stuhlgang, meldete sich meine innere Stimme. Immerhin etwas! Ein Wunder, dass aus Hannah ein so unkompliziertes Kind geworden war.

»Kannst du es nicht lesen?«, fragte sie besorgt. Sie beugte sich über mich und studierte genauestens meinen Gesichtsausdruck.

»Doch, doch, ich kann alles lesen.«

»Warum stehst du dann nicht auf?«, drängelte sie.

»Warum sollte ich?«

»Weil du jetzt Frühstück machen musst.«

»Wir haben gestern auch nur fünf Prozent von dem erledigt, was dein Vater mir aufgetragen hat.«

»Ich hab aber Hunger.«

»Hannah, kein Mensch kann um Viertel nach sieben einen Bissen runterbekommen.«

»Doch, ich!« Langsam wurde sie unruhig.

»Das redet dein Vater dir ein, weil er es für gesund hält. Und jetzt lass mich bitte noch fünf Minuten schlafen. Ich habe einen anstrengenden Tag vor mir.«

Hannah stapfte lautstark davon und knallte die Wohnungstür ins Schloss. Mein aufkeimendes schlechtes Gewissen versuchte ich mit dem Gedanken zu beruhigen, dass ein achtjähriges Kind fähig sein sollte, sich selbst Frühstück zu machen. Als hätte sich dieses Gewissen jedoch in seiner Penetranz mit Hannah verschworen, ließ es nicht locker und rief mir all jene Sätze ins Gedächtnis, die ich jemals zum Thema *faule Mütter* zum Besten gegeben hatte. Vom Tenor her lauteten sie ungefähr so: *Wie sollen die Kinder sich denn konzentrieren können, wenn sie mit leerem Bauch in die Schule gehen?*

Genervt quälte ich mich aus dem Bett, zog Jeans und T-Shirt an und ging Hannah nach. Sie hatte die Wohnungstür im Erdgeschoss offen gelassen, so dass ich den klappernden Geräuschen in die Küche folgte. Dort fand ich sie – angezogen und mit einem Haarreif in den gekämmten Haaren – nicht etwa am Küchentresen stehend vor, sondern am Tisch sitzend. Vor sich einen Teller, auf dem sich mehrere Scheiben Brot türmten. Ein Getränk konnte ich nirgends entdecken.

»Ich mache dir einen Milchkakao«, sagte ich in einem Ton, der die Bitte um Entschuldigung in sich trug. Mittlerweile war es halb acht, und ich musste mich ranhalten, damit sie noch Zeit hatte, den Kakao zu trinken. Ich stellte einen Topf mit Milch auf den Herd und setzte mich dann zu ihr, um ihr bei den Broten zu helfen. »Iss bitte in Ruhe, ich schmiere deine Brote.«

In ihrem Blick lag eine Enttäuschung, die ich so schnell nicht vergessen würde. Meine Vorgängerin Petra hatte offenbar Maßstäbe gesetzt, denen ich nicht hatte gerecht werden können.

»Ist dein Vater oft weg, Hannah?«

Sie schüttelte den Kopf.

»Und wenn er fort ist, passt dann immer jemand aus dem Haus auf dich auf?«

Sie nickte. »Oder meine Oma«, sagte sie zwischen zwei Bissen.

Warum ihr Vater keine Kinderfrau engagierte, war mir

schleierhaft. Von der konnte er wenigstens verlangen, dass sie sich Punkt für Punkt an seinen Plan hielt. Das Ganze über eine *Nachbarschaftshilfe* zu lösen, fand ich mehr als gewagt. Er kannte mich doch überhaupt nicht und vertraute mir sein Kind an.

»Hat das bisher immer geklappt?«

Sie sah mich fragend an. »Was meinst du?«

»Ist nie irgendetwas schief gegangen, so dass du ohne Aufsicht warst?«

»Nee.« Ihr morgendlicher Appetit war wirklich bemerkenswert. Sie war inzwischen bei der dritten Scheibe Brot angekommen.

Auf einer Obstschale entdeckte ich einen Apfel. »Mit oder ohne Schale?«, fragte ich.

»Mit, aber du musst ihn ganz doll waschen.«

»Du bist ohne jeden Zweifel die Tochter deines Vaters«, sagte ich mit einem Anflug von Spott.

Auf ihrer Stirn erschienen wieder die tiefen Falten, die ich schon kannte und die ihrer Irritation Ausdruck verliehen.

Meine nächste Frage war wahrscheinlich auch nicht dazu angetan, sie zu verscheuchen: »Wirst du in der Schule Ärger bekommen, weil du die Hausaufgaben nicht gemacht hast?«

In einem Ton, der mir meine Vergesslichkeit verdeutlichen sollte, sagte sie: »Wir hatten nichts auf.«

»Und wenn ich in dieses kleine gelbe Heft schauen würde?«

»Kannst du ruhig …«

Ich entschied mich in diesem Fall jedoch dazu, ihr zu vertrauen, rührte Kakao in die warme Milch und füllte das Ganze in einen Becher für sie. Während Hannah abwechselnd hineinpustete und trank, sah ich mich aufmerksam in der Küche um. Aus allen Ecken strahlte mir die Innigkeit entgegen, die zwischen Vater und Tochter herrschte. Jeden freien Platz schmückten Bilder, die Hannah für ihren Vater gemalt hatte und die ihr sonniges Gemüt spiegelten.

»Soll ich dir auch mal ein Bild malen?«

»Darüber würde ich mich sehr freuen«, antwortete ich ehrlich.

»Und kommst du mal, um mit mir durch das Teleskop zu schauen?«

»Wenn das deinem Vater recht ist …«

»Klar ist dem das recht«, sagte sie im Brustton der Überzeugung.

»Und kann ich mal wieder zu dir kommen?«

»Kannst du.« Ich war nur sehr im Zweifel, ob ihr Vater sie zu mir lassen würde, wenn er erfuhr, wie *akribisch* ich mich an seinen Plan gehalten hatte. »So«, sagte ich entschieden, »während du dir blitzschnell die Zähne putzt, laufe ich hoch und hole deinen Schulranzen. Und dann musst du gehen, wenn du nicht zu spät kommen willst.« Die Zeiger der Uhr näherten sich unaufhaltsam der Acht.

Ich spurtete die Treppe hoch und hoffte, dass Hannah sich ebenso beeilen würde. Ich wollte nicht, dass sie meinetwegen Ärger bekam. Als ich atemlos unten ankam, stand sie bereits an der Tür und nahm mir den Schulranzen ab.

»Das waren aber keine drei Minuten«, sagte ich grinsend.

Mein Grinsen erwidernd, sagte sie: »Nee.« Sie winkte mir zu und rannte los.

Ich sah die Haustür zufallen und rannte hinter ihr her. »Hannah!«, hielt ich sie auf der Straße zurück. »Warte, ich fahre dich zur Schule.« Plötzlich hatte ich die schreckliche Vision, sie würde in ihrer Eile vor ein Auto laufen.

»Super. Wo steht denn dein Auto?« Sie sah sich nach allen Seiten um.

»Ich habe kein Auto, wir nehmen mein Fahrrad.«

Während der Fahrt ermahnte ich sie mindestens zehn Mal aufzupassen, dass sich ihre Füße nicht in den Speichen verfingen. Gleichzeitig machte ich mir Vorwürfe, dass ich ihr keinen Fahrradhelm aufgesetzt hatte. Aber damit nicht genug – bei jeder Bodenunebenheit dachte ich daran, dass sie sich auf dem harten Fahrradgepäckträger wehtun könnte.

So arteten die fünf Minuten, die wir bis zur Schule brauchten, zu Stress aus. Ich war froh, als ich sie heil am Schultor abgeliefert hatte. Und ich fühlte plötzlich mit Hannahs Vater, dessen Fürsorglichkeit ich insgeheim so schnöde verspottet hatte. Gerade noch hatte ich ihn als überbehütend und schrullig empfunden, um mich nun auf den gleichen Spuren wiederzufinden. In meinen Gedanken hatte ich ihn als unmännlich abgestempelt. Nach dem Motto: Welcher Mann schreibt so einen Zettel? Die zwanzig Stunden mit Hannah hatten mir nicht nur vor Augen geführt, mit welchen Vorurteilen ich noch behaftet war. Sie hatten mir auch gezeigt, dass die Sorge um Hannah keine Angelegenheit der Geschlechter ist, sondern eine Sache des Herzens. Wie hatte ihre Großmutter gesagt? *Alles, was Sie hier brauchen, tragen Sie in sich. Nur Ihr Herz ist gefragt, weiter nichts.*

Es brauchte seine Zeit, bis ich an diesem Morgen den Zugang zu meiner Arbeit fand. Immer wieder schweiften meine Gedanken zu diesem Kind und seinem Vater ab. Ich versuchte mir den Brief vorzustellen, den ich schreiben würde, wenn ich mein Kind in fremde Hände gäbe. Und ich musste mir einmal mehr eingestehen, dass er so viel anders als der von Alexander Gerlach nicht klingen würde.

Und: Mit welchen Mitteln hatte ich gekämpft, um Hannah wieder loszuwerden, um in meinem Zeitplan zu bleiben, keine Zeit zu verschwenden. Dieses achtjährige Mädchen hatte mir bewiesen, dass seine Großmutter Recht hatte, wenn sie sagte: *Erfahrungen sind nie Zeitverschwendung.*

Und noch eine weitere Erfahrung trat diesen Beweis an. Als ein paar Stunden später Hannah und ihr Vater an meiner Tür klingelten, lernte ich einen Mann kennen, dem ich nach der Lektüre seines Briefes irrtümlicherweise jeden Humor abgesprochen hatte. Als Dankeschön für die Betreuung seiner Tochter gab er mir einen dicken Strauß mit weißen Rosen.

»Wenn ich der wäre, für den Sie mich wahrscheinlich halten, würde ich ihnen jetzt sagen, dass Sie die Rosen anschneiden und in lauwarmes Wasser stellen müssen. Aber ich kenne ...«

»Ich weiß«, unterbrach ich ihn mit einem Lächeln, das tief aus meinem Herzen kam, »Sie kennen den Unterschied zwischen Hannah und einer Rose.«

»Genau!«

Der Angler

Nein!«, rief ich verzweifelt und starrte auf meine Wohnungstür, die direkt vor meiner Nase mit einem absolut unauffälligen Geräusch ins Schloss gefallen war. Ich hatte nur schnell meine Wäsche aus dem Keller geholt und die Tür währenddessen angelehnt gelassen. Das hatte bisher immer funktioniert. Welcher Teufel hatte hier nur seine Hand im Spiel? So wie ich aussah, konnte es jedenfalls kein Engel sein, da war ich mir sicher. Der hätte wenigstens dafür gesorgt, dass ich mir vorher noch schnell die Schlamm-Maske vom Gesicht gewaschen hätte.

»Mist!«, fluchte ich. Mit meinem riesigen Wäschebündel in den Armen bombardierte ich die Tür mit wütenden Blicken. Aber es half nichts: Sie blieb verschlossen.

»Guten Abend, Frau Haller«, hörte ich hinter mir die Stimme meines Erzfeindes aus dem zweiten Stock.

»Guten Abend, Herr Kersten«, brummelte ich zurück. Der hatte mir gerade noch gefehlt.

»Ausgesperrt?« Er war hinter mir stehen geblieben.

»Hm.« Warum ging er nicht einfach weiter und ließ mich in Ruhe? Meine Arme wurden immer schwerer.

»Darf der *Langweiler vom Dienst* Ihnen helfen, oder verbietet das Ihr Stolz?«

»Ich komme schon allein zurecht«, sagte ich ungeduldig, ohne weiter auf seinen spöttischen Seitenhieb einzugehen.

»Das sehe ich.« Sein Tonfall hatte kein bisschen an Spott

eingebüßt. »Vielleicht deponieren Sie Ihr Wäschepaket erst einmal auf dem Boden. Dann ist zumindest ein Problem gelöst.«

»Ich brauche Ihre guten Ratschläge nicht«, presste ich zwischen meinen Zähnen hervor.

»Dafür verteilen Sie Ihre eigenen aber sehr freigebig.«

Eins zu null für ihn. Diese Retourkutsche hatte ich mir selbst eingebrockt, nachdem ich ihm nun wochenlang im Treppenhaus Vorträge über seinen unerträglich langweiligen Musikgeschmack gehalten hatte. Da seine Wohnung direkt über meiner liegt, musste ich mir Abend für Abend endlose Jazzkonzerte mit anhören. Jazz in allen Ehren, aber nicht täglich. Erst gestern hatte ich ihm zu einer kleinen Abwechslung geraten.

»Haben Sie nichts Besseres zu tun, als hier herumzustehen?« Langsam verkrampften sich meine Arme. Ich schickte Stoßgebete gen Himmel, dass er eine wichtige Verabredung haben und mir die Schmach erspart bleiben möge, ihm meine Schlamm-Maske zu offenbaren.

»Nein«, sagte er gelassen. »Weder etwas Besseres noch etwas Spannenderes. Ich frage mich nämlich die ganze Zeit, warum Sie mir so standhaft den Rücken zukehren. Das lässt meine Neugier zu Hochtouren auflaufen.«

»Ich wusste gar nicht, dass Sie welche haben«, zischte ich. »In musikalischer Hinsicht gibt es dafür jedenfalls keinerlei Beweise.«

»Lassen Sie mich raten«, überging er meinen Einwurf. »Ein Eiterpickel, der sich über Nacht auf Ihrer hübschen Nase breit gemacht hat? Rote Flecken, weil Sie sich so sehr freuen, mich wiederzusehen?«

»Okay«, stieß ich hervor und drehte mich wutentbrannt zu ihm um. »Sind Sie nun zufrieden?«

Er ließ sich mit seiner Antwort Zeit, während sein Blick langsam über mein Gesicht glitt. Die Maske war mittlerweile getrocknet und schränkte meine Mimik erheblich ein.

»Das trifft es nicht ganz – eher ... verständnisvoll«, sagte er grinsend, während er mein Gesicht ausgiebig von allen Seiten betrachtete. »So sollte man wirklich niemandem unter die Augen treten. Nicht einmal dem Mann vom Schlüsseldienst, der in dieser Hinsicht sicher einiges gewöhnt ist.«

»Vielen Dank.« Da ich meinen Mund kaum noch bewegen konnte, ohne die Maske in ein Meer von Falten zu verwandeln, schoss ich ihm Blicke zu, die ihn schmerzhaft durchbohren sollten, offensichtlich jedoch ohne Wirkung an ihm abprallten. »Hat Ihnen schon mal jemand gesagt, dass allzu große Offenheit irreparable Schäden hinterlassen kann?« Jetzt war mir alles egal: Ich deponierte meine Wäsche auf dem Boden und baute mich kampflustig vor ihm auf.

»Meine Schwester – unter ähnlichen Kuvertüren«, sagte er unbeeindruckt.

»Und?«

»Sie liebt mich, sie verzeiht mir immer wieder.«

»Das ist ein Fehler.« Die ersten Schlammbröckchen lösten sich und rieselten zu Boden.

»Mich zu lieben?« Seine Lachfalten wurden immer tiefer.

»Das ist ein Irrtum«, entgegnete ich.

»Es gibt ernst zu nehmende Stimmen, die behaupten, es sei ein Vergnügen.«

Zum ersten Mal wurde mir bewusst, dass seine Stimme auch noch etwas anderes hervorbringen konnte als spöttische Untertöne. Und das irritierte mich zutiefst. *Er ist dein*

Erzfeind, ermahnte ich mich, *und Überläufern droht im schlimmsten Fall lebenslänglich.* »Angeln halten auch manche für ein Vergnügen«, sagte ich deshalb schroff. »Ich finde es langweilig«.

»Dann haben Sie noch nie richtig geangelt.« Sekundenlang versenkte er seine Augen in meine.

»Aber Sie natürlich!«

Er nickte mit Nachdruck. »Zwar immer nur kurz, aber lange genug, um auf den Geschmack zu kommen. Vielleicht sollte ich Sie einmal mitnehmen«, überlegte er laut und sah mich unverwandt an.

»Keinesfalls!«

»Sicher?«

»Ganz sicher!«

»Warum?«

»Zu gefährlich!« Das Gespräch nahm eine Wendung, die mir nicht geheuer war.

»Langeweile? Gefährlich?« Er kam einen Schritt auf mich zu.

»Genau das«, sagte ich wachsam und wich ein Stück zurück. »Da passieren die verrücktesten Dinge.«

»Zum Beispiel?« Seine Stimme wurde immer rauer.

War das mein Herz, das so klopfte? Ich versuchte, mich zusammenzureißen und an die endlosen Jazzabende zu denken, die ich hatte über mich ergehen lassen müssen. Es half nichts. »Ich könnte mich in der Angelschnur verfangen …«

»Das könnten Sie.«

»… oder am Haken landen.« Damit war meine Vorstellungskraft bei weitem nicht erschöpft. Es fielen mir noch eine ganze Menge anderer Dinge ein, die mir widerfahren könnten, und es waren keinesfalls beruhigende.

»Ich wäre doch bei Ihnen.« Wieder ein Schritt in meine

Richtung, der Abstand zwischen uns war kaum noch der Rede wert.

»Das ist es ja eben.« Inzwischen waren es nur noch ein paar unerträgliche Zentimeter. Ich lehnte mich Halt suchend gegen meine Wohnungstür.

»Kein Vertrauen in einen Langweiler?«

»Kein Vertrauen in einen Angler«, hauchte ich aufgewühlt.

Er strich mit seinem Zeigefinger zart über meine schlammverkrustete Wange. »Schade.«

»Was tun Sie da?«

»Ich bin auf der Suche nach Abwechslung«, sagte er ernst. »Dazu haben Sie mir selbst gestern Abend geraten.«

»Dabei habe ich aber nicht an meine Wange gedacht.« Gestern – das schien eine Ewigkeit her zu sein.

»Woran dann?«

»An Flamenco.«

»Sehr leidenschaftlich.« Jetzt war meine andere Wange dran.

»Das finde ich auch«, stimmte ich aus tiefster Seele zu. Die Schmetterlinge in meinem Bauch schlugen aufgeregt mit ihren Flügeln.

»Wie wäre es, wenn ich es Ihnen beibringe?«

»Flamenco?«

»Nein ...« Sein lächelnder Mund näherte sich meinem. »... das Vertrauen in den Angler.«

»Ben!«, schallte es uns in diesem Augenblick ungehalten entgegen. »Das ist doch nicht dein Ernst!!«

Sie war wie aus dem Nichts aufgetaucht, ich hatte sie nicht kommen hören. Wie denn auch, wo doch alle meine Sinne abgelenkt waren?

Was sich uns da die Treppe hinauf näherte, war geballtes Temperament – auf höchstens einhundertsechzig Zentimeter verteilt. Und verdammt hübsch. Ich war ihr hin und wieder im Hausflur begegnet, wenn sie den Angler besuchte. Warum konnte sie nicht hässlich sein? Wenigstens ein bisschen, mir zuliebe.

»Ich stehe mir vor dem Theater die Beine in den Bauch«, schimpfte sie ungehalten, »denke, du liegst inzwischen im Koma oder Schlimmeres, und du …«

»Tina …«, sagte er verwundert, während er ein Stück von mir abrückte. Ein kleines nur, kein deutliches. Ich registrierte jeden Zentimeter. Es schien ihm nicht im Geringsten peinlich zu sein, dass sie ihn mit mir erwischt hatte. »Ich hab dich ganz vergessen.«

»Das sehe ich«, konterte sie trocken.

»Mir war plötzlich nicht mehr nach Theater«, erklärte er entschuldigend. Und nach einer Pause: »Eher nach Angeln.«

»Geht es dir gut?«, fragte sie besorgt und trat einen Schritt näher.

»So gut wie lange nicht mehr.«

»Was ist das für ein Unsinn mit dem Angeln? Es wird langsam dunkel draußen.« Sie gehörte nicht zu der Sorte, die schnell locker ließ. Aber offensichtlich auch nicht zu der, die schnell eifersüchtig wurde. Wäre auch etwas übertrieben gewesen angesichts meines Anblicks, gestand ich ihr insgeheim zu.

»Da ist es am schönsten«, sagte er versonnen und kam mir wieder ein paar Zentimeter näher.

»Aha.« Sie sah zuerst ihn und dann mich prüfend an. »Willst du uns nicht vorstellen?«

»Oh, natürlich«, beeilte er sich mit einer Antwort. »Das ist Marie Haller.« Sein Blick verfing sich zärtlich in meinem. »Sie hat sich ausgesperrt. Da musste ich ihr einfach helfen, das verstehst du sicher.«

»Worin bestand denn diese Hilfe? Offensichtlich ist die Tür immer noch verschlossen.« Allem Anschein nach hatte sie Humor, denn sie sagte es nicht zickig, sondern als reine Feststellung.

»Nachbarschaftlicher Beistand«, gestand er freudestrahlend.

»Wann kommt der Schlüsseldienst?« Sie sah auf ihre Uhr. »Wenn wir uns beeilen, schaffen wir vielleicht noch die zweite Hälfte.«

»Wir haben ihn noch nicht gerufen«, sagte ich vorsichtig. Man konnte ja nie wissen. Vielleicht hatte sie ihr Temperament nur für begrenzte Zeit im Griff und ging gleich wie eine Kampfhenne auf mich los.

»Was habt ihr zwei die ganze Zeit getrieben?« Sie sah zwischen uns hin und her, heftete ihre Blicke dann jedoch interessiert auf mich. »Dem Zustand Ihrer Maske nach zu urteilen, stehen Sie hier seit über einer Stunde. Ich kenne mich da aus.«

»Sie sind seine *Schwester*«, fiel es mir wie Schuppen von den Augen, »die mit der *Kuvertüre*. Und ich habe gedacht …«

»Oh, Entschuldigung«, fiel Ben mir ins Wort. »Das ist Tina, meine Schwester.«

»Freut mich sehr!«, sagte ich erleichtert. Das Strahlen, das ich ihr schenkte, verursachte eine wahre Lawine von Schlammbröckchen, die zu Boden fielen.

»Kann ich mir vorstellen.« Und mit einem teilnahmsvollen Blick in mein Gesicht: »Ich glaube, wir kürzen das Ganze jetzt mal ab.«

Da mir überhaupt nicht nach Abkürzungen zumute war, sah ich ihr entsetzt zu, wie sie aus ihrem Portemonnaie eine Kreditkarte zog und diese auf Höhe des Schlosses zwischen Tür und Rahmen schob. Es machte klick, und die Tür sprang auf.

»Machst du das öfter?«, fragte Ben irritiert.

»Eigentlich nicht«, antwortete sie gelassen. »Nur in Notsituationen.«

»Wer ist hier in Not?«, wagte ich mich dazwischen.

»Die Haut unter Ihrer Maske. Glauben Sie mir.«

Ich sah unentschlossen von meiner Wohnungstür zu Ben und schließlich zu Tina. Sie hatte ohne Zweifel Recht, aber alles, wonach ich mich in diesem Augenblick sehnte, befand sich hier draußen. Wozu also hineingehen?

»Tina …«, setzte Ben an.

Ich hoffte, er würde mich retten. Und er tat es.

»Du weißt, ich mag keine halben Sachen«, fuhr er fort und griff nach meiner Hand. »Nach der Pause in ein Theaterstück – das ist nichts für mich.«

»Aber für mich«, sagte sie entschieden. »Es regt meine Phantasie an.« Sie grinste spöttisch, und ich sah plötzlich die Ähnlichkeit zwischen den Geschwistern. »Zum Beispiel, was vor der Pause bereits alles geschehen ist.«

»Meine Phantasie muss nicht mehr angeregt werden«, hörte ich ihn sagen – mit samtweicher Stimme und eindeutig in meine Richtung. Dann wandte er sich seiner Schwester zu. »Sei ein Engel und …«

»… verschwinde«, vollendete sie seinen Satz lachend. »Hab schon verstanden.«

Er lächelte sie dankbar an, während die Schmetterlinge in meinem Bauch Loopings flogen.

Tina zwinkerte uns zu, drehte sich um und lief kopfschüttelnd die Treppe hinunter. Unten hörten wir die Tür zuschlagen und kurz darauf das unauffällige Geräusch meiner Wohnungstür. Der Luftzug hatte sie wieder ins Schloss fallen lassen. Hätte ich sie noch vor kurzem am liebsten vor Wut eingetreten, so erschien sie mir jetzt wie eine Verbündete mit dem untrüglichen Gefühl für das richtige Timing.

»Es hat sich also nichts geändert«, stellte der Angler fest.

»Gar nichts.« Im Gegensatz zu ihm war ich jedoch unfähig, mich zu bewegen.

Er näherte sich meinem Mund und strich mit seinen Lippen sanft darüber. »Wir müssen uns um dein Gesicht kümmern«, stellte er nach einer kleinen Ewigkeit fest.

»Unbedingt«, stimmte ich zu, »aber meine Tür …«

»Kein Problem, ich habe oben eine Kreditkarte.«

Es fiel mir schwer, mich von ihm zu lösen. »Oben?«, fragte ich schwach.

»Mhm …«

»Das ist sehr weit.«

»Nicht so weit, wenn man zusammen geht.«

»Klingt nach einer Art Relativitätstheorie.« Es war ein Wunder, dass ich überhaupt noch denken konnte.

»Die der Angler – würde ich meinen.«

»Bist du sicher?«

Er griff wieder nach meiner Hand und zog mich hinter sich her die Treppe hinauf. »Ich war mir nie sicherer.«

Einladung zum Abschied

Dreimal musste ich umsteigen, dreimal überlegen, ob es richtig war zu gehen – nicht umzukehren auf diesen verführerischen Stationen, von denen der Weg zu ihm zurück geführt hätte. Damals. Ich bin nicht umgekehrt. Fünfzehn Jahre Leben ohne ihn – es ist mir gelungen. Anfangs nur mechanisch, um nicht nachzufühlen. Später routinierter.

Jetzt fahre ich sie wieder, diese Strecke mit den drei Stationen, umgekehrt diesmal. In aller Herrgottsfrühe habe ich mich aufgemacht, um seiner Einladung zu folgen. Es ist nicht Überzeugung, die mich treibt, es ist Neugier. Auf ihn und auf mich, darauf, was fünfzehn Jahre bedeuten. Damals war es ein Abschied für immer.

Fünfzehn Jahre sind eine lange Zeit. Ich weiß nicht, was sie aus ihm gemacht haben. Hat er Kinder, eine Frau? Ich kann ihm diese Normalität nicht zugestehen. Nicht in meiner Erinnerung, nicht für die Zukunft, die ich ihm daraus prophezeit habe.

Um zehn nach sechs sitze ich in der S-Bahn Richtung Hauptbahnhof. Um zwanzig nach sechs bleibt die Bahn mitten auf der Strecke stehen. Betriebsstörung. Das ist ein Zeichen, denke ich, bleib hier, wo du hingehörst. Alte Geschichten soll man nicht aufwärmen, höre ich meine Mutter sagen. Aber ich komme nicht zum Aufwärmen, ich komme zum Abschiednehmen. Die Störung dauert nur zwei Minuten, meine Zweifel währen länger. Aber ich muss mich noch nicht entscheiden. Damit habe ich Zeit, bis ich angekommen bin.

Auf der ersten Etappe denke ich an die Zeit mit ihm. In den vergangenen Jahren haben mich ungebetene Erinnerungsfetzen gestreift. Ich habe sie schnell verstaut, in die hinterste Ecke, dorthin, wo sie nicht so schnell zu finden sind. Jetzt hole ich sie hervor: sein Gesicht, das mich vom ersten Tag an gefangen nahm, seine Hände, die mich nie hielten. Seine Stimme, die mich umfing. Und die nicht enden wollende Suche nach ihm, an der ich scheiterte.

Die Hügelketten ziehen an mir vorbei. Die ersten Rapsfelder blühen in ihrem unverwechselbaren Gelb. Es ist Mai, der Frühlingsmonat. Damals war es Spätsommer. Die Nächte waren schon kühl, aber er konnte mich nicht mehr wärmen. Ich muss umsteigen. Weiter oder zurück? Auf Gleis 9 wartet schon mein Zug. Noch bin ich ihm nicht zu nah. Ich steige ein.

Der Frühling hat die Berge noch nicht erreicht, aber mein Blick erreicht sie. Ich kann sie erahnen, trotz der tief hängenden Wolken. Oft genug habe ich sie mit meinen Blicken abgetastet.

Die Schneefurchen reichen noch bis hinunter ins Tal. Haben die vergangenen Jahre Furchen in seinem Gesicht hinterlassen? In meiner Erinnerung ist es jung. Seine Augen sprühen vor Übermut und vor Ironie. Damals wusste ich noch nicht, wie gut man sich dahinter verbergen kann.

Beim nächsten Halt bleiben mir sechs Minuten zum Umsteigen. Also gut. Noch ist die Neugier stärker. Der Zug schlängelt sich durch die Felswände, die sich immer wieder in kleine Täler öffnen. Auf den tiefer gelegenen Almen grasen schon die Kühe. Nach wenigen Kilometern bin ich gefangen von der Landschaft, die mich auch damals berauscht hat, von der Stille, die ich heute zum ersten Mal wahrnehme, der klaren Luft, die ich nie wieder ausatmen möchte.

Ich steige um in die Vorortbahn. Auf die Sekunde genau ertönt ihr Pfiff, der Startschuss für meine letzte Etappe. Die kleine Bahn rüttelt mich auf meinem Sitz durch. Ich sehe hinaus und versuche, meine Gedanken abzulenken. Von den höher gelegenen Weiden steigen kleine Rauchsäulen auf. Hier werden die Überreste des Winters verbrannt. Ich entdecke weiße Krokusse und gelbe Himmelsschlüssel. Es gab eine Zeit, da war er der Schlüssel zu meinem Himmel.

Als ich ankomme, ruht der Ort. Es ist Mittagspause, die Geschäfte sind geschlossen. Viele Hotels und Gasthäuser haben nach dem Ansturm der Wintersportler eine verdiente Ruhepause eingelegt. Ich schinde Zeit, gehe in den kleinen Tearoom und bestelle mir ein Wasser. Hierher gingen wir oft nachmittags. Es ist nichts mehr, wie es war. Die alten knarrenden Bänke sind modernen Sitzgruppen gewichen. Die Bedienung spricht englisch und kommt aus Thailand.

Meine Gedanken zieht es zu dem, was war: einem Abschied voller Verzweiflung, voller Hoffnung auf einen Durchbruch. Ich sagte, ich würde gehen, endgültig. Er sah mich an und fragte warum. Ich wollte ihn erreichen, nur ein einziges Mal. Die Worte trommelten von innen gegen meinen Mund, aber ich blieb stumm. Er ließ mich gehen. Es hätte so wenig genügt, um zu bleiben. Eine Hand, die sich mir entgegenstreckte, ein Arm, der mich umfing.

Ich mache der jungen Frau ein Zeichen, dass ich zahlen will. Das letzte Stück des Weges zu ihm scheint mir das längste. Ich habe so viele Bilder in meinem Kopf, so viele

Traumfetzen von einem Wiedersehen. Ich versuche, meine Erwartungen in den Griff zu bekommen, aber sie entwinden sich mir. Ich habe Herzklopfen.

Vor dem Haus seiner Familie holt mich die Realität ein. Ich bin nicht zu einem Wiedersehen gekommen, sondern zu einem Abschied. Sein knapper Brief hat keine Missverständnisse aufkommen lassen. Er habe nicht mehr lange zu leben und wolle sich von den Menschen, die in seinem Leben eine Rolle gespielt haben, verabschieden. Ich habe meine Rolle gut gespielt, so wie er. Bis meine Sehnsucht stärker wurde.

Ich weiß nicht, was ich mir vorgestellt habe, als ich las, dass er krank ist. Ich sehe ihn immer noch vor mir: unbesiegbar, lebendig und voller Lebenshunger. Jetzt liegt er dort inmitten all der Schläuche, die zu seinen Lebensfäden geworden sind. Seine Augen sind geschlossen. Ich sehe ihn zum ersten Mal verwundbar, verwundet.

Ich bin zu spät gekommen. Er ist noch nicht fort, aber auch nicht mehr hier. Das Koma hat das Ende eingeläutet. Ich will nicht bleiben in diesem Raum, an diesem Bett, wo seine Mutter seine Hand hält und ihn mit einer Liebe ansieht, die mir ins Herz schneidet. Sie macht mir ein Zeichen, dass ich mich an die andere Seite seines Bettes setzen soll. Sie hält seine kraftlose Hand in ihrer. Sie, die jetzt weit über siebzig sein muss. Ich studiere ihr Gesicht, ihre Augen, und ich sehe, dass das Alter diese Augen nicht erreicht hat. Und plötzlich sehe ich seine Augen vor mir.

Sie bedankt sich leise bei mir. Ich sehe sie fragend an. Er habe so sehr gehofft, dass ich rechtzeitig kommen würde. In meiner Kehle macht sich Verzweiflung breit. Sie muss es bemerkt haben, denn sie schüttelt den Kopf und sagt, ich sei nicht zu spät. Er würde spüren, dass ich hier sei.

Ich halte seine Hand, sehe in sein regloses Gesicht – sehe einen Fremden, der mir vertraut ist. Und ich traue mich, endlich: ihn anzusehen, wie ich ihn fühle. Mit all der Liebe, die war, die in meiner Sehnsucht gewachsen ist und die hätte sein können. Ich sage ihm all das, was ich mich damals nicht getraut habe, ich hole es hervor aus dieser hintersten Kammer und erwecke es zum Leben. Ich bin ihm nah, die Mauern scheinen fern, wie ein böser Traum, aus dem ich erwacht bin, die fünfzehn Jahre wie ein Augenblick. Ich bin nicht zu spät gekommen, nicht für ihn – und nicht für mich.

Meinen Rückweg begleitet die Sonne. Die Wolken haben sich gehoben, und ich sehe die Bergspitzen, auf denen sich der Schnee eingerichtet hat. An manchen geschützten Stellen halten sich auch noch tiefer Schneeflecken, aber die Natur lässt sich nicht beirren. Sie geht ihren rhythmischen Weg.

Es ist friedlich hier. Er wird seinen Frieden finden. Genau wie ich. Das Eis, das von meiner Seele geschmolzen ist, wird den Bach hinunterströmen und für neues Leben sorgen. Für ein neues Leben ohne ihn.

Das Ende der Distanz

Sie sind meine Freunde, aber sie wissen es nicht. Ich kenne sie gut. Jeden Morgen begleite ich sie mit meinen Blicken – fünfzig Meter weit. Dann verabschiede ich mich von ihnen bis zum Abend, bis sie dieselben fünfzig Meter wieder zurücklegen, diesmal in umgekehrter Richtung.

Sie sind meine Rettung, ein Stück Gewissheit in diesem ungewissen Durcheinander, das in meinem Kopf tobt. Reaktive Depression nennt es mein Arzt. Die Worte benennen, was mit mir geschehen ist, aber sie sind kein Trost. Ich solle mich ausruhen, dem Druck entgehen, meine Seele baumeln lassen. Weiß er nicht, dass sie längst baumelt? Wie ein Punching-Ball.

Sie fordern meinem bleischweren Körper nichts ab. Nur meine Augen müssen sich bewegen, manchmal der Kopf. Aber eine kleine Drehung reicht schon. Sobald die Morgendämmerung kommt, setze ich mich in meinen Sessel am Fenster. Die Stunden davor starre ich vom Bett aus im Dunkeln an die Decke. Ich suche dort nicht nach Antworten, ich suche nach Erlösung.

Der Schlaks ist der Erste. Es passt zu ihm, denn er hat es immer eilig. Fast zwei Meter groß, legt er die Distanz mit nur wenigen Schritten zurück. An ihm ist alles lang: die Arme, die Beine, der Hals und die Füße. Seine Schuhe gleichen Elbkähnen. Er sieht aus, als könne er alles meistern, als würde niemand wagen, sich ihm in den Weg zu stellen.

Nur mit der Koordination hat er Schwierigkeiten, als führten alle Körperteile ein Eigenleben. Den Kopf wie zum Angriff vorgestreckt, schlenkern die Arme unregelmäßig und treffen nie den Rhythmus der Beine. Diese schleudert er gekonnt nach vorne, mit jedem Schritt ein neuer Kick. Von all dem bleibt sein Rumpf vollkommen unbeeindruckt, bewegungslos. Bei ihm habe ich lange gebraucht, um alles zu erfassen. Aber inzwischen sind sechs Wochen vergangen, und ich habe mir ein Bild gemacht.

Bei meinem Double ging das schneller. Als ich sie das erste Mal sah, dachte ich, jemand hielte mir einen Spiegel vor. Dieser schleichende Gang, immer am Rand entlang, niemals in der Mitte. Ein Fuß vor den anderen gesetzt, so langsam, als verursache jeder Schritt eine unvorstellbare Anstrengung. Mit hängendem Kopf, den sie nie hebt, und Haaren, die das Gesicht verbergen. Ich weiß, sie würde gerne schneller den Blicken der anderen entkommen, aber sie schafft es nicht. Jeder Schritt zehrt an ihrer Kraft, ist eine neue Überwindung. Sie hat immer denselben dunkelbraunen Mantel an. Den Henkel für ihre Schultertasche hält sie in der Hand, so dass die Tasche fast über den Boden schleift. Es ist ihr egal, ich weiß es. Sie braucht am längsten für die Distanz und wird von allen überholt.

Sogar von dem Blinden mit dem weißen langen Stock. Er geht so schnell und zielstrebig, dass ich lange Zeit glaubte, er sei gar nicht blind und erlaube sich nur einen üblen Scherz mit seinen Mitmenschen. Bis ich ihn einmal stocken, unsicher werden sah. Ein Betonmischer war an ihm vorbeigefahren, und die lauten Geräusche hatten seine Orientierung gestört. Aber das passiert nur selten. Normalerweise geht er aufrecht, entspannt und souverän. Die vor ihm herspringende weiße Stabspitze ist sein Scout.

Einen ständigen Begleiter hat auch die Mutter. Er springt allerdings nur hinter ihr her. Er ist erst drei oder vier Jahre alt. Ich nehme an, dass sie ihn morgens in eine Kindertagesstätte bringt, denn auch sie kommen erst gegen Abend zurück. Ein langer Tag für den Kleinen, der immer wieder versucht, seine Ankunft so lange wie möglich hinauszuzögern. Er geht Schneckendistanzen – zwei Schritte vor und einen zurück. Immerhin, denke ich, besser als umgekehrt. Seiner Mutter sehe ich die widerstreitenden Gefühle an. Sie will eine gute Mutter sein und ihn lassen, aber sie muss auch zur Arbeit. So teilt sie die Distanz. Ein paar Meter lässt sie ihn, ein paar Meter trägt sie ihn. Dann brüllt er so laut, dass ich es bis hier oben höre. Sie ist froh, wenn sie wieder ein Stück geschafft hat. Dann erholen sich beide von der Tortur.

Jeder meiner Freunde hat sein eigenes Tempo, läuft seine eigene Zeit über die Fünfzig-Meter-Distanz. Sie führt zwischen zwei Straßen durch einen kleinen Park. Hier stehen riesige alte Kastanienbäume. Auf die darunter stehenden Bänke hat sich noch keiner meiner Freunde gesetzt. Alle haben es eilig – auf die eine oder andere Weise.

Keiner von ihnen macht an der Christusstatue Halt. Das Kreuz steht auf einem Sockel aus rotem Sandstein. Jede Woche kommt eine alte Frau vorbei und stellt dort eine kleine blühende Topfpflanze ab, meistens eine rote. Vier Tage bleiben die Blumen dort stehen, dann kommt der Bärtige, sieht sich nach allen Seiten um, ob ihn auch niemand beobachtet, und nimmt sie mit. Er teilt sie sich mit der Statue. Er wird in einem Kartonverschlag unter einer Brücke hausen. Die Blumen werden ein bisschen Freude dorthin bringen. Ich sehne mich nach Freude.

Schlimm ist es an den Wochenenden, wenn keiner meiner Freunde vorbeikommt. Ich sehe zwei Tage lang nur Fremde, die ziellos vor sich hin schlendern, auf den Bänken herumsitzen und ihren Hunden oder Kindern zusehen. Sie strecken ihre Gesichter in die Sonne und schlagen lässig die Beine übereinander. Ich bin Lichtjahre davon entfernt, eine dichte Wand aus Watte trennt mich von diesem Leben. Wenn es so etwas für mich auch einmal gegeben hat, dann ist es lange her. So lange, dass in meinem Gedächtnis keine Spuren mehr davon vorhanden sind.

Es ist Montag. Auch heute ist der Schlaks der Erste. Wenn er durch ist, wird das Double mein Blickfeld betreten, gefolgt von dem Blinden und der Mutter mit Kind. Das Ende der Distanz wird zuerst der Blinde erreichen, dann die beiden und zum Schluss mein Spiegelbild. Ich warte und sehe plötzlich den weißen Stock. Sie muss in ihrem Tempo zurückgefallen sein. Sechs Wochen lang war sie vor dem Blinden da. Jetzt hat er sie schon früher überholt. Gleich muss sie da sein. Aber da – die Mutter schiebt sich rückwärts gehend ins Bild. Wie ein Cheerleader, der seinen Favoriten zu Höchstleistungen anspornt. Nur lässt sich der Kleine nicht anspornen. Er schaltet auf stur und bleibt seinem Tempo treu: zwei vor, einer zurück.

Wo ist sie? Geht es ihr schlecht? Hat sie es heute nicht geschafft, aus dem Haus zu gehen? So fängt es an. Erst nur hin und wieder, dann geht es eines Tages gar nicht mehr. Ich erinnere mich gut. Lange Zeit habe ich ihn geschafft, diesen Tagesablauf, der mir jeden morgen aufs Neue wie ein unüberwindlicher Berg erschien. Ich musste mich aus dem Sumpf herauskämpfen, in dem ich zu versinken drohte – immer und immer wieder. Wie verführerisch schien es doch, sich hinabsinken zu lassen – eingebettet in das Nicht-Fühlen, das Nicht-Denken … das Nicht-Kämpfen. Wenn mich jemand in einem unachtsamen Moment überraschte, bekam ich gute Ratschläge. Ich solle mich doch einfach zusammenreißen, mich nicht so gehen lassen. Zusammenreißen, nicht so gehen lassen … einfach …

Es sind zwei Stunden vergangen, und sie ist nicht gekommen. Ich fühle mit ihr und bin erleichtert. Wenn sie einen verständnisvollen Arzt gefunden hat, wird sie befreit – wenigstens von einigen der täglichen Qualen: dem Aufstehen, Anziehen und Hinausgehen, der Anstrengung, die Gesichtsmuskeln zu einem Lächeln zu bewegen, das es schon lange nicht mehr gibt, das zur Maske verkommen ist.

Ob die anderen sie auch vermisst haben? Der Schlaks wohl kaum, denn er sieht sie nie. Er ist lange vor ihr weg. Aber der Blinde? Er musste heute morgen niemanden überholen. Ob es ihn irritiert hat? Er wird die Regelmäßigkeiten schätzen. Die Mutter? Sie wird es nicht bemerkt haben. Sie ist zu vertieft in ihre Anfeuerungstaktiken. Aber ich! Ich habe es bemerkt. Bei mir hat sie eine Lücke hinterlassen, die nicht zu füllen ist. Es gibt keinen Ersatz.

Ich stelle mich darauf ein, dass es lange dauern wird, bis ich sie wieder sehe. In dieser Zeit muss ich mich mit den anderen begnügen. Ich will ihnen nicht Unrecht tun, sie sind schließlich auch meine Freunde. Nur ist sie mir die Liebste, die Nächste. Ich denke an sie und male mir aus, dass auch sie irgendwo an einem Fenster sitzt, hinaussieht und bei Menschen Halt findet, die nichts von ihr wollen, die ihrem Tag einen Anfang und ein Ende geben.

Heute ist wieder Blumentag. Die alte Frau stellt ihre Gabe ab und fährt mit den Händen über die Sockelplatte, um den Unrat fortzufegen, der sich in einer Woche dort angesammelt hat. Sie steht vor der Statue, den Rücken mir zugewandt. Ich kann nicht sehen, ob sie betet oder einfach nur dasteht, um ihr Werk zu betrachten. Ob sie sich manchmal fragt, was mit ihrem Blumenschmuck geschieht?

Gleich ist es halb sieben, Feierabendzeit. Der Schlaks ist den Tag über nicht zur Ruhe gekommen. Er eilt die fünfzig Meter genauso schnell entlang wie am Morgen. Jetzt bin ich schon vorbereitet, gleich darauf den Blinden zu entdecken, die hüpfende Stabspitze immer voran. Auch er bleibt seinem Tempo treu. Nur Mutter und Kind genießen das Ende des Tages. Sie passt sich dem Tempo ihres Sohnes an, ohne zu zerren, zu ziehen oder um drei weitere Schritte zu betteln. Sie gehen gemächlich ihren Weg. Der Kleine erzählt unablässig, und sie hört geduldig zu. Das wird sie versöhnen mit ihrem Anspruch, eine gute Mutter zu sein.

Ich döse in die Dämmerung hinein. Irgendwann muss ich aus dem Sessel aufstehen, eine Kleinigkeit essen und ins Bett gehen. Ich mag nicht an Essen denken. Wie viel Disziplin hat es mich früher gekostet, mein Gewicht zu halten? Damals schlug der Zeiger auf der Waage nur allzu leicht nach rechts aus. Jetzt muss ich mich überwinden, damit er nicht zu weit nach links abdriftet. Wie die Dinge sich ändern …

Ein neuer Tag ist angebrochen. Heute fällt es mir besonders schwer aufzustehen, aber ich will mich nicht gehen lassen. Der Weg zu meinem Sessel am Fenster ist nicht allzu weit. Bisher habe ich ihn noch immer geschafft. Sobald ich dort sitze, ist alles gut. Der Tag kann beginnen. Ich bin gerade rechtzeitig genug für den Schlaks. Mein Herz klopft noch von der Anstrengung, als er im Bild erscheint, und es hat sich noch nicht beruhigt, als er die fünfzig Meter längst zurückgelegt hat.

Jetzt kann der Blinde kommen. Mein Blick ist fest auf den Rand des Fensterrahmens geheftet, als ich den dunkelbraunen Mantel entdecke. Hat sie sich also doch wieder herausgequält! Ich schüttle den Kopf. Es wäre besser, sie würde jetzt schon aufgeben, aufhören, diese Qual Tag für Tag durchstehen zu wollen. Aber sie hat die Erfahrung noch nicht, sie weiß es nicht besser.

Irgendetwas irritiert mich heute an ihr. Etwas ist anders. Nur was? Aber ja, es sind die Haare. Sie hat sie abschneiden lassen. Zum ersten Mal bekomme ich eine Ahnung von ihrem Gesicht. Was wohl geschehen ist? Freiwillig hat sie sich sicher nicht von ihnen getrennt. Wie mag sie sich jetzt fühlen ohne diesen Vorhang, der sie vor den Blicken der anderen schützt? Und noch etwas ist ungewöhnlich. Sie trägt ihre Tasche heute über der Schulter anstatt in ihrer kraftlosen Hand.

Als sie das Ende der Distanz erreicht hat, bin ich noch immer so verwirrt, dass ich ihr auch dann noch hinterherstarre, als ich sie schon längst nicht mehr sehen kann. Den Blinden und die Mutter mit ihrem Sohn habe ich heute vollkommen vernachlässigt. Ich habe sie noch nicht einmal bemerkt. Heute Abend werde ich das wieder gutmachen.

Ich kann das Ende des Tages kaum abwarten. Die Stunden vergehen so zäh, dass ich schließlich bereit bin zu glauben, die Zeit sei stehen geblieben. Und dann endlich: Der Schlaks läutet die Stunde der Rückkehr ein. Auch wenn ich sehr gespannt bin, den Haarschnitt und das Profil meines Doubles nun von der anderen Seite aus zu betrachten, habe ich mir fest vorgenommen, auch die anderen zu ihrem Recht auf Aufmerksamkeit kommen zu lassen.

Sie kommt – wie am Morgen – die Tasche über der Schulter, das Gesicht entblößt. Aber sie hält es nicht wie sonst Richtung Boden, sondern ihr Blick ist geradeaus gerichtet. So als hätte sie den Tag über eine Unmenge an

Kraft und Selbstbewusstsein geschöpft. Wie ist das möglich? Mein Blick hängt an ihr, und ich schaffe es wieder nicht, ihn auf die anderen zu richten.

In dieser Nacht ist überhaupt nicht an Schlafen zu denken. Ich starre gegen die Decke und versuche herauszufinden, was geschehen ist. Kann ein Tag die Wende bringen, ein einziger Tag? Und was kann das Stimmungsbarometer so sehr beeinflussen, dass sich ein Kopf hebt, den es wochenlang bleischwer Richtung Boden zog? Ich drehe mich im Kreise und finde keine Antworten.

Am Morgen sitze ich schon lange vor Tagesanbruch in meinem Sessel und warte. Es könnte ein einmaliges Aufbegehren gewesen sein, überlege ich. Ein letztes Aufbäumen vor dem völligen Zusammenbruch. Aber nein – unmöglich. Woher hätte sie diese Kraft nehmen sollen? Es ist etwas mit ihr geschehen, etwas Elementares.

Als der Schlaks kommt, bin ich unaufmerksam. Ich kann mich kaum drei Schritte lang auf ihn konzentrieren. Ich bin wie der kleine Junge: Ich begleite ihn zwei Schritte, dann fällt mein Blick zurück zum Rand meines Fensters, dorthin, wo sie gleich auftauchen muss. Als hätte ich es geahnt, betritt sie mein Stück Ausblick, als der Schlaks das Ende der Distanz noch nicht erreicht hat.

Das ist noch nie geschehen, nicht solange ich hier sitze. Sie hat aufgeholt. Den anderen mag es nicht aufgefallen sein, aber ich sehe diese winzigen Veränderungen. Sie geht nicht schneller, sie macht nur größere Schritte, ausgreifendere, als habe sie ein Ziel entdeckt, das ihr bisher verborgen war. Gerade überholt der Blinde sie, aber nicht wie sonst auf dem ersten Drittel der Distanz, sondern im zweiten. Mutter und Sohn verschwinden gleichzeitig mit ihr aus meinem Blickfeld. Und das auch nur, weil sie an der Christusstatue kurz stehen geblieben ist, um den Blumentopf aufzustellen, der vom Wind umgefallen war.

Ich bleibe zurück mit all meinen Fragen. Woher diese plötzliche Energie? Ist es möglich, wieder ein erreichbares Ziel zu finden? Gibt es Tage ohne Qual? Und vor allem: Wie soll ich sie jetzt nennen? Das Double gibt es nicht mehr, auch nicht das Spiegelbild. Da kommt ganz zaghaft ein Gedanke in mir hoch. Ich wage es kaum, ihn zuzulassen. Was, wenn ich sie das Vorbild nenne, mein Vorbild?

Ich werde mir Zeit nehmen, sie zu beobachten, zu ergründen, was ihr Geheimnis ist. Wenn ich genug gesehen habe, kann ich hinuntergehen, mich auf eine Bank setzen und auf sie warten. Sie ansprechen und fragen. Nächste Woche oder schon übermorgen?

Am seidenen Faden

Sieben Jahre lang besuchte ich Marie zur gleichen Zeit: an jedem ersten Dienstag eines Monats um fünfzehn Uhr. Ich war stets pünktlich, denn uns blieb nur eine Stunde, um die vergangenen vier Wochen aufzuholen. Eine Stunde, um im Gesicht der anderen nach Veränderungen zu forschen und die Wärme unserer alten, unzerbrechlichen Freundschaft zu spüren. Zwölf Stunden verbrachte ich gemeinsam mit Marie in jedem der sieben Jahre, die auf Roberts Tod folgten. Zwölf kostbare Stunden, in denen wir uns hin und wieder den Luxus erlaubten, Worte zu sparen, um der Stille zu lauschen und das Lächeln der anderen im Bild unseres inneren Auges festzuhalten – für die kommenden vier Wochen.

Am Anfang hatte ich versucht, mich ihren begrenzten Möglichkeiten anzupassen. Weite Hose, weiter Pulli, die Haare streng zum Zopf gebunden und kaum Make-up. Bis sie mich um Erbarmen anflehte. Dieser Anblick sei ihr tägliches Brot, ihre Augen sehnten sich nach einer Abwechslung. So gab ich mir Mühe, ihr an jedem ersten Dienstag im Monat die neueste Mode vorzuführen und ihr eine Freundin zu präsentieren, die selbst ungeübte Blicke auf sich gezogen hätte.

Wir redeten über alles. Über das jeweilige Buch, an dem sie schrieb, und über Kritiken zu vorangegangenen. Über ihre unbezwingbare Sehnsucht nach Nähe und über die zehrende Nichtexistenz von Erotik in ihrem Leben. Über bedauernswerte Schicksale, von denen sie Tag für Tag erfuhr, und über Auswege und Motive. Wir redeten über meine Kinder, über meinen Mann, der seine eigene Interpretation von Freiheit in der Ehe lebte, und über seine Sekretärin, die ihm dabei half. Wir sprachen über unsere unverwüstlichen Vorstellungen von Liebe und über das Leben, das so oft einen anderen Weg für uns vorsieht.

Wir redeten über alles, nur nicht über Robert. Sie hatte ihn nicht nur aus seinem eigenen Leben geschossen, sondern auch aus ihrem. Vom Tag ihrer Verhaftung an hatte sie sich in Schweigen gehüllt. Selbst der Staatsanwalt, der versucht hatte, seine Zähne in Maries Fleisch zu schlagen, musste aufgeben, weil er an ihr abprallte. Es gab kein Motiv für dieses Tötungsdelikt, es gab nur die unzweifelhafte Tatsache, dass Marie auf ihren Mann geschossen hatte. Mit der Präzision eines Profis hatte sie die Kugel aus ihrer Pistole, Kaliber 635, mitten durch Roberts Herz gejagt. Der Ausdruck, den der Tod in einem Sekundenbruchteil in sein Gesicht gemeißelt hatte, war weder angst- noch wutverzerrt. Es war ein Ausdruck ungläubigen Erstaunens, wie der zuständige Mitarbeiter der Kriminalpolizei bei der Verhandlung wahrheitsgemäß berichtete.

Sie boten Marie zwei Möglichkeiten, von denen sie nur eine hätte wählen müssen, um wieder frei zu sein. Der unbeabsichtigte Schuss, der sich beim Reinigen der Pistole löste, oder ein Spiel in dem Glauben, dass das Magazin leer sei.

Denn nachdem alle Zeugen gehört worden waren, glaubte niemand mehr an Totschlag im Affekt oder gar Mord. Es hatte sich kein einziger Zeuge finden lassen, dem ein Motiv für diese unbegreifliche Tat vorstellbar erschien. Freunde,

Bekannte und Familienangehörige berichteten einhellig von einer beneidenswert guten Ehe.

Den Zuhörern im Gerichtssaal eröffneten die Zeugenaussagen den Blick auf eine wundervolle Beziehung. Über acht Jahre spann sich der Bogen dieser Liebesgeschichte, die so tragisch und unerklärlich endete. Marie war sechsunddreißig, als sie sich kennen lernten, Robert ein Jahr älter. Sie feierte ihre ersten Erfolge als Schriftstellerin, er hatte sich als Filmregisseur bereits einen Namen gemacht. Während sie in ihren Schaffensphasen die Einsamkeit suchte, war er gerne von Menschenlärm umgeben und suchte den pulsierenden Kick in seiner Arbeit. Hätten sie einerseits nicht gegensätzlicher sein können, so fanden sie sich andererseits doch immer wieder einträchtig zusammen. In ihrer strahlenden Liebe zueinander, in Bewunderung für den anderen und Freude am anderen. In einer altmodisch anmutenden Treue, die reines Zufallsprodukt war. Da sie nur Augen füreinander hatten, verwandelte sich jede Anfechtung in pure Staffage.

Acht Jahre lang leuchtete und wärmte diese Liebe wie ein Feuer, das aus unergründlichen Tiefen Nachschub erhält. Es gab keine kleinlichen Eifersüchteleien auf den Erfolg des anderen, keine einengenden Egotrips, die Prioritäten schafften. Es gab nicht den zermürbenden Kleinkrieg des Alltags und nicht die Spitzen am Rande. Es gab nur diese Ehe, die nach drei Monaten geschlossen wurde, bis dass der Tod sie schied.

Sie waren jeder für sich stark, und sie waren gemeinsam stark. Sie meisterten die Hürden, die auf ihrem Weg auftauchten, und sie lachten zusammen. Als der erste dicke Wermutstropfen in diesen klaren See fiel, hielt Robert Maries Hand und trocknete ihre Tränen. Sie war gerade vierzig Jahre alt geworden und am Rande der Verzweiflung über ihre Kinderlosigkeit. Marie hatte vom ersten Tag ihrer Ehe an auf ein Kind gehofft. Im Kopf sämtliche Statistiken von abnehmender Fruchtbarkeit mit zunehmendem Alter, hatte sie sich in Geduld geübt. Und mit ihr der sonst so ungeduldige Robert. Auf vier zuversichtliche Jahre folgten jedoch zweifelnde, ob es noch jemals klappen werde.

In dieser Zeit schrieb Marie wie der Teufel. Ihr erstes Buch wurde mit großem Erfolg veröffentlicht und von Robert verfilmt. Ihren künstlerischen Selbstzweifeln zum Trotz nahm sie es mit dem nächsten Buch auf und brillierte, was bei niemandem in ihrer Umgebung auf Erstaunen stieß. Was auch immer sie anfasste, gelang ihr, nur der Wunsch nach einem Kind blieb unerfüllt. Für Robert, so die Zeugenaussagen, hatte dieser Wunsch eine andere Dimension, da er aus seiner ersten Ehe zwei Kinder hatte. Er fühlte jedoch mit seiner Frau, der dieses Erlebnis bisher nicht zuteil geworden war.

Ein Sachverständiger wurde gehört, der darauf hinwies, dass die Ursache für Maries ungewollte Kinderlosigkeit eindeutig auf ihrer Seite zu suchen sei. Ihr Mann habe seine Zeugungsfähigkeit schließlich unzweifelhaft unter Beweis gestellt. Derartige Tatsachen könnten bei manchen Frauen leicht zu depressiven Verstimmungen führen, in deren Folge ein Tötungsdelikt aus einem kurzzeitig aufflackernden Hassgefühl nicht auszuschließen sei.

Marie folgte diesen Ausführungen während der Verhandlung mit unbewegtem Gesicht. Ihr Verteidiger wurde gefragt, ob er auf vorübergehende Unzurechnungsfähigkeit plädieren wolle. Nach einer kurzen Rücksprache mit seiner Mandantin verneinte er. So blieb allein die Tatsache unverrückbar bestehen, dass Marie den Abzug der Pistole betätigt hatte. Das Motiv blieb im Dunkeln. Mord war ihr nicht nachzuweisen, so einigte sich das Gericht auf Totschlag. Die siebenjährige Strafe ohne Bewährung war die Antwort auf Maries stoisches Schweigen und ihre mangelnde Bereitschaft zur Kooperation.

Ich werde nie meinen ersten Besuch bei ihr im Gefängnis vergessen. Dienstagnachmittag, Punkt fünfzehn Uhr, saß ich ihr gegenüber und suchte in ihrem Gesicht nach Spuren der Verzweiflung über ihre Tat, nach Spuren der Trauer um ihren Mann. Aber ich fand nichts von alledem. Sie saß vollkommen gelassen an dem kleinen Tisch in dem karg möblierten Besucherraum. So ungeschminkt hätten ihre Züge nicht unschuldiger aussehen können. Trotzdem war sie schuldig, sie hatte ihren Mann umgebracht. Robert, den sie über alles geliebt hatte, wie sie mir noch vor kurzem voller Inbrunst erzählt hatte. Robert, der alles in sich vereinte, wonach sie jemals gesucht hatte: Leidenschaft und leise Töne, Humor und Intelligenz, Ehrlichkeit und Courage.

Wir saßen uns gegenüber und maßen uns mit Blicken, ihre abwartend, meine ungläubig. In der Gewissheit, dass sie ihr Geheimnis irgendwann mit mir teilen würde, hatte ich mir fest vorgenommen, sie nicht zu fragen, ihr Zeit für eine Erklärung zu lassen. Sie stand womöglich noch immer unter dem Einfluss der Ereignisse, die sie mit Sicherheit nicht gewollt hatte. Ich kannte keinen friedliebenderen Menschen als Marie, keine überzeugtere Menschenfreundin. Warum sollte ausgerechnet sie auf den Mann schießen, der ihr Leben so unsagbar bereichert hatte? Das ergab keinen Sinn.

Also ließ ich ihr Zeit, drei Jahre lang. In sechsunddreißig gemeinsamen Stunden vermied ich es bewusst, das Thema auf Roberts Tod zu lenken. Dann platzte die Frage nach dem Warum aus mir heraus. Es war fünf Minuten vor dem Ende unserer Stunde, und ich sah sie erleichtert und erwartungsvoll an.

»Das ist Vergangenheit«, wehrte sie ab, »lass sie ruhen.«

»Aber diese Vergangenheit hat dich um deine Freiheit gebracht«, hielt ich ihr entgegen. Ich verstand sie nicht, sie hatte sich nie beklagt, kein einziges Mal mit ihrem Schicksal gehadert. Was war nur geschehen?

»Die Vergangenheit hat mir meine Freiheit genommen, und sie hat sie mir zurückgegeben«, sagte sie vieldeutig.

»Spinnst du?«, brauste ich auf. »Sieh dich doch um, wo du hier bist. Wo du hinsiehst, Gitterstäbe. Was das mit Freiheit zu tun haben soll, musst du mir schon genauer erklären.«

»Ein anderes Mal«, versprach sie mir und warf einen Blick auf die Uhr.

Unsere Stunde war vorüber und mit ihr der Moment, dem Geheimnis ein Stück näher zu kommen. Es sollte kein anderes Mal geben, denn Marie begegnete jedem meiner Versuche, auf das Thema zurückzukommen, mit deutlicher Ablehnung und Schweigen.

»Warum kannst du es mir nicht sagen?«, fragte ich sie zwei Monate später. »Wir erzählen uns doch auch sonst alles. Was kann so schrecklich sein, dass du nicht darüber reden willst? Das Schrecklichste ist doch bekannt, nämlich dass du Robert erschossen hast. Es geht nur noch um das Motiv.« Nachdem ich unzählige Stunden damit zugebracht hatte, mir mögliche Szenarien auszumalen, konnte ich nun nicht locker lassen.

»Es gibt nichts Schreckliches, wie du es dir vorstellst«, sagte sie. »Aber für mich ist es seit dem Moment vorbei, als ich abgedrückt habe. Es ist *vorbei!*«

Ich verstand sie nicht, aber wie sollte ich auch. In meiner Welt waren die Dinge erst dann vorbei, wenn ich mit jemandem darüber geredet und mein Herz ausgeschüttet hatte. Ich war mir sicher, dass Marie das nie getan hatte. Nur zwei Menschen wussten, was an jenem Abend geschehen war. Einer davon lag unter der Erde und konnte nicht mehr reden. Der andere saß für Jahre hinter Eisengittern und weigerte sich standhaft, mit der Sprache herauszurücken.

Es kostete mich drei weitere Jahre, viel Kraft und eine übermenschliche Einsicht, nicht mehr daran zu rühren. Ich lernte, Maries Wunsch nach Schweigen zu respektieren. Und ich erkannte, dass es immer noch Marie war, die mir allmonatlich gegenübersaß. Die alte Marie, die mit Worten spielte wie ein Jongleur mit seinen Bällen, die mit ihrer Herzenswärme so großzügig umging, als habe sie ein Kraftwerk gepachtet. Die alte Marie, die in Abgründe stürzte, wenn sie ein Buch fertig geschrieben und ihre Seele entblößt hatte. Die alte Marie, die lachen konnte wie ein Droschkenkutscher, wenn es ein guter Tag war und ein guter Witz.

In Maries letztes Jahr im Gefängnis fiel mein fünfzigster Geburtstag. Der Himmel hatte es gut mit mir gemeint und diesen Tag auf den ersten Dienstag im Monat fallen lassen, so dass wir eine Stunde lang gemeinsam feiern konnten. Ich hatte mich schön gemacht für Marie und freute mich über ihre bewundernden, neidlosen Blicke. Ihre Hände lagen entspannt auf einem großen Umschlag. Nach einer Weile schob sie ihn über den Tisch zu mir herüber. Es sei ihr Geburtstagsgeschenk für mich, ein besonderes, an einem besonderen Tag. Sie bat mich, den Umschlag erst zu Hause zu öffnen. Er enthalte eine Kurzgeschichte, die sie ausschließlich für mich verfasst habe.

Ich sah sie fragend an. »Ausschließlich für mich?«

»Ja«, sagte sie mit einem liebevollen Lächeln, »sie ist ein Dankeschön für deine Freundschaft. Lies sie und vernichte sie dann. Das ist das Einzige, worum ich dich bitte.«

Zurück zu Hause setzte ich mich in meinen Lieblingssessel und zog Maries handgeschriebene Seiten aus dem Umschlag. Der Titel lautete *Am seidenen Faden*. Es war die Geschichte einer Frau, die ihren Mann nach acht glücklichen gemeinsamen Jahren vorsätzlich umbrachte, bei vollem Bewusstsein und mit klarem Verstand. Es war die Geschichte einer Frau, die sich acht Jahre lang sehnsüchtig ein Kind wünschte und durch einen Zufall den Grund für ihre Kinderlosigkeit erfuhr.

Ich starrte gebannt und mit klopfendem Herzen auf Maries Zeilen und las weiter:

Sie hatte ihr Buch beendet und stürzte im freien Fall in dieses altvertraute Loch, in dem es nur Leere gab, vorübergehend zwar, aber dennoch unerträglich. Sie suchte nach Ablenkung und fand sie in profanen Kleinigkeiten, die regelmäßig zu kurz kamen. Sie sortierte alte Briefe, zerriss überfällige Merkzettel und fand eine bereits bezahlte Arztrechnung für ihren Mann, die sich versehentlich in ihren Haufen auf dem Schreibtisch verirrt hatte. Sie wollte sie gerade auf seine Seite schieben, als Neugier das Gefühl der Leere für einen Augenblick in den Hintergrund verbannte. Die Rechnung war acht Jahre alt. Sie las unverständliche lateinische Begriffe und schlug sie in einem der Wörterbücher ihres umfangreichen Archivs nach.

Als sie begriff, was dort stand, sanken ihre Arme kraftlos zur Seite, und sie ließ die Ereignisse der vergangenen acht Jahre Revue passieren. Ihre unstillbare Sehnsucht nach einem Kind, das Zusammenziehen ihres Herzmuskels bei jeder

Nachricht, dass wieder eine ihrer Freundinnen schwanger geworden war. Ihre unzähligen Besuche bei Ärzten, die ihr versicherten, dass alles mit ihr in Ordnung sei, dass sie Geduld haben solle. Die tröstenden Worte ihres Mannes, der sie durch diese Abgründe begleitete und ihr stets aufs Neue Hoffnung machte. Es würde klappen, irgendwann, da sei er sich ganz sicher. Sie dürfe nur den Mut nicht verlieren. Sie solle schreiben, das sei die beste Therapie.

Ob sie nicht vielleicht doch ein wenig nachhelfen sollten?, fragte sie ihn. Die Erfolge der modernen Medizin könnten sich sehen lassen. Aber er schüttelte entschieden den Kopf und sprach von Gottes Wille und der Natur, die sich letztendlich durchsetzen würde. Wenn ihnen ein Kind vorbestimmt sei, würde es auch den Weg zu ihnen finden. Sie wollte protestieren und auf die Zeiger ihrer biologischen Uhr verweisen, die sich unaufhaltsam fortbewegten und das Ende ihrer fruchtbaren Jahre einläuteten. Aber sie schwieg. Sie wollte nicht undankbar sein, nicht ungeduldig, sie wollte von ihm lernen – seine Zuversicht und seinen festen Glauben.

Im Alter von vierundvierzig Jahren saß sie an ihrem gemeinsamen Schreibtisch und verlor fast den Verstand, als vor ihren Augen die Zeilen in dem Wörterbuch verschwammen. Ihr zuversichtlicher, gläubiger Ehemann hatte sich zu Beginn ihrer Ehe sterilisieren lassen. Er hatte sich seine Samenstränge mit dünnen Fäden abbinden lassen, eine Maßnahme, die er ihr verschwiegen hatte und die er jederzeit hätte rückgängig machen können.

Als ihre bleierne Lähmung nachließ, stellte sie ihn mit gebrochener Stimme zur Rede. Er lächelte sie schuldbewusst an, ließ jedoch keinen Zweifel daran aufkommen, dass er nach wie vor hinter seiner Entscheidung stehe. Zu jenem Zeitpunkt, sagte er, habe sie am Anfang einer wundervollen Karriere ge-

standen, bei der ein Kind sie nur behindert hätte. Das zu beurteilen sei ihre Sache gewesen, presste sie hervor, während das Entsetzen ihr den Hals zuschnürte. Warum er nicht mit ihr darüber geredet habe? Er sei überzeugt gewesen, dass Hormone ihr kurz vor Toresschluss einen Streich spielten und er sie nicht davon hätte abhalten können, dieses Kind in die Welt zu setzen. So habe er für sie entschieden, in dem sicheren Bewusstsein, die richtige Wahl für sie zu treffen. Er wisse schließlich, wovon er spreche, er habe es am eigenen Leib zu spüren bekommen. Er liebe sie zu sehr, um sie in ein offenes Messer laufen zu lassen, das ihre Chancen auf ein Minimum zurückgestutzt hätte. Welche Chancen er meine?, fragte sie eisig. Die Chancen, ein Kind zu bekommen? Die seien nicht nur auf ein Minimum, sondern auf den Nullpunkt zurückgestutzt worden. Und er sei das Messer gewesen, in das sie gelaufen sei.

Warum nur?, fragte sie und sah ihn tief verwundet an. Er habe vom ersten Tag ihrer Beziehung an ihr großes Talent erkannt, erklärte er ihr. Er habe es schützen und stärken wollen, er habe ihm ans Licht verhelfen wollen. Und die Entwicklung der vergangenen Jahre habe ihm Recht gegeben. Ob sie nicht glücklich sei? Ihre Bücher seien jetzt ihre Kinder, davon sei er fest überzeugt. Ihre Bücher seien das Ergebnis ihrer Verzweiflung, schrie sie ihm entgegen. Sie würde jedes einzelne mit Freuden hergeben für dieses Kind, nach dem sich ihre Seele über Jahre verzehrt hatte. Er habe sich gegen dieses Kind entschieden und sie in dem Glauben gelassen, er wolle es ebenso wie sie. Er habe auf entwürdigende Weise in ihr Leben eingegriffen und die Regie übernommen. Während sie ihrem Leben eine bestimmte Richtung habe geben wollen, habe er den Weg dorthin heimlich verbarrikadiert. Er habe sie im Kreis laufen lassen und ihr vorgegaukelt, der Weg führe irgendwann zum Ziel. Während sie sich in Geduld übte, habe er Vorsehung gespielt. Er habe vorsätzlich und mit jedem Tag, der ins Land ging, ihre Fähigkeit getötet, dieses Kind zu bekommen. Indem er einfach die Zeit verstreichen ließ, ihre gebärfähige Zeit. Wohl wissend, dass die Erfüllung ihres sehnlichsten Wunsches von einem kleinen Faden abhing, der jederzeit zu durchtrennen gewesen wäre.

Aber sie seien doch glücklich gewesen, hielt er ihr entgegen, sie sei glücklich gewesen, so sehr könne er sich nicht getäuscht haben. Darum ginge es nicht, sagte sie und zog aus der Schreibtischschublade die Pistole mit dem Kaliber 635, die er ihr zu ihrem Schutz geschenkt hatte. Sie zielte auf sein Herz und drückte ab.

Wie ich Marie versprochen hatte, zerriss ich die Seiten, nachdem ich sie gelesen hatte. Es sollte lange dauern, bis ich mich von dem Inhalt dieser Geschichte und ihrer Tragik erholte. Mehrere Monate gingen dabei ins Land, in denen ich mich an jedem ersten Dienstag um fünfzehn Uhr Marie gegenübersetzte und mit ihr über das Leben sprach. Sie fragte mich nie nach der Geschichte, und auch ich hielt mich an unseren unausgesprochenen Pakt, die Dinge ruhen zu lassen.

An dem Tag, als ich Marie vor den Gefängnistoren abholte, war ich für einen kurzen Moment versucht zu sagen, dass sie nun frei sei. Doch dann war mir plötzlich klar, was sie gemeint hatte, als sie hinter Gefängnismauern von Freiheit sprach: Seit jenem Tag vor über sieben Jahren war sie frei.

Ich lächelte sie an und nahm ihre Hände in meine. »Willkommen auf dieser Seite der Mauer.«

Berufsbedingt

Das sind Stresssymptome, nichts weiter. Sie müssen ausspannen«, sagte sie im Brustton der Überzeugung. Nicht so, als habe sie gerade etwas Überraschendes entdeckt, sondern mit einer Selbstverständlichkeit, die mir suggerierte, dass ich auch selbst darauf hätte kommen können.

»Das versuche ich ja«, setzte ich in leichtem Aufbegehren zu meiner Verteidigung an, »nachher, manchmal auch vorher, aber... .«

»Währenddessen«, unterbrach sie mich. »Währenddessen!«, wobei sie jede Silbe betonte. »Das müssen andere doch auch. Sie sind da keine Ausnahme.« Sie hatte ihren Zeigefinger erhoben und fuchtelte mit ihm vor meiner Nase herum, hin und her, hin und her, damit ich nicht etwa auf die Idee käme, ich sei ein besonderer Fall. Nein, nein! Dann sah sie mein Zurückweichen und versuchte es mit kurzer Aufmunterung, zur Erholung gewissermaßen. »Und schämen müssen Sie sich schon gar nicht.« Sie beugte sich vertraulich näher zu mir, schloss langsam ihre Augen, öffnete sie wieder und deutete mir an, dass unser Geheimnis gut bei ihr aufgehoben sei. Das letzte Mal war ich solch einer Szene ausgesetzt, als ich fünf Jahre alt war und meine Mutter mir versprach, niemandem mein nächtliches Missgeschick zu verraten.

Hätte ich mich doch nur nie überreden lassen, mich zu

dieser Frau zu begeben! Eigentlich sollte ich aufstehen und gehen, überlegte ich, während ich sah, wie sich die Lippen meines hippokratischen Gegenübers unablässig bewegten. Dann hörte ich wieder die Stimme meiner Schwester, die mir die Dame als wahres Wunder gepriesen hatte.

»Sie bekommt jeden wieder hin«, hatte sie mir vorgeschwärmt. »Und sie ist anders als all die anderen Ärzte. Nicht nullachtfünfzehn, sondern richtig fundiert. Sie wird sich mindestens eine Stunde mit dir unterhalten, bevor sie ihre Diagnose stellt, und dir dann ein paar von ihren Wundertropfen verschreiben.«

Ich sah verstohlen auf meine Uhr, es waren erst zehn Minuten vergangen. War ich vielleicht doch ein besonderer Fall? Diesen Hoffnungsschimmer galt es zu bewahren. Immerhin hatte es bei mir keine acht Minuten gedauert, und sie war zu einem Ergebnis gekommen. Sie würde gleich aufstehen, mir ihre Hand entgegenstrecken, die inzwischen zur Ruhe gekommen war, und mich hinausbegleiten. Dann würde ich ausspannen.

»Jetzt erzählen Sie doch mal«, holte sie mich aus meinen Wunschträumen.

»Erzählen? Was?« Ich sah sie verwirrt an. Der Faden war mir vor zwei Minuten abgerissen, als ich nach einem höflichen Weg aus dieser Praxis suchte. Ich wollte sie nicht vor den Kopf stoßen und einfach aufspringen. Schließlich sollte meine Schwester weiterhin ihr Heil in diesen vier Wänden suchen können, ohne sich für ihren Bruder entschuldigen zu müssen.

»Von Ihrem Job. Wie sieht Ihr Arbeitsablauf aus, was machen die Kollegen? Wodurch entsteht der Druck, dem Sie sich permanent ausgesetzt fühlen?« Sie sah mich selbstgefällig an, als wisse sie bereits, was nun folge, sei aber so großzügig, es mich selbst noch einmal auf den Punkt bringen zu lassen.

»Ja, nun«, begann ich stotternd, »mein Job …«

»Sie müssen mir keine komplizierten Zusammenhänge erklären, Stichworte reichen mir. Ich kann dann schon etwas damit anfangen. Nur Mut.« Sie machte mit ihrem Kopf eine Bewegung wie ein Stier, der das Haupt zum Kampf erhebt.

»Wie soll ich es Ihnen beschreiben?«, überlegte ich laut. »Manchmal weiß ich gar nicht, woher der Stress eigentlich kommt. Ich habe die besten Voraussetzungen für meinen Job: Es macht mir nichts aus, hin und wieder auf der Stelle zu treten, ich kann mich in jeder Richtung blitzschnell um die eigene Achse drehen, bin absolut teamfähig. Und es ist nie langweilig.«

»Nur zu, weiter so«, unterbrach sie meinen Redefluss, als wäre er ins Stocken geraten.

»Ich bin sehr schnell, wenn es sein muss, und sehr routiniert, wenn es darum geht, meine Gegner mit Scheinangriffen zu täuschen.«

»Na, na«, schüttelte sie missbilligend den Kopf. »Wir wollen doch hier nicht von Gegnern sprechen. Wir sind doch alle *Menschen*. Sagen Sie doch einfach *Konkurrenz*, das hört sich netter an.«

Wenn sie es so wollte, auch gut. »Also, ich muss mir ständig Taktiken überlegen, wie ich die … Konkurrenz austricksen kann.« Bevor sie zu einem Protest ansetzen konnte, weil ihr das Wort austricksen zu aggressiv erschien, kam ich ihr zuvor. »Wissen Sie, wenn ich es nicht tue, dann tut es der andere. Der ist mir sowieso immer dicht auf den Fersen.«

»Aber es herrscht doch kein Krieg da draußen, und Sie

spielen auch nicht Räuber und Gendarm. Oder sind Sie vielleicht Polizist?«, fragte sie mich. Sie war für einen Moment aus dem Konzept geraten.

Ich schüttelte verneinend den Kopf.

»Mhm«, kam ein Bestätigungslaut aus ihrer Kehle. Er klang wie: *Das habe ich mir gedacht.*

»Haben Sie eigentlich immer das Gefühl, dass andere Sie verfolgen und angreifen?« Ihre Stimme war ganz sanft geworden.

»Nicht nur das *Gefühl*. Wenn die … Konkurrenz allerdings mir einmal weit voraus ist, dann hefte ich mich an deren Fersen.« Ob sie diese Spiele schätzte? Ihre Fragen erschienen mir ein wenig naiv, aber ich hatte meiner Schwester versprochen, nicht gleich ungeduldig zu werden.

»Dieser Aspekt scheint Ihnen wenig auszumachen, während es mir eher nach einem Haifischbecken klingt. Aber gut. Lassen Sie uns das zum Schluss beurteilen. Erzählen Sie erst einmal weiter, was fällt Ihnen noch ein?« Ihr Blick war abschätzend geworden. Ich konnte ihr ansehen, dass sie sich überlegte, wie sie diesen *Haifisch* wieder aus ihren friedlichen Gefilden entfernen könnte.

»Manchmal sind es nur Millisekunden, die über meinen Erfolg entscheiden, oder eine Lücke, die sich plötzlich vor mir auftut und durch die ich hindurchschieße. Natürlich versucht der Gegner, Entschuldigung, die Konkurrenz, mir dabei ein Bein zu stellen, aber ich bin hart im Nehmen. Ich bin schon oft auf die Nase gefallen, darüber beschwere ich mich gar nicht. Das weiß man schließlich, wenn man sich für diesen Job entscheidet.«

Sie sah mich ungläubig an. Hatte ich es doch zu kompliziert beschrieben? Obwohl es inzwischen eine Menge Frauen geben sollte, die etwas davon verstehen, zählte sie ganz offensichtlich nicht dazu. Ich wartete auf einen ihrer Kommentare, aber dieses Mal blieb sie stumm.

»So schlimm ist es gar nicht. Ich habe ein gutes Team, das mir den Rücken stärkt oder mir den Weg bereitet. Was will man mehr?« Sie sollte nur kein falsches Bild bekommen.

»Und Ihr Chef?«, fragte sie vorsichtig. »Ist er vielleicht das Problem?«

»Ach der, der ist eigentlich ganz in Ordnung, hin und wieder etwas zu streng, aber immer fair. Er muss ja schließlich auch Ergebnisse vorweisen, sonst ist er seinen Job ganz schnell los.«

»Ja, ja, dieses Hire-and-fire-Prinzip ist weit verbreitet.« Sie nickte voller Mitleid, holte jedoch gleich wieder ihre sachliche Miene hervor. »Nun gut, Ihren Chef können wir also als Ursache für Ihre Probleme ausschließen.« Sie machte sich ein paar Notizen auf einem Zettel, der wie ein Fragebogen aussah, und blätterte die vorhergehenden Seiten durch. »Die Arbeit an sich scheint Ihnen auch zu liegen.« Sie fixierte mich blitzschnell mit ihrem forschenden Blick.

»Oder gibt es da doch noch etwas, was Sie mir bisher verschwiegen haben? Sie können sich mir ruhig anvertrauen. Na, nun mal heraus mit der Sprache.« Ihre Stimme hatte wieder den Vertrauen heischenden, verschwörerischen Ton angenommen.

»Es ist eigentlich lächerlich«, begann ich zögernd, »aber es stört mich zunehmend, dass nicht die Qualität meiner Arbeit zählt, sondern nur das Ergebnis. Ich rackere mich ab, habe regelmäßig ein nasses Hemd, verteidige meine Position, kontere, greife an, renne gegen Mauern. Aber wenn das Ergebnis nicht stimmt, war alles umsonst.« Wenn ich ihren Blick richtig deutete, konnte ich endlich auf ihr

Verständnis hoffen. »Und dann meint jeder, mitreden zu können«, fuhr ich fort. »Nicht dass sie etwa selbst aktiv wären, nein, weit gefehlt.« Ich spürte die gewohnte Empörung in mir aufsteigen. »Sie schauen einem nur zu, maßen sich aber an, ihre Kommentare laut herauszuschreien. Manchmal frage ich mich, wie ich bei dem Lärm überhaupt arbeiten soll.«

»Da gibt es eindeutige Vorschriften«, unterbrach sie mich eifrig und inzwischen wieder ganz engagiert. »Eine bestimmte Dezibelstärke darf an Ihrem Arbeitsplatz keinesfalls überschritten werden. Sie haben schließlich *Rechte!*« Sie drehte sich zu ihrem Bücherregal um und suchte nach den entsprechenden Schriften. »Ich finde das Buch im Augenblick nicht«, entschuldigte sie sich, »ich schlage aber vor, dass Sie sich einfach einmal zur Wehr setzen. Verbitten Sie sich doch diesen Lärm, das ist ja unzumutbar.« Ihr Kopf näherte sich wieder meinem, die Stimme senkte sich. »Ich kann Sie gut verstehen.« Das Haifischbecken war also vergessen. »Vor allen Dingen«, sie machte eine Pause, um dem, was nun folgte, besonderen Nachdruck verleihen. »Vor allen Dingen, schließen Sie die Türe. Sie müssen es sich nicht gefallen lassen, dass Ihnen jemand bei der Arbeit zusieht.«

Ich sah sie irritiert an. Was hatte sie da gerade gesagt? Dann könnte ich ja meinen Job genausogut gleich an den Nagel hängen. »Und wer soll dann mein Gehalt zahlen?« Wo lebte sie denn? Im Wolkenkuckucksheim?

»Ihre Firma natürlich.«

»Und woher soll das Geld kommen, wenn wir die Tore schließen und die Zuschauer draußen bleiben?« Wen hatte meine Schwester mir da nur empfohlen? Das würde ein Nachspiel haben.

»Ich verstehe Sie nicht ganz.« Sie war völlig verwirrt und blätterte hektisch in ihrem Fragebogen. Dann zog sie ein Blatt hervor und folgte mit ihrem Finger den Zeilen. »Hier ist es«, sagte sie erleichtert und spießte ihren Fingernagel in das Papier. »Ach...« Ihre Enttäuschung war unüberhörbar. »Ich habe ganz vergessen, Sie zu fragen, wie Ihre Berufsbezeichnung lautet.« Sie sah mich entschuldigend an.

»Hat meine Schwester Ihnen das nicht gesagt?«

Sie schüttelte den Kopf und ließ zur Bekräftigung ein »Nein« folgen.

»Ich bin Fußballprofi, was sonst.«

Das Geschenk

Experimentelle Weihnachten sollten es werden. Nach dem Motto: »Alle reden vom Geschenkewahn, wir reden über Geschenke.« *Wir*, das waren fünf Freundinnen, die beschlossen hatten, sich in diesem Jahr dem Konsum zu verweigern und etwas ganz Neues auszuprobieren. Jede sollte eine weitere Freundin auf die abseits gelegene Skihütte im Allgäu mitbringen. Und jede sollte bereit sein, eine Geschichte zu erzählen. Über ihr schönstes Geschenk. Weihnachten einmal ganz anders.

Die Kerzen an dem liebevoll geschmückten Baum brannten. Sie tauchten den Raum in warmes Licht, das sich wie ein Weichzeichner über die Gesichter legte. Drei von uns hatten bereits sehr anschaulich beschrieben, welch beglückende Überraschungen sich unter Geschenkpapier verbergen können. Dann kam ich an die Reihe.

»Mein schönstes Geschenk?«, begann ich. »Das ist eine lange Geschichte.« Der Reihe nach sah ich in die mir zugewandten Gesichter. »Ich bekam es vor drei Jahren von meiner Freundin Anne. Sie schenkte mir das, wonach ich mich schon seit Jahren gesehnt hatte, ohne es mir einzugestehen. Erst in dem Moment, als ich dieses Geschenk bekam, begriff ich, wie sehr ich es mir gewünscht hatte.«

»Eine heiße Nacht mit einem Callboy?« Der freche Einwurf wurde von einem ebensolchen Grinsen begleitet.

Ich schüttelte den Kopf. »Besser.«

»Zwei Nächte?«

»Ein Leben ohne Angst«, antwortete ich mit einem Lächeln. »Ich war nicht nur Annes Freundin, ich war auch ihr Bodyguard, ihre Leibwächterin. Ich sollte über ihren Leib wachen. Beschützen konnte ihn niemand mehr, seit der Krebs ihn erobert hatte. Und so begleitete ich sie, wohin immer sie diesen Leib trug. Zu jedem Arzt, zu jeder Koryphäe, zu jeder Röhre, die die Geheimnisse dieses Körpers offenbarte, so wie sie seine Schrecken preisgab. Ich stellte die Fragen, die ihr auf der Zunge brannten, sich dort jedoch nicht aus ihrer Erstarrung lösen konnten. Ich speicherte die Antworten und wiederholte ihr nur jene, die sie ertragen konnte. Und ich gab ihr mein Versprechen: Sie würde nicht im Krankenhaus sterben. Das Sterben – es rückte immer näher. Und Anne, die so unendlich viel Angst hatte, wollte andere davor bewahren. Sie war ein besonderer Mensch. Eines Nachts hielt sie die Schmerzen nicht mehr aus. Ihre Leber arbeitete kaum noch, ihr Bauch glich dem einer im achten Monat schwangeren Frau, nur dass er nicht von zukünftigem Leben zeugte, sondern vom nahen Tod. Ihre Bauchhöhle war voller Wasser. Nicht zum ersten Mal saßen wir auf diesem dunklen Gang in der Universitäts-Frauenklinik. Und es würde auch nicht das letzte Mal sein. Noch nicht. Nur war es das einzige Mal, dass Anne mitten in der Nacht neben einer anderen Frau auf diesem Gang saß. Nicht nur draußen liegen Tod und Leben so nah beieinander, sondern auch dort drinnen, wo Krebspatientinnen und Schwangere auf derselben Station behandelt werden, auf der Station für Frauenheilkunde. Heilen konnten sie Anne jedoch längst nicht mehr. In dieser Nacht saß neben Anne eine Schwangere mit Frühwehen. Das Leben saß neben dem Tod. Sie fragte Anne, wann es denn bei ihr soweit sei. Sie hatte ihren Bauch gesehen, nicht jedoch ihre fahle Gesichtsfarbe. Und wie sollte sie den kahlen Schädel unter der Perücke erahnen? Anne antwortete ihr, sie hoffe, noch nicht so bald.

›Ich kann es gar nicht mehr abwarten‹, gestand das Leben.

›Ich schon‹, sagte der Tod.

›Manchmal verrechnen sie sich auch‹, tröstete das Leben, um gleich darauf mit Kennerblick zu fragen: ›Vier Wochen noch?‹

›So sagen sie – höchstens.‹

›Ich war immer froh, wenn ich es hinter mir hatte. Ihr erstes Mal?‹

›Ja, und es wird auch das letzte Mal sein‹, weissagte der Tod.

›Viel Glück‹, wünschte da das Leben.

Was Glück sei in diesem Zusammenhang, fragte ich Anne bitter, als die Frau gegangen war. Glück, nahm sie meine Frage auf, sei ein friedlicher Tod, einer, der sich nicht hinterrücks heranschleiche und sie überfalle, einer, der ihr Zeit gebe zum Abschiednehmen vom Leben. Er gab ihr nicht nur vier, sondern sogar fünf Wochen. Und sie nutzte sie. Jeden Tag ein kleiner Abschied, von ihren Freunden, der Familie, von ihrer Lieblingswiese und dem Sonnenaufgang. Als sie den Sonnenuntergang nahen spürte, zog sie sich in ihr Zimmer zurück. Und ich hielt mein Versprechen, dort in diesem Zimmer würde sie sterben.«

Die Frauen um mich herum hielten den Atem an, keine von ihnen wagte ein Wort.

»So saß ich neben ihrem Bett und hielt ihre Hand. Ich zählte ihre Atemzüge, wenn sie schlief, und lauschte ihren abgehackten Worten, wenn sie noch einmal zurückkam.

Wir sprachen über den Alltag, den ich vor ihrer Tür abstreifte, und sparten die letzten Worte bis zum Schluss auf. Und an diesem *Schluss* mussten wir sie noch nicht einmal aussprechen. Einmal noch öffnete sie für einen kurzen, ewigen Moment ihre Augen, legte ihre Hand um meinen Nacken, zog mich zu sich hinunter und gab mir einen Kuss. Es war nur ein Hauch, aber er hat sich für immer auf meiner Wange breit gemacht.«

»Das war das Geschenk?«

»Nein, das Geschenk war ein anderes«, sagte ich. »Kurz nach diesem Kuss versank ihr Kopf in den Kissen und drehte sich hin zu der Kerze, die auf ihrem Nachttisch stand. Ihr Atem wurde von Minute zu Minute langsamer. Ich nahm ihre Hand in meine und folgte mit meinen Blicken dem Leben, das sie verließ, mit meinen Ohren dem letzten Atemzug. Zurück blieb ihr Gesicht, wie ich es reiner und friedlicher noch nie zuvor gesehen hatte. Im Tod öffneten sich ihre Lider einen Spalt, durch den das Licht der Kerze drang und seinen Schein zu mir zurückwarf. Ich spürte Anne um mich, und einer alten Tradition gehorchend öffnete ich weit das Fenster und entließ ihre Seele ins Freie. Es war vorbei.«

»Und das Geschenk?«

»Anne hat mir das Sterben geschenkt.«

»Du hast dich nach dem Sterben gesehnt?«

»Nein, aber soweit ich zurückdenken kann, habe ich Angst vorm Sterben gehabt.«

»Und jetzt?«

»Jetzt habe ich keine mehr, Anne hat sie mir genommen. Das ist das schönste Geschenk, das mir jemals ein Mensch gemacht hat.«

Unwahrscheinliches Glück

In meinem Herzen gibt es eine Schublade. Sie hat kein Schloss und ist leicht herauszuziehen. Dort bewahre ich meine Erinnerungen an Leonie auf.

Vor vier Jahren bezog sie die kleine Zweizimmerwohnung neben mir. Als ich ihren Namen das erste Mal am Türschild las, versuchte ich mir vorzustellen, wer sich hinter Leonie Maiwald verbarg. Der Name klang zart, licht und fröhlich. Ich musste über meine klischeehaften Vorstellungen lachen. Wahrscheinlich war sie das genaue Gegenteil. Aber wieso machte ich mir überhaupt Gedanken, ich würde sie noch früh genug zu Gesicht bekommen. Leonies Vorgängerin hatte einmal pro Woche bei mir auf der Matte gestanden – mindestens. Wenn sie gerade keine Milch brauchte, um den Kater einer durchzechten Nacht zu bekämpfen, dann war ihr garantiert der Kajalstift ausgegangen. Ihr fehlte immer etwas. Ich war so daran gewöhnt, dass ich gar nicht auf die Idee kam, es könnte einmal anders werden. Bis Leonie kam, beziehungsweise nicht kam.

Sie war schon vor Wochen eingezogen, aber ich war ihr noch kein einziges Mal begegnet. Manchmal lauschte ich an der Wand, konnte aber nie etwas hören. So klingelte ich eines Tages neugierig an ihrer Tür, die sich kurz darauf öffnete. Und da stand sie vor mir: etwas älter als ich, Mitte zwanzig vielleicht, klein und unscheinbar, mit einer Haarfarbe, die genauso undefinierbar war wie ihre Figur unter dem ausgeleierten Baumwollpulli. So kann man sich irren, dachte ich. Hatte ich gestern noch an ein *nomen est omen* geglaubt, so tendierte ich nun eher zu *Schall und Rauch*. Das einzig Auffallende an Leonie Maiwald waren ihre großen braunen Augen, die ihr Gesicht vollkommen beherrschten.

»Hallo, ich bin Vera, deine Nachbarin«, stellte ich mich vor.

»Guten Tag«, sagte sie, mehr nicht. Gesprächsführung schien nicht ihre Stärke zu sein.

»Ich hoffe, ich störe dich nicht, aber mir sind leider die Eier ausgegangen, und ich wollte mir heute Abend so gern ein Omelett machen. Könntest du mir vielleicht mit zwei, drei Eiern aushelfen?«

»Ja, natürlich, einen Moment bitte.«

Ich hatte gerade Zeit, einen neugierigen Blick in ihre Wohnung zu werfen, als sie mit einem Sechserpack Eier zurückkam.

»Bitte.« Sie hatte die Klinke schon wieder in der Hand, nickte mir zu und machte Anstalten, ihre Wohnungstür zu schließen.

Ich konnte gerade noch ein Danke loswerden, bevor ich mich vollkommen verdattert allein im Hausflur wiederfand. Komische Person, dachte ich. Sie war eigentlich nicht unfreundlich gewesen, sie ging nur verdammt sparsam mit Worten um. Von einem entspannenden Smalltalk war sie Lichtjahre entfernt. Nicht mein Fall, entschied ich und legte die Eier in meinen Kühlschrank. Ich würde sie ihr am nächsten Tag wieder vor die Tür legen.

Es sollte drei Monate dauern, bis ich Leonie wieder sah, diesmal vor meiner Tür. Sie bat mich, für eine Woche nach ihren Pflanzen zu sehen. Irgendwie sah sie verändert aus, und das lag weder an ihren Haaren noch an ihrem Outfit. Sie wirkte lebendiger, aufgeweckter – ganz anders als bei unserem ersten Zusammentreffen. Ihre Augen strahlten.

»Fährst du in Urlaub?«, fragte ich sie neugierig.

»Ja.« Das Lächeln erreichte zaghaft ihren Mund. So wortkarg sie auch war, ihr Gesicht sprach Bände: So lächelten nur verliebte Schüchterne, die ihre Freude spüren, aber nicht wagen, sie herauszuschreien.

»Ich sehe gerne nach deinen Pflanzen, lass mir einfach deinen Schlüssel da.«

Sie hatte ihn schon in der Hand und gab ihn mir. »Nächsten Sonntag bin ich zurück.«

»Okay. Viel Spaß bis dahin!«

»Danke.« Schon drehte sie sich wieder um und verschwand in ihrer Wohnung.

Am nächsten Tag machte ich mich an meine Aufgabe, denn genau das war es. Leonie hatte nicht etwa drei Kakteen und einen Benjamini, dieses unscheinbare Wesen lebte inmitten von blühenden Orchideen und Kamelien. Hier waren all die Pflanzen versammelt, um die ich im Blumenladen einen großen Bogen machte, da es mir noch nie gelungen war, einer einzigen dieser wunderschönen Gattungen eine Blüte zu erhalten, geschweige denn ihr eine abzuringen. Leonie musste einen grünen Daumen haben. Ich verstand nur nicht, warum sie kein einziges Wort über die Pflege dieser Exoten verloren hatte. Alles, woran ich mich aus meinen eigenen kläglichen Versuchen erinnerte, mündete in dem Fazit, dass das Geheimnis im rechten Maß liegt. Und damit war ich so schlau wie vorher. Aber was machte ich mir überhaupt Sorgen, sie hatte sich schließlich auch keine gemacht.

Die eine Woche verging wie im Flug, und ich musste weder erwähnenswerte Blütenverluste beklagen noch gelbe Blätter. Am Sonntag hörte ich nichts von ihr, wahrscheinlich war sie erst spät zurückgekommen. Aber auch Montag und Dienstag meldete sie sich nicht bei mir. Hatte ich sie missverstanden, und sie war doch für länger weggefahren? Am Mittwoch abend ging ich hinüber zu ihr, um den Pflanzen kein unnötiges Überlebenstraining zuzumuten. Als ich die Tür aufschloss, sah ich Leonies Gepäck im Flur stehen, im Wohnzimmer brannte Licht. Mist, sie war also doch schon zu Hause, und ich stand mitten in ihrer Wohnung. Für einen leisen Rückzug war es zu spät.

»Leonie?«, rief ich Richtung Wohnzimmer, bekam jedoch keine Antwort. Also folgte ich dem Licht, und da sah ich sie. Wie ein Kind zusammengerollt lag sie auf ihrer Couch. Die Arme hatte sie um ihren Oberkörper geschlungen, als würde sie frieren. Sie sah mich vollkommen teilnahmslos an, von der Freude in ihren Augen war nichts mehr zu entdecken. Das sah nach Liebeskummer aus.

»Hey, was ist passiert?«, fragte ich vorsichtig.

Ihre Antwort kam so leise, dass ich sie nicht verstand.

»Wie bitte?« Ich beugte mich näher zu ihr.

»Ich war nur eine Abwechslung für ihn.« Sie setzte sich auf und sah mich wie erstarrt an. »Nur eine Abwechslung. Am Flughafen, als wir wieder hier waren. Vor dem Gepäckband, mitten unter all den Leuten.« Sie sprach stockend, als müsse sie jedes Wort unter großen Schmerzen herauspressen. »Er ist nicht verheiratet. Verstehst du das?« Sie sah mich flehend an, als könne ich ihr die erlösende Antwort geben.

Ich setzte mich zu ihr aufs Sofa. »Nein, das verstehe ich nicht.« Und ich verstand tatsächlich nichts.

Sie begann zu weinen, nicht schluchzend, sondern lautlos und völlig bewegungslos. Die Tränen liefen über ihre Wangen, tropften auf ihr Sweatshirt und hinterließen dort ein Bild des Jammers. »Wir haben uns in der Bibliothek kennen gelernt. Ich arbeite dort. Normalerweise wären wir uns nie über den Weg gelaufen, denn ich bin für schöngeistige Literatur zuständig, und er liest nur Sachbücher. Aber dann, vor fünf Wochen, habe ich meine Kollegin für eine Stunde vertreten, weil sie zum Arzt musste. Und da stand er plötzlich vor mir.« Ihr gequälter Blick tat mir in der Seele weh. »Kennst du das, dieses Herzklopfen, wenn man jemanden nur ansieht? Dir wird ganz warm, und du fürchtest, dass jeder sofort sieht, was mit dir los ist.«

Ich nickte nur, denn ich wollte diesen überraschenden Redefluss auf keinen Fall unterbrechen.

»Ich weiß noch nicht einmal mehr, welches Buch er suchte, ich kann mit Sachbüchern nichts anfangen. Ich hoffte nur, dass es ausgeliehen war und er wiederkommen musste, aber es war natürlich da. Bevor er ging, kam er jedoch noch einmal bei mir vorbei, fragte, wann ich am Abend Schluss hätte, und sagte, er würde mich gerne abholen. Und das tat er auch. Wir gingen zusammen essen, und ich verliebte mich in ihn. Ich weiß, dass ich nicht der Typ bin, nach dem Männer sich auf der Straße umdrehen, aber ich hatte gehofft, dass … .« Sie sah mich verzweifelt an. »Wir gingen ein paar Mal essen, bis er mich fragte, ob ich eine Woche mit ihm verreisen wolle – nach Mallorca. Ich war so unwahrscheinlich glücklich und sagte einfach ja. Irgendwie hatte ich nie Glück mit Männern, ich bin immer an die verheirateten geraten, die ihre Frauen dann doch nicht verlassen haben. Bei Michael, so heißt er übrigens, hat meine Hoffnung all meine Zweifel weggeschwemmt. Er ist nämlich nicht verheiratet. Ich dachte, ich hätte …« Sie konnte nicht weitersprechen, es kam nur noch ein gequältes Schluchzen heraus und ein unaufhaltsamer Tränenstrom.

Mir fiel nichts ein, womit ich sie hätte trösten können. Sie kam mir ein bisschen naiv vor, fast anspruchslos. Schließlich war das Fehlen eines Trauscheins nicht zwingend die Garantie für eine glückliche Beziehung.

»Als wir am Flughafen auf unser Gepäck warteten, hat er sich von mir verabschiedet. Ich dachte, es sei nur für diesen Abend, und wollte mich fürs Wochenende mit ihm verabreden. Da sagte er: *Leonie, sei nicht sentimental, wir haben beide unseren Spaß gehabt. Ich brauchte mal wieder eine kleine Abwechslung. War doch ganz nett, oder?* Ich war wie gelähmt, habe wie eine Marionette nach meinem Koffer gegriffen und bin nach Hause gefahren. Ich habe ihn noch nicht einmal gefragt, wovon er eine Abwechslung gebraucht hat.«

Dazu bedarf es keiner großen Phantasie, dachte ich und fragte mich, wie es kam, dass manche Menschen sich immer wieder den Falschen herauspickten. War es Pech, das ihnen unentrinnbar anhaftete, oder war es schlafwandlerische Präzision, mit der sie sich selbst zum Opfer machten? War es die Angst vor dem Glück, die sie zu Pechvögeln werden ließ? Ich wusste es nicht. »Diesen verdammten Mistkerl vergisst du am besten ganz schnell, Leonie. Das war Pech, beim nächsten Mal klappt es dafür bestimmt.«

Wenn es Menschen gab, die die Aussicht auf ein in der Ferne liegendes Ufer über ihren Liebeskummer hinwegtröstete, dann zählte sie eindeutig nicht dazu. Sie schluchzte nur noch stärker. »Ich habe einfach kein Glück.«

Diese Hoffnungslosigkeit konnte man nur betäuben, da halfen keine Argumente – ganz davon abgesehen, dass mir keine einfielen. Ich lief in meine Wohnung, um eine Flasche

Wein aus dem Kühlschrank zu holen. Die vierzehn Prozent Alkohol würden sie umhauen. Sie sah nicht danach aus, als hätte sie in den letzten Tagen viel geschlafen. Wenn schon kein Trost, dann wenigstens Absinken ins Nirwana.

Wir tranken in dieser Nacht nicht nur diese Flasche, sondern noch eine zweite und versanken beide auf ihrem Sofa in einen bleiernen Tiefschlaf. Den nächsten Tag möchte ich am liebsten aus meinem Gedächtnis streichen. Wir mussten uns beide krank melden und schworen uns, nie wieder einen Tropfen Alkohol anzurühren. Dieser Vorsatz hielt zwar nur drei Tage, viel länger hielt dafür unsere Freundschaft, die irgendwann in dieser Nacht begonnen hatte. Ich war erst sehr vorsichtig, weil ich Angst hatte, mit Leonie nun tage- und nächtelang die unglücklichen Liebesgeschichten ihres Lebens durchkauen zu müssen. Aber Leonie erzählte jede Geschichte nur einmal.

Je besser ich sie kennen lernte, desto weniger verstand ich diese Männer, die sie verschmäht oder sitzen gelassen hatten. Denn Leonie war ein Blender – auf eine unglaublich gewinnende Art. Bei ihr war alles Bemerkenswerte innen – bis auf die Augen. Sie war warmherzig, humorvoll und geistreich, sie war unglaublich zuverlässig und hilfsbereit. Nur wirklich fröhlich war sie nicht. Manchmal überkam sie eine lähmende Traurigkeit. Dann erzählte sie mir von ihrem Traum, eine Familie zu haben, einen Mann, der sich für sie entschied, nur für sie.

Im Januar vor eineinhalb Jahren fand das Glitzern wieder seinen Weg in Leonies Augen. Sie stand ganz aufgeregt und außer Atem vor meiner Tür. »Er heißt Stephan Birkner, ist einunddreißig Jahre alt, er liebt Hermann Hesse, ist geschieden, sucht keine Abwechslung, und er lebt hier in Hamburg! Vera, ist das nicht wundervoll?«

Ich zog sie in meine Wohnung, umarmte sie und führte mit ihr einen Freudentanz auf. Ich musste sie nicht erst fragen, ob sie verliebt sei.

»Er war heute in der Bibliothek, in *meiner* Abteilung! Er suchte nach einer ganz bestimmten Textstelle von Hesse: *Und jedem Anfang wohnt ein Zauber inne, der uns beschützt und der uns hilft zu leben*. Das ist meine Lieblingsstelle. Ist das nicht ein Zufall? So kamen wir ins Reden. Er ist seit zwei Jahren geschieden und träumt davon, sich im Piemont einen Weinberg zu kaufen. Er hat mich am Wochenende zum Tee zu sich eingeladen. Oh, Vera, ich habe so schreckliche Angst, dass wieder irgendetwas schief geht.«

Ich hatte die gleiche Angst und nahm mir vor, ihn von allen Seiten unter die Lupe zu nehmen. Er würde es nicht leicht haben. Wenn es in meiner Macht lag, würde er sie nicht verletzen. »Ach was, dieses Mal geht nichts schief!« Ich hätte nicht sagen können, wen ich mehr davon überzeugen wollte, sie oder mich selbst.

Ratschläge, es langsam angehen zu lassen, vorsichtig zu sein und kritisch, waren bei Leonie vollkommen fehl am Platz. Sie war übervorsichtig und ängstlich geworden, wenn es um das Thema Beziehung ging. Nach ihrer Flughafenerfahrung hatte es zwei viel versprechende Anwärter gegeben, aber Leonie hatte beide verschreckt. Stephan Birkner hingegen schien weniger schreckhaft zu sein.

Wie sich bald herausstellte, hatte sie in ihm eine verwandte Seele gefunden. Verwandt nicht nur in ihrer Begeisterung für Literatur, ihrer Freude an den kleinen, manchmal unscheinbaren Dingen – verwandt auch in ihren bisherigen Enttäuschungen.

Im Juli war Leonie nicht mehr zu halten. »Er hat mir gesagt, dass er mich liebt und mit mir zusammenleben will.

Als Auftakt wollen wir gemeinsam verreisen. Ich soll mir zwei Wochen in der Bibliothek Urlaub nehmen und nur dünne Sachen einpacken. Er besorgt die Flugtickets. Es wird eine Überraschung für mich. In drei Wochen geht es los. Er besucht vorher noch seine Schwester in Frankfurt. Dort treffen wir uns dann direkt vor dem Abflug. Drei Wochen, Vera, nur drei Wochen noch. Ich packe schon ständig in Gedanken meinen Koffer.«

Wie hatte ich nur jemals denken können, Leonie sei wortkarg? Sie neigte hin und wieder zu aufgeregten kurzen Sätzen, aber sie hatte auch allen Grund, aufgeregt zu sein. Ich wünschte ihr so viel Glück.

Eine Woche vor der großen Reise verabschiedeten die beiden sich voneinander. Zum verabredeten Zeitpunkt würden sie sich vor der Abflughalle treffen. Leonie hatte schon zwei Tage vorher ihren Koffer gepackt. Er lag geöffnet auf einer alten Holztruhe in ihrem Schlafzimmer. Sie hatte ihn fünfmal umgepackt, etwas herausgenommen, etwas hinzugefügt, etwas ausgetauscht. In diesen Koffer hatte Leonie all ihre Hoffnungen gepackt, ihre Vorfreude und ihre Hoffnung auf ein Glück, an das sie immer noch nicht ganz zu glauben wagte. Er war so voll, dass sie ihn allein nicht schließen konnte, ich musste ihr helfen. Wir setzten uns beide lachend darauf und klickten die Schlösser zu.

Mir fiel wieder die Aufgabe zu, Leonies botanische Freunde bis zu ihrer Rückkehr bei Laune zu halten, zum ersten Mal für so lange Zeit. Ich war jedoch inzwischen geübt. Leonie hatte mir das Geheimnis ihres grünen Daumens anvertraut. Es war nichts weiter als gute Unterhaltung und Respekt vor dem Standort. Sie redete mit ihren Pflanzen und ließ sie auf der einmal auserkorenen Fensterbank unverrückt stehen. »In der Natur steht eine Orchidee auch nicht heute hier und morgen da.« Dass dort allerdings auch niemand regelmäßig mit ihr redete, irritierte sie nicht weiter. Sie hatte ihre ganz eigene Philosophie, und der Erfolg sprach eindeutig für sie.

Zwei Tage nach Leonies Abreise schloss ich ihre Wohnungstür auf und sah, dass vom Schlafzimmer ein Lichtschimmer in den Flur fiel. Sie musste in der Aufregung vergessen haben, es auszuschalten. Ich machte die Tür hinter mir zu und stieß im selben Augenblick gegen einen harten Gegenstand, der im Weg lag. Ich stolperte und fluchte laut, blieb dann jedoch wie erstarrt stehen. Es war Leonies Koffer. Nein, bitte, nicht das, dachte ich in Erinnerung an den Abend, als schon einmal ein Koffer hier im Flur gestanden hatte. Lieber Gott, flehte ich, mach, dass der Flug gestrichen ist, dass das Flugpersonal streikt oder es eine unvorhergesehene Kerosinkrise gibt. Aber ich ahnte, dass nichts von alledem geschehen war, und ging auf die angelehnte Schlafzimmertür zu.

Das Bild, das sich mir dahinter bot, werde ich nie vergessen: Leonie hatte noch dieselben Sachen an, in denen ich sie vor zwei Tagen verabschiedet hatte. Sie saß gegen das Kopfende ihres Bettes gelehnt, die Arme lagen kraftlos links und rechts neben ihrem Körper. Sie musste mich gehört haben, denn sie sah mich an, als ich ins Zimmer kam. Ihre Augen waren leer, erloschen, ich konnte in ihnen nichts entdecken, nicht einmal Traurigkeit. Mit zwei Schritten war ich an ihrem Bett und nahm ihre Hände in meine. Sie waren eiskalt. Ich weiß nicht, wie lange wir so dort saßen, ich spürte die Zeit nicht mehr – nur eine unsagbare Traurigkeit. Ich hatte es ihr so sehr gewünscht – dieses Glück, nach dem sie sich sehnte.

»Leonie, was ist passiert?«

»Nichts.« Es hatte eine Weile gedauert, bis sie mir antwortete, so als müsse sie erst darüber nachdenken. »Ich habe gewartet, aber Stephan ist nicht gekommen. Sechs Stunden. Dann habe ich die nächste Maschine zurück nach Hamburg genommen.« Ihre Stimme war ausdruckslos, sachlich, fast unbeteiligt.

»Es gibt bestimmt einen Grund dafür. Hast du bei seiner Schwester angerufen?«

»Nein.«

»Warum denn nicht?«

»Er ist nicht gekommen. Er wird seine Gründe haben.« Sie hatte immer noch eiskalte Hände, und ich spürte, wie sehr sie zitterte. Warum nur, fragte ich mich, warum ausgerechnet sie, immer wieder sie? War ihre Pechsträhne immer noch nicht beendet? Ich stand auf und lief im Zimmer umher. »Soll ich deinen Koffer auspacken? Er steht noch im Flur.« Ich musste etwas tun, mich ablenken, ich konnte meine Ratlosigkeit nicht ertragen.

»Nein. Danke. Es ist nichts darin, was ich brauche. Ich werde ihn nicht auspacken.« Sie kam aus ihrem Bett, holte den Koffer aus dem Flur und stellte ihn im Schlafzimmer in eine Ecke. »Es ist einfacher, ihn stehen zu lassen.«

»Leonie …«

»Bitte, Vera, lass uns nicht daran rühren. Ich habe es noch einmal versucht, und es ist schief gegangen. Es ist wie beim Glücksspiel. Bei jedem verlorenen Spiel denkst du, dass es dich dem Glück ein Stück näher bringt – durch das Prinzip der Wahrscheinlichkeit. Du denkst, du hast es verdient. Du denkst, dass du auch einmal dran sein musst, auch einmal gewinnen musst. Aber die Wahrscheinlichkeit, dass du bis zum Ende verlierst, ist mindestens genauso groß.«

Dem hatte ich nichts entgegenzusetzen. Schlimmer noch, mehr als von jeder Wahrscheinlichkeit war ich inzwischen vom Gesetz der Serie überzeugt. Sie blieb noch ein paar Tage zu Hause, in denen ich sie wie ein Kind umsorgte und noch ein paar Mal versuchte, mit ihr über Stephan zu reden.

Aber sie blockte ab. »Das ist vorbei, Vera, vorbei!«

Der Koffer blieb tatsächlich dort stehen, wo sie ihn abgestellt hatte. Für mich war er wie ein Mahnmal, für Leonie der einzig mögliche Weg, mit ihrer Erinnerung umzugehen.

Vier Wochen später standen wir gerade in ihrer Küche und kochten zusammen, als das Telefon klingelte. Leonie drückte mir das Sieb in die Hand, um die Spaghetti abzuschütten, und lief ins Wohnzimmer. Ich konnte nicht hören, mit wem sie sprach, da die Abzugshaube so viel Lärm machte, ich hoffte nur, dass es nicht allzu lange dauern würde. Die Nudeln waren al dente, und ich hatte einen Bärenhunger. Plötzlich stand Leonie im Türrahmen. Das Blut war ihr ins Gesicht geschossen.

»Leonie … ?«

»Er war dort, er war dort, er war … .« Sie kam auf mich zu und packte ganz fest meine Arme. »… dort.«

»Stephan?«

Sie nickte. »Das war seine Schwester am Telefon. Er war vor der Abflughalle, sogar noch länger als ich. Er hat dort gewartet – auf mich.« Sie fing an zu weinen. »Aber am Terminal 2, ich stand vor Terminal 1. Dort bin ich auch aus Hamburg angekommen. Ich wusste nicht, dass es noch einen anderen Abflugbereich gibt.« Ihre Finger krallten sich in meine Oberarme.

»Leonie, warum hat seine Schwester angerufen? Warum hat er nicht selbst angerufen?«

»Sie macht sich Sorgen um ihn, er gehe seit Tagen nicht ans Telefon.« Sie mußte schlucken, bevor sie weitersprechen konnte. »Er habe sich so sehr aufgeregt, als ich nicht kam, und sie wünsche mir, dass ich einmal so sehr leiden müsse wie er. Ist das nicht grotesk, Vera? Aber ich habe es ihr gesagt. Dass ich da war. Dass ich gewartet habe. Ich habe ihr gesagt, dass ich sofort bei ihm vorbeifahre.« Sie breitete ihre Arme aus. »O Vera, er war dort, und ich war so schrecklich dumm.« Sie umarmte mich und strahlte mich mit ihren vollkommen verheulten Augen an.

»Ich finde, Stephan war mindestens genauso dumm, wenn das überhaupt der richtige Ausdruck dafür ist. Er hat auch geglaubt, dass du es dir anders überlegt hast.« Und ich? Was war mit mir? Ich selbst hatte nur einen flüchtigen Gedanken daran verschwendet, dass es sich um einen Irrtum handeln könnte. Auch ich hatte die Geschehnisse aus Leonies bisherigen Erfahrungen heraus interpretiert – kritiklos, leichtfertig und pessimistisch. Dabei hatte nichts in Stephans Verhalten diese Reaktion gerechtfertigt.

Während ich meinen Anteil an diesen Irrtümern analysierte, ging Leonie zu ihrem Koffer, der immer noch verschlossen im Schlafzimmer stand. Sie tätschelte ihn mit der Hand und sagte: »Jetzt wirst du doch noch gebraucht. Wir werden die Reise nachholen!« Sie drehte sich zu mir um. »Vera, ich glaube, die Spaghetti musst du alleine essen. Schlimm?«

»Was für eine Frage!« Ich brachte sie noch zur Tür und begleitete sie schließlich in Gedanken ein Stück ihres Weges zu Stephan, bis mir bewusst wurde, dass ich ganz fest beide Daumen drückte. Das war immer noch der alte Aberglaube, der es so schwer machte, an das Glück zu glauben, und wie selbstverständlich das Unglück in Betracht zog.

Leonies Glück aber war nicht mehr unwahrscheinlich. Im Gegenteil: Sie hatte unwahrscheinliches Glück.

Die beiden holten ihre Reise nach und kamen voller Pläne zurück. »Wir werden ins Piemont ziehen und dort Wein anbauen.« Leonie zögerte einen kurzen Moment. »Ich kann das alles noch gar nicht richtig fassen, Vera, aber ich werde meinen Job kündigen und meine Wohnung. Und ich werde alle Gedanken an das, was schief gehen könnte, in den Wind schlagen. Ich werde es wagen!«

Und das tat sie schließlich auch – mit klopfendem Herzen und voller Ungeduld. An ihrem letzten Tag brachte sie mir ihre Pflanzen.

»Ich möchte, dass sie bei dir bleiben! Ich weiß, dass sie dich mögen. In den ersten Tagen wirst du ein bisschen mehr mit ihnen reden müssen. Das tröstet sie über den Umzug hinweg.« Während sie das sagte, zwinkerte sie mir zu, und ich sah, dass nicht nur ich Tränen in den Augen hatte.

»Ich bin nicht aus der Welt, weißt du. Ich werde dir schreiben, und du buchst am besten gleich deinen nächsten Urlaub. Es soll wunderschön sein dort unten.« Wir umarmten und verabschiedeten uns. Als sie fort war, räumte ich meine Fensterbänke leer und schaffte Platz für meine neuen Mitbewohner. Ich redete lange auf sie ein und erklärte ihnen wortreich, warum dieser Umzug notwendig war. Und ich erpresste sie: Wenn sie nicht wollten, dass Leonie weint und es im Piemont ständig regnet, sollten sie blühen, was das Zeug hält. Sie halten sich daran. Und ich halte mich an mein Versprechen, sie zu pflegen.

Ich vermisse Leonie und wünsche mir oft, sie würde wieder Tür an Tür mit mir wohnen. Gleichzeitig macht es mich froh, wenn ich ihre Briefe lese und in jeder Zeile spüre, wie sehr sie aufgeblüht ist. Ich habe viel gelernt durch meine

Freundin Leonie. Durch sie weiß ich, dass es keine Pechvögel oder Glückspilze gibt. Es gibt Zufälle – glückliche wie auch unglückliche, manchmal tragische. Und auch wenn es so scheinen mag – über weite Strecken hinweg –, so glaube ich nicht mehr an das Prinzip der Wahrscheinlichkeit oder das Gesetz der Serie. Das Leben ist nicht gerecht oder ungerecht, Glück und Unglück sind genauso wenig verdient wie unverdient. Und es gibt keine Menschen, die eines von beiden wie magisch anziehen. Es gibt nur die Dinge, die geschehen – einfach so, unvorhergesehen und unberechenbar – überraschend.

Die andere Hälfte

»Ordnung ist das halbe Leben«, sagte sie. Nicht einmal, sondern tausendmal, so als müsse es für dieses halbe Leben reichen. Ich hörte den Satz nie abgewandelt, immer präzise, nicht böse, aber dennoch mit Nachdruck.

»Und die andere Hälfte?«, fragte ich gespannt, aber sie sah mich nur verständnislos an.

Es gab kein Entkommen: die Schuhe akkurat nebeneinander, das Kleidchen sauber gefältelt, die Haare im Zaum. Strähnen, die vorwitzig aus der Reihe tanzten, gehörten gebändigt.

»Sieht sie nicht adrett aus, die Kleine.« Fragezeichen konnte sie nicht ausstehen, sie waren ihr zu ungewiß.

Es gab keine Gnade: Sie ordnete überall und alles. Sie ordnete unser Haus, meinen Vater und mich. Archivieren und Beschriften waren ihr Lebensinhalt. Ich weiß nicht, welcher Zufall mich meine Kindheit ohne ein Schild durchschreiten ließ – ohne ein Etikett, das mir meinen Platz in Mutters Ordnung zuwies und auf dem gestanden hätte »Tochter – hinten links«.

Meine Welt war beschildert. Gab es mehr als zwei Dinge gleicher Art, wurde ein Kasten angelegt. Darauf stand: Puppenkleider, Bauklötze, Malstifte, Knete, Inhalt Kaufmannsladen oder Bälle. Solange ich noch nicht lesen konnte, klebten Bilder auf den Kartons, so dass alles schnell zu finden war.

»Das spart dir viel Zeit«, sagte sie.

»Zeit wofür?«, fragte ich und erntete dafür einen ihrer verständnislosen Blicke.

Meine Welt war geordnet. Im Regal die Kartons – sobald ich lesen konnte, alphabetisch geordnet –, links auf dem Bett die Puppen, rechts die Stofftiere, nie gemischt, immer getrennt. Der Platz unterm Bett war tabu – er hätte sich dem Überblick entzogen.

In dieser Welt gab es keine Abenteuer. Ein Blick und das Barbie-Abendkleid war gefunden, mit einem Griff lag der Flummie in der Hand. Ordnung war mein halbes Leben. Doch dann, eines Tages, bekam ich eine Ahnung von der anderen Hälfte.

Meine Mutter war zum Einkaufen gefahren, und ich war die Kellertreppe hinuntergehüpft – aus Langeweile, denn Neugierde verzweifelte in Mutters Haus. Waschküche und Vorratskeller ließ ich links und rechts liegen. Mein von Vorhersehbarem übersättigter Blick wanderte verdrossen umher.

Bis er sich plötzlich magisch verfing. Konnte es sein? War da wirklich eine Tür? Ich konnte sie nur schemenhaft erkennen, da sie sich dem Schein der Kellerlampe entzog. Wurde ich zum Opfer einer Fata Morgana? Nein! Mit ein paar aufgeregten Schritten stand ich davor. Die Türklinke ließ sich nur schwer herunterdrücken und weckte mit ihrem lauten Knarren die sehnsüchtige Hoffnung auf lange Verborgenes.

Als ich die Tür weit öffnete, hielt ich den Atem an und konnte mich nicht sattsehen – an den alten Möbeln, die vollkommen ungeordnet diesen Raum belebten. Die Schrammen, Kerben und Ritzen im Holz erzählten Geschichten, von denen ich mich entführen ließ. Ich strich mit den Fingern über die abgenutzte Holzbank mit dem hineingeschnitzten Herz, über den Küchentisch, an dem ein Bein fehlte, und den alten Sekretär mit den vielen kleinen Schubladen.

Er war meine liebste Entdeckung und sollte mein größtes Geheimnis werden. Ich hütete es, denn es war mein halbes Leben. Mein Leben voller Überraschungen, voll Verborgenem, Unvorhergesehenem. Mein Leben voller Abenteuer. Hier erfuhr ich, was es heißt, etwas zu suchen, es manchmal zu finden, manchmal aber auch nicht.

An dem Tag, als ich den Sekretär entdeckte, änderte sich mein Leben. Ich war behutsam an mein Werk gegangen. Ich wollte es auskosten, nichts übereilen. Es musste vielleicht lange halten. Wie ein Bonbon, an dem man langsam lutscht, weil man nicht weiß, ob es noch einmal ein anderes gibt.

Meine Mutter musste diesen Raum vergessen haben. Wer sie nicht kannte, hätte meinen können, das Gerümpel im Keller bedeute ihr nichts und sei deshalb ihrer ordnenden Hand entgangen. Aber ich wusste es besser. Sie setzte keine Prioritäten, sie kannte keine Hierarchien. Alles war wichtig, alles musste seinen unverrückbaren Platz in ihrem übersichtlichen Universum haben.

So entdeckte ich Vergessenes. Manchmal währte meine phantastische Reise nur Minuten, wenn ich Glück hatte, eine Stunde. Ich hätte mich selbst für Sekunden auf den Weg gemacht, auf den Weg in die andere Hälfte.

Ich konnte nicht ordnen, nicht in Ordnungen denken. Sie hatte es mir nie beigebracht. Sie hatte mich nie gezwungen, etwas aufzuräumen, ich kam nie dazu, denn sie nahm alles selbst in die Hand, lächelnd, nachdrücklich – bezwingend.

So beherbergte der Sekretär für mich nicht die Schublade oben rechts oder die links in der Mitte. Es gab nur die mit der Maserung, die an einen Löwenkopf erinnerte. Oder die, an der noch rotes Kerzenwachs klebte. Einer anderen fehlte der Knopf zum Ziehen, wieder eine andere ließ sich nicht mehr richtig schließen.

Wochenlang hatte ich meinen Schatz in jeder freien Minute betrachtet, im wechselnden Licht, das durch das schmutzige kleine Kellerfenster fiel. Ich hatte versucht, die Staubkörnchen zu fangen, die im Sonnenstrahl tanzten. Sie kamen nie zur Ruhe, auch wenn ich noch so still stand und meinen Atem anhielt.

Ich stellte mir vor, was ich in den Schubladen finden würde: abgebrochene Bleistifte, einen Brief mit verschmierter Tinte oder Wäscheklammern und verrostete Nägel? Ich hatte meine Hand schon ausgestreckt und spürte den Knopf zwischen meinen Fingern. Aber nein, halt! Was, wenn auch dort Ordnung herrschte und sie die Etiketten nur vergessen hatte? Ich zog meine Hand schnell zurück. Die Ungewissheit war mir lieber.

Es könnten auch Briefmarken darin sein, aus fernen Ländern, jede in einer anderen Farbe des Regenbogens. Oder Murmeln, die in der Hand warm wurden? Kastanien und Streichhölzer? Ich könnte kleine Männchen daraus basteln. Eine Mundharmonika? Geburtstagskerzen? Vielleicht passte auch ein *Fünf-Freunde*-Buch in eine der Schubladen? Ach, einmal nur hineinsehen – ohne Furcht vor der Ordnung.

Und dann sah ich sie, die kleine Spinne, die durch einen Spalt aus der Schublade krabbelte – aus der, die sich nicht mehr schließen ließ. Was hatte sie dort gesehen? Konnten Spinnen überhaupt im Dunkeln sehen? Sie sollten acht Augen haben. War eines für die Dunkelheit?

Mochten Spinnen ordentliche Schubladen? Das konnte ich mir nicht vorstellen. Wenn sie wieder hineinkrabbelte, beruhigte ich mich, gab es Hoffnung. Die Minuten verstrichen, und sie ließ sich ganz langsam an ihrem Faden hinab. Ich pustete leicht in ihre Richtung, und – da! – ganz schnell war sie wieder in der Schublade verschwunden.

Ich hörte den Wagen meiner Mutter vors Haus fahren und kam erst wieder zu Atem, als ich in meinem Zimmer saß – inmitten der einen Hälfte. Ich würde morgen wieder hinuntergehen, und ich würde es wagen. Ich würde nur diese eine Schublade öffnen, nur einen Zentimeter. Das würde reichen. Hier oben hatte ich nie eine Spinne in einer der Schubladen oder Schränke gesehen. Nicht den Hauch eines Spinnennetzes. Die Ordnung ließ keinen Raum für Verstecke.

In dieser Nacht träumte ich von meiner Schublade. Ich sprang – so groß wie der kleine Däumling – einfach durch den Spalt hinein. Erst war es ganz finster dort, aber als sich meine Augen an die Dunkelheit gewöhnten, sah ich mein Wunderland. Ich stolperte glücklich über Staubkörner, verfing mich im Spinngewebe, kletterte über einen krummen Schlüssel – nur um auf eine riesige Schraube zu stoßen, die mir den Weg versperrte. Ein schwarzglänzender Füller zog sich wie ein Wall quer durch die Schublade. Ich rutschte hinüber und fand einen glitzernden Felsbrocken. Was wohl dahinter war? Ich wachte mit klopfendem Herzen auf.

Heute würde sie nicht ausgehen, sagte sie am nächsten Morgen. Sie habe zu viel im Haus zu tun. Wir könnten spielen, und ich könne ihr beim Aufräumen helfen.

»Ordnung ist das halbe Leben«, sagte sie lächelnd. »Du wirst mir eines Tages dankbar sein.«

Leben … es musste warten, bis morgen.

Und dann ging sie endlich – Etiketten kaufen, die hellblauen fürs Schlafzimmer waren ihr ausgegangen. Ich wartete, bis die Tür ins Schloss gefallen war, und rannte Richtung Keller. Bei ihr konnte man sicher sein, dass sie nicht noch einmal zurückkam, weil sie etwas vergessen hatte. Es war immer alles an seinem Platz, Portemonnaie und Einkaufszettel, Handspiegel und Lippenstift. Sie würde mindestens eine Stunde fortbleiben. Es gab nur ein Geschäft, das blaue Etiketten führte. Und dorthin musste sie fast eine halbe Stunde fahren.

Ich hatte Zeit – Zeit zum Leben. Ich nahm zwei Stufen auf einmal und sprang in fünf Sätzen die Kellertreppe hinunter, bis ans Ende des Gangs und durch die Tür. Die Sonne war meine Verbündete, sie strahlte genau auf meine Schublade. Ich stürzte darauf zu, griff nach dem Knopf und zog. Mein Herz klopfte bis zum Hals, als wolle es vor Neugier zerspringen. Und dann lagen sie vor mir, die Schätze des Ungewissen, die noch keiner Ordnung zum Opfer gefallen waren.

Manche erkannte ich sofort, manche konnte ich im Durcheinander nur erahnen. Ich sah ein kleines Reh aus Holz, dem ein Ohr abgebrochen war. Ob es durch die anderen Dinge hindurch auf den Grund der Schublade gefallen war? Oh, und eine Schneekugel mit einem Osterhasen. Ganz hinten fing eine Spiegelscherbe den Sonnenstrahl auf, der mir immer noch den Weg leuchtete. Ich fühlte auf den Grund der Schublade und zog ein kleines Buch heraus. Als ich es öffnete, fielen mir getrocknete Blüten entgegen. Ich sammelte sie vom Boden auf und legte sie wieder zwischen die Seiten. Es fiel mir schwer, nicht alles auf einmal zu erkunden. Aber noch schwerer lastete die Angst auf mir, Mutter könne alles zerstören, wenn sie mich hier entdeckte.

Vorsichtig schob ich die Schublade zu. Ich würde morgen wiederkommen und übermorgen und nächste Woche. Ich würde immer wiederkommen. Es gab so vieles zu suchen, so vieles zu entdecken. Dieser Tag war erst der Anfang gewesen.

Lillys Antwort

Als Lilly erfuhr, dass ihr Körper den Kampf gegen den Krebs verlieren würde, traf sie ihre Entscheidung und schrieb mir einen Abschiedsbrief. *»Ich will nicht leiden, Kristina, nicht ohne Hoffnung«*, hieß es darin. *»Ich will das Ende selbst bestimmen, solange mir das noch möglich ist. Ich habe lange dagegen angekämpft und viel Zeit gewonnen, aber ich habe mir immer gewünscht, im richtigen Moment loslassen zu können. Ich kann es jetzt, und der Moment ist da, es ist endlich Ruhe eingekehrt. Ich habe diesen Brief an Dich oft in Gedanken formuliert und mich gefragt, ob es in diesen letzten Stunden etwas gibt, was ich Dir unbedingt noch mit auf Deinen Weg geben möchte, dieses letzte Stück an Weisheit. Aber ich habe festgestellt, dass alles gesagt ist, was mir jemals wichtig schien. Lebe, Kristina, lebe wohl, ich bin in Gedanken nah bei Dir und umarme Dich mit all meiner Liebe.«*

Nachdem sie den Brief in den Briefkasten geworfen hatte, stieg meine Tante in ihr Auto und raste frontal gegen einen Baum. Sie war sofort tot.

Eine Woche später stand ich an ihrem Grab und fing an zu begreifen, dass ich sie nie wiedersehen würde. Nie wieder. Es schnürte mir die Kehle zu. Nie wieder Lilly sehen, wie sie mit Händen und Füßen redet, um mich zu überzeugen; wie sie ihre Seele, ihre Gedanken malt. Nie wieder Lilly hören, wie sie lacht, wie sie mir einen ihrer Vorträge über das Leben hält. Dabei hatte alles ganz anders angefangen. Ich war gerade acht Jahre alt, als ich in den Sommerferien das erste Mal das Haus meiner Tante betrat. Ich hatte sie vorher noch nie gesehen, und wenn es nach mir gegangen wäre, hätte ich sie nach diesen Ferien auch nie wieder gesehen. Mit meiner Weigerung biss ich bei meinen Eltern allerdings auf Granit, sie schickten mich mit schöner Regelmäßigkeit jeden Sommer zu Tante Lilly. Anfangs kam ich mir vor wie das Opfer eines Komplotts. Während meine Klassenkameraden Abenteuer unter Gleichgesinnten erlebten, setzte Lilly alles daran, meine Neugier, meinen Geist zu wecken, wie sie es nannte. Ich sollte hinsehen und zuhören, sollte fragen, erfahren. Es hat sich nie wieder ein Mensch so viel Mühe mit mir gegeben, nur sah ich das damals anders. Die einzige Leidenschaft, die ich zu jener Zeit mit ihr teilte, war meine Begeisterung für Farben. Lilly malte, und ich konnte ihr stundenlang dabei zusehen. Die Bilder waren es schließlich, die mich ganz zaghaft anfangen ließen, sie zu mögen.

»Jedes Bild erzählt verschiedene Kapitel ein und derselben Geschichte – je nachdem, aus welcher Entfernung du es betrachtest. Was aus der Nähe als ein wilder Farbenwirbel erscheint, gewinnt an Kontur – mit nur ein wenig Distanz, manchmal auch umgekehrt.« Sie nannte es den Tanz zwischen den Perspektiven. Dieser Tanz, so sagte sie, sei das Geheimnis einer jeden guten Beziehung – der zu einem Bild wie auch der zu einem anderen Menschen. »Manche Dinge wirst du immer nur aus der Distanz erkennen können, und manche nur aus der Nähe. Erst alles zusammen ergibt ein vollkommenes Bild. Gib dich nie mit nur einer Perspektive zufrieden!«

So lernte ich hinzuschauen, und ich machte dabei vor nichts Halt, schon gar nicht vor Tante Lilly. Als sich mein

Blick für die verschiedenen Perspektiven langsam schärfte, begann ich, meine Tante mit anderen Augen zu sehen. Sie war nicht nur klug und geistreich, sie konnte auch sehr irdisch sein, vor allem wenn es um ihren Luxuskörper ging.

»Eitel bis zum Umfallen«, nannte es meine Mutter. Für Lilly war es der Kampf gegen Naturgesetze, wobei man bei ihrem Anblick durchaus an der Kraft dieser Naturgesetze zweifeln konnte.

»Für wen gibst du dir so viel Mühe? Männer mögen es nicht, wenn man sich so auftakelt!«, plapperte ich ungefiltert nach, was meine Mutter mir aufgetragen hatte.

»Wer sagt das? – Nein, warte, lass mich raten. Deine Mutter?«

»Stimmt. Sie sagt immer, dass es sowieso nichts nützt, wie du dich herausputzt. Du seist viel zu anstrengend. Männer wollten sich zu Hause entspannen und nicht das Leben diskutieren, schon gar nicht mit einer Frau.«

»So, so, sagt sie das. Man sollte deine Mutter doch tatsächlich konservieren und ausstopfen – als chauvinistischen Kollaborateur.«

»Als was?«, fragte ich.

»Sieh ins Lexikon!« Damit war die Diskussion für Lilly beendet, und ich hatte einmal mehr das Gefühl, einem Schlagabtausch zwischen den beiden beigewohnt zu haben, ohne ihn zu verstehen. Ich hatte mich schon lange daran gewöhnt, dass meine Mutter und meine Tante nicht miteinander redeten. Sie hassten sich. Warum, darüber verlor keine von beiden ein Wort – auch nicht Lilly, die ihre Wahrheiten sonst so freigiebig verteilte. Ihre einzige Kommunikation fand über mich statt, wobei ich es mit der Zeit lernte, die Schläge der beiden etwas abzufedern.

Ich verstand nicht, warum meine Mutter mich immer

wieder zu ihr schickte. Sie schien alles an ihrer Schwester abzulehnen, schon gar nicht schien sie ihr geeignet, an meiner Erziehung mitzuwirken. Lilly hatte, als ich sie einmal danach fragte, eine ziemlich bissige Erklärung zur Hand.

»Vielleicht wurde deine Mutter in einem ihrer klaren Momente ausnahmsweise von Selbstzweifeln gestreift und hat erkannt, dass ein so unspektakuläres Dasein, wie sie es führt, nicht für jeden die ideale Lebensform ist. Vielleicht will sie dich ganz einfach retten.«

Wenn die eine gut austeilen konnte, so stand die andere ihr in nichts nach. »Sag deiner Tante, dass ich in deinen Besuchen die einzige Möglichkeit sehe, etwas Unschuld in ihr Leben zu bringen.«

Indem ich all das, teils vollständig, teils gemildert, überbrachte, wurde ich unglaublich redegewandt. Wenn Lilly allerdings dachte, dass mich ihre geistreichen Ausführungen überforderten, sagte sie: »Schreib es dir auf, damit du nichts vergisst.« So ging es jahrelang, und ich war überzeugt, dass sie mich mit nichts mehr würde überraschen können.

Bis zu jenem Tag, an dem ich begann, meine Vergangenheit noch einmal mit wachsameren Augen zu durchwandern. Ich war vierundzwanzig Jahre alt und hatte gerade meine Eltern begraben. Sie waren bei einem Autounfall ums Leben gekommen. Nach der Beerdigung war ich Lillys Einladung, ein paar Tage bei ihr zu verbringen, nur zu gerne gefolgt.

Tief in einen Sessel gekuschelt, ließ ich meinen Tränen freien Lauf. Lilly saß neben mir auf der Armlehne und streichelte gedankenverloren meine Hand.

»Viel zu früh«, sagte sie leise.

»Sie hatten noch so viele Pläne.« Ich dachte an all die

Länder, die sie nie mehr sehen würden. »Und sie konnten es kaum abwarten, Großeltern zu werden.« Bei der Erinnerung daran machte sich ein Lächeln in mir breit. »Kannst du dir das vorstellen: ich und ein Kind?«

»Sehr gut sogar.«

»Aber selbst kneifen«, hielt ich ihr in einem gespielt vorwurfsvollen Ton entgegen.

»Ich habe nicht gekniffen.« Sie hatte plötzlich ein seltsames Funkeln in den Augen. »Ich hatte ein Kind, sechs Monate und dreiundzwanzig Tage lang.«

»Was ist mit ihm passiert?«, fragte ich überrascht.

»Mit ihr! Es war ein Mädchen. Sie bewegte sich plötzlich nicht mehr. Plazenta-Insuffizienz, nannten es die Ärzte. Sie ist in meinem Bauch verhungert.« Ich hatte meine Tante noch nie so traurig gesehen.

»Wann war denn das?«

»Du warst damals gerade ein Jahr alt.« Sie sah mich an, aber ich merkte, das sie durch mich hindurch sah, dass sie irgendwo, weit weg bei ihren Erinnerungen war.

»Dann hätte ich eine Cousine gehabt«, überlegte ich laut.

»Sie wäre nicht deine Cousine gewesen, sondern deine Halbschwester.«

»Wieso meine Halbschwester? Das verstehe ich nicht.« Ich versuchte, stammbaummäßig nachzuvollziehen, was sie mir da sagte, aber es ergab keinen Sinn.

»Ganz einfach, dein Vater war auch der Vater meiner Tochter.«

Ich denke, dass mein Gesicht in diesem Moment all die ungläubigen Fragen widerspiegelte, die mir durch den Kopf wirbelten. Ich wollte ihr nicht glauben, alles in mir sträubte sich dagegen, aber ich brauchte sie nur anzusehen, um zu wissen, dass jedes Wort stimmte. Nicht, dass ich

Lilly kein Verhältnis zugetraut hätte. Im Gegenteil. Aber mit meinem Vater?

»Deshalb konntet ihr euch nicht ausstehen, Mami und du. Warum hast du mir nie davon erzählt?« Ich fühlte mich von beiden betrogen. Ich war nicht nur ständige Zeugin ihrer ferngesteuerten Auseinandersetzungen gewesen, ohne mich als Medium hätten ihre Wortgefechte gar nicht stattfinden können.

»Am Anfang warst du noch zu jung für eine ehrliche Antwort, später hast du nicht mehr gefragt.«

So einfach war das? »Dann frage ich dich jetzt!«

Sie sah mich zweifelnd an, als wolle sie sich versichern, dass es mir ernst damit war. »Es war denkbar schlechtes Timing«, begann sie zögernd. »Dein Vater und ich haben uns kurz vor der Hochzeit deiner Eltern ineinander verliebt. Wir haben uns zu spät kennen gelernt, du warst zu diesem Zeitpunkt schon unterwegs. Aber alle Versuche, uns aus dem Weg zu gehen, endeten ziemlich kläglich. Ich will gar nicht erst nach irgendwelchen Entschuldigungen suchen, es gibt keine. Wir haben deine Mutter betrogen, beide. Ich wünsche mir oft, sie hätte es nie erfahren, aber als ich dann schwanger wurde, geriet dein Vater in einen solchen Zwiespalt, dass er ihr von unserer Beziehung erzählte. Er war hin- und hergerissen zwischen deiner Mutter und mir.«

»Hat er dich geliebt?« Ich wollte immer noch nicht glauben, was ich da hörte.

»Ja, ich denke ja.« Ihr Blick verschwand wieder in einer Vergangenheit, in die ich ihr nicht folgen konnte.

»Und du?«

»Es hat mir kein anderer Mann so viel bedeutet wie dein Vater. Als ich unser Kind verlor, dachte ich lange Zeit, das sei so etwas wie eine göttliche Strafe. Bis ich anfing, daran zu zweifeln, dass Gott mit Menschenleben spielt, nur um mir eine Lektion zu erteilen. Als ich das begriff, kroch ich nach und nach aus dem tiefen Loch, in das ich gefallen war. Damals fing ich an zu malen.«

Ich sah Tränen in ihren Augen glitzern, aber ich konnte nicht aufhören. Es gab so vieles, was ich sie fragen wollte, um dieses Puzzle zusammenzusetzen. »Und was war mit meinem Vater?«

»Ich hatte jeglichen Kontakt zu ihm abgebrochen. Ich dachte, ich müsste meine Strafe abbüßen. Als ich dann aus dieser Schuld-und-Sühne-Vorstellung erwachte, sah ich vieles klarer. Wir haben uns noch einmal getroffen, um uns voneinander zu verabschieden.«

Nach allem, was Lilly mir bis dahin erzählt hatte, hätte ich mit Tränen gerechnet, mit Kämpfen, aber damit? Einfach nur ein Abschied? »Das glaube ich dir nicht. Ihr habt euch doch bestimmt weiter heimlich getroffen.«

»Es hat unzählige Male gegeben, in denen ich den Telefonhörer schon in der Hand hatte, aber ich habe es nie getan. Und dein Vater auch nicht. Er hat dafür dich geschickt, als du alt genug warst, um alleine auf die Reise zu gehen.« Während sie das sagte, lächelte sie mich an, nicht triumphierend, sondern mit einer unglaublichen Zärtlichkeit.

Ich sah sie verständnislos an.

»Dein Vater wusste, wie sehr ich mir ein Kind gewünscht hatte. Also schickte er mir eines.«

Das klang so bestechend einfach, dass mir fast ein »Ach so« herausrutschte. »Ich verstehe nur eines nicht«, bohrte ich weiter, »warum haben sich meine Eltern nicht getrennt? Warum hast du nicht um meinen Vater gekämpft oder er um dich? Ich denke, ihr habt euch geliebt?« Irgendetwas stimmte doch an dieser Geschichte nicht. »Und meine Mutter?«, fragte ich aufgebracht. »Was für eine Rolle hat sie eigentlich in diesem Szenario gespielt?« Sie hatte nie tatenlos zugesehen, im Gegenteil: Sie hatte meine Besuche bei Lilly geradezu unterstützt. »Warum hat sie mitgemacht und sich nicht einfach geweigert?«

»Wir haben beide unseren Preis gezahlt«, sagte Lilly vieldeutig.

»Aber warum?« Ich ließ nicht locker.

»Ich werde dir das eines Tages erklären, versprochen, nur jetzt nicht.« Das war nicht fair, dachte ich, ich mochte keine halben Geschichten, aber ich kannte Lilly gut genug, um zu wissen, wann es sinnlos war, sie weiter zu fragen. So saß ich da mit einem völlig neuen Bild von meiner Familie, ohne es jedoch wirklich zu begreifen. Es fehlte ein entscheidender Stein in dem Puzzle. Und diesen Stein konnte nur noch Lilly mir geben.

Als ich sechs Jahre später die Hinterlassenschaft meiner Tante auspackte, war ich ein wenig enttäuscht. Insgeheim hatte ich auf die seit langem versprochene Antwort gehofft. Nicht aus Neugier, sondern um endlich zu verstehen, warum Lilly nicht ihrer großen Liebe gefolgt war. Und dann öffnete ich einen Karton, in dem ich, sorgsam verpackt, neun kleine Ölbilder fand. Obendrauf lag ein Zettel:

»Distanz und Nähe – ein Bilderzyklus«

»Für Kristina in Liebe«

Ich erkannte die Bilder wieder, sie hatten in Lillys Arbeitszimmer gehangen und mir von all ihren Arbeiten immer am besten gefallen. Das hatte sie also nicht vergessen, dachte ich. Als ich eines nach dem anderen auspackte und auf den Boden legte, fiel mein Blick wieder auf den kleinen Zettel, und ich erinnerte mich, was meine Tante einmal über Distanz und Nähe gesagt hatte. Plötzlich wusste ich, daß sie gar nichts vergessen hatte. Ich brauchte eine Stunde, um die Bilder so zusammenzufügen, dass sie eines ergaben. Die Antwort war immer da gewesen, ich hatte sie nur nicht sehen können, weil Lilly ihrem Bilderzyklus eine andere Reihenfolge gegeben hatte. Ich hängte die Bilder auf, und je weiter ich zurücktrat, desto stärker traten die Konturen hervor – von zwei kleinen Mädchen, die mit dem Rücken zum Betrachter Hand in Hand einen Feldweg entlanggehen. Dasselbe Motiv hatte ich einmal bei meinen Großeltern als Foto gesehen. Es zeigte meine Mutter und ihre Schwester, als sie drei oder vier Jahre alt waren.

»Erst alles zusammen ergibt ein vollkommenes Bild.« Dieser Satz ging mir nicht aus dem Kopf. Alles zusammen, das war nicht nur die Beziehung zwischen meinem Vater und Lilly gewesen, das war auch diejenige zwischen Lilly und meiner Mutter. Je länger ich das Bild betrachtete, desto klarer wurde es. Die Bosheiten, die die beiden ausgetauscht hatten, waren nur die Oberfläche gewesen, das Gerüst, das beiden geholfen hatte, mit dieser Situation fertig zu werden. Darunter war eine unzerstörbare Nähe und Vertrautheit gewesen. Und auch Liebe. Die beiden ineinander geschobenen Hände waren das Band, das Lilly daran gehindert hatte, die Beziehung zu meinem Vater aufrechtzuerhalten. Und sie waren das Band, das meine Mutter bewogen hatte, mich immer wieder zu Lilly zu schicken. Ich hatte sie gefragt, was es Wichtigeres gab als die Liebe zwischen zwei Menschen. Und sie hatte mir geantwortet: »Eine ganze Menge.«

[illegible]

[illegible]

[illegible]

Ohne Umwege

Meine Freundin Charlotte sah blendend aus, ich konnte es kaum glauben. Noch vor zwei Monaten hatte ich sie als typische Mittvierzigerin tituliert, in deren Gesicht ein Übermaß an Zigaretten und Alkohol genauso Spuren hinterlassen hatte wie der notorische Mangel an Schlaf und Bewegung. Offensichtlich hatte ihr Körper beschlossen, ihr dies nicht zu verzeihen. Was mich insgeheim beruhigte. Ein gerechtes Weltbild vor Augen, war ich nämlich überzeugt, dass sich ihre unverantwortlichen Exzesse im Spiegel genauso bemerkbar machen mussten wie mein durchorganisiertes Wellness-Programm.

Dass unsere Körper uns nichts mehr durchgehen ließen und nicht ausschließlich die anderen alterten, hatte uns der Sprung ins vierte Jahrzehnt überdeutlich klar gemacht. Nur hatten wir unterschiedliche Schlüsse daraus gezogen. Ich hielt es mit der Werbung und wollte so bleiben, wie ich bin. Charlotte war – wie immer – anderer Meinung. Sie wollte dem Charme der Jugend die Faszination der Reife entgegensetzen. Und so tat sie nichts, um diesen Reifeprozess aufzuhalten. Keine Diät, keine alkoholfreien Tage, keine Entschlackungskur und um Gottes willen keinen Sport. Ich mit meiner Missionarsmentalität ließ keine Gelegenheit aus, sie mit den Erfolgen zu locken, die ganz sicher am Ende auf sie warten würden.

»Schau mich an!«, sagte ich stolz.

»Das tue ich. Und was ich sehe, ist ein besessenes Nervenbündel, das jeglichen Genüssen abgeschworen hat. Glaube mir, es gibt keine Zauberformel für ewige Jugend. Ist doch alles Quatsch.«

Das konnte ich nicht auf mir sitzen lassen. »Ohne dir zu nahe treten zu wollen oder dich in irgendeiner Weise zu verletzen, Charlotte, aber findest du nicht, dass ich, sagen wir, etwas frischer aussehe als du?« Was natürlich pure Untertreibung war, aber sie konnte schließlich selbst in den Spiegel schauen. Da musste nicht ausgerechnet ich zum Überbringer schlechter Botschaften avancieren.

»Das ist nicht dein Verdienst«, hielt sie mir ungerührt entgegen. »Sieh dir unsere Mütter an. Meine sieht aus, als würde die Erdanziehung in ihrem Gesicht besondere Kräfte entfalten, deine, als würde sie jeden Morgen aus einem Jungbrunnen schlürfen. Das sind die Gene, weiter nichts.« Charlotte zündete sich die nächste Zigarette an und sah mich entspannt an.

»Du meinst«, fragte ich sie entrüstet, »ich soll mich einfach zurücklehnen und mein Gewebe sich selbst überlassen? Ich kann dir sagen, wie ich dann mit fünfzig aussehe. Genauso wie …« Ich konnte mich gerade noch rechtzeitig beherrschen.

»Wie ich?«, lachte sie. Es schien ihr nicht das Geringste auszumachen. Dabei war sie durchaus eitel. »Warum soll ich gegen Windmühlenflügel kämpfen? Ich ziehe nie in eine aussichtslose Schlacht.«

Gegen ihre Falten, das angehende Doppelkinn, die ausgeprägten Tränensäcke und die unübersehbaren Fettansätze inmitten der mit Recht so genannten Problemzonen anzugehen schien auch mir inzwischen fast aussichtslos. Aber nur kein Mitleid, sagte ich mir, sie ist selbst schuld. Hätte sie wie ich vor ein paar Jahren angefangen, disziplinierter mit ihren Ressourcen umzugehen, dann …

Sie unterbrach, immer noch lachend, meine Gedanken. »Ich sehe dir an, was du denkst. Aber du warst schon immer für die anstrengenden Umwege, während ich nach wie vor zum direkten Weg tendiere.«

»Meinst du Rainer?« Diese Geschichte brachte mich noch heute in Rage.

»Zum Beispiel. Das war doch ein sehr effektiver Lösungsansatz, findest du nicht?« Sie grinste. Als sie mein Gesicht sah, fragte sie unschuldig, ob ich ihr etwa immer noch böse sei. Fünfundzwanzig Jahre seien doch schließlich Zeit genug, um Gras darüber wachsen zu lassen. Aber sie wusste genau, dass ich ihr nie verziehen hatte.

Rainer war meine erste große Liebe gewesen. Damit er sich auch in mich verliebte, hatte ich seine Mutter nach seinen Lieblingsgerichten gefragt. Schließlich zählte Essen zu einer seiner bevorzugten Beschäftigungen. Charlottes direkter Weg war ihre unverblümte Frage, ob er mit ihr schlafen wolle. Was ihn dann nicht nur vom Essen, sondern auch von mir abhielt.

»Das alles«, fuhr sie unbeirrt fort, »ist nur eine Frage der klaren Zieleingrenzung und Analyse, welcher Weg den geringsten Zeit- und Energieaufwand verspricht. Unwichtige Dinge sollte man ökonomisch angehen, damit man für die wichtigen möglichst viel Zeit hat.«

»Charlotte, darf ich deine hybriden Anfälle kurz unterbrechen und dich daran erinnern, dass wir eigentlich über Körperpflege geredet haben und du hier kein Seminar über Sexualökonomie abhältst.« Das Thema ging mir auf die Nerven, aber sie ließ nicht locker.

»Es hat sich nicht gelohnt«, sinnierte sie.

»Aha?«

Sie sah mich stirnrunzelnd an. »Ich habe dir da eine ziemliche Enttäuschung erspart.«

»Vielen Dank«, presste ich ironisch zwischen meinen gefletschten Zähnen hervor. Charlottes Pragmatismus in allen Ehren, aber diese Erfahrung hätte ich doch gerne selbst gemacht. Außerdem hatte sich seitdem ein gewisser Konkurrenzgedanke nie wieder ganz aus unserer Beziehung vertreiben lassen. Von *meiner* Seite aus, versteht sich. Charlotte hatte kein Problem damit, auch das versteht sich.

»Außerdem«, fuhr sie fort, »darf ich noch mal kurz auf das zurückkommen, was du als Sexualökonomie bezeichnest.« Der kleine Hieb hatte also gesessen, freute ich mich.

»Ich nenne es Lebensweisheit. Nimm nur dein *Wellness-Programm*. Du rackerst dich jeden Tag mehr als eine Stunde ab, isst als Belohnung Sachen, die du früher ausschließlich an dein Meerschweinchen verfüttert hättest, und bist eine Sado-Maso-Beziehung mit deiner Waage eingegangen.«

»Und du?«, unterbrach ich sie.

»Ich? Ich werde mich nächste Woche für zwei Monate auf eine Schönheitsfarm ins Allgäu zurückziehen.« Sie freute sich sichtlich.

Und ich atmete erleichtert auf, hatten meine ständigen Ermahnungen doch endlich gewirkt. »Du musst aber dranbleiben, wenn du wieder nach Hause kommst«, ermahnte ich sie. »Zwei Monate nützen gar nichts, wenn du danach wieder in deinen alten Trott verfällst.«

»Warte doch erst einmal, bis ich zurück bin. Dann ist noch genug Zeit für gute Ratschläge«, bremste sie meinen Enthusiasmus.

Jetzt war sie zurück. Ich saß ihr gegenüber und starrte

sie bewundernd an. Sie sah zehn Jahre jünger aus, hatte abgenommen und strahlte übers ganze Gesicht.

»Wer hat eigentlich behauptet, es gäbe keine Zauberformeln?«, fragte ich sie. Fast wurde ich neidisch. Ich würde mich ein bisschen mehr anstrengen müssen, wenn ich da mithalten wollte. »War das Programm dort sehr hart?«, fragte ich mitfühlend.

»Na ja«, sagte sie, »wie man's nimmt. Die ersten zwei Wochen waren schlimm, aber der Rest war pure Erholung.«

»Erholung?« Da kam wieder Charlottes ironische Ader zum Durchbruch.

»Ja. Oder wie nennst du es, wenn du in beliebiger Reihenfolge lesen, schlafen und essen kannst? Ohne auf die Uhr zu sehen, ohne dich nach einem Terminkalender richten zu müssen und einfach in den Tag hinein zu leben.«

»Aber wann hast du denn entschlackt, wann hast du trainiert?«

»Du weißt, was ich von Sport und Diäten halte. Daran hat sich nichts geändert.« Sie sah mich verschmitzt an.

»Charlotte, du hast doch nicht etwa …?«

»Doch, genau das! Augenlider, Tränensäcke, Mundwinkel, Doppelkinn, Oberschenkel, Bauch und Po. Einmal das Rundum-Programm.«

Ich sah sie entsetzt an.

»Alles, was du brauchst«, erklärte sie mir begeistert, »ist ein Arzt mit ebenso viel Geschmack wie Erfahrung, ein Skalpell und ein paar Schläuche zum Fettabsaugen.«

»Nein!« Ich fühlte mich betrogen. Um jeden Schweißtropfen, den ich vergossen, jedes Magenknurren, das ich tapfer ertragen hatte. Um den Vorsprung, den ich mir so hart erkämpft hatte.

»Ohne Umwege«, hörte ich sie sagen. »Erinnerst du dich?«

Grüßen? Geht nicht!

Neue haben es schwer, das weiß jeder, der schon einmal die Schule oder die Firma gewechselt hat. Wer jedoch meint, diese Weisheit beschränke sich ausschließlich auf Klassenzimmer oder Büroräume, der war noch nicht in meinem Wald. Und wer glaubt, schon alles über verschworene Gemeinschaften zu wissen, sollte unbedingt meinen Lehrpfad besuchen.

Fünf Kilometer weit schlängelt er sich mit Höhen und Tiefen an kerzengeraden Stämmen vorbei. Er ist das neue Revier für meinen täglichen Lauf. Habe ich bisher vertraute Tannen umrundet, so durchrenne ich jetzt diesen Laubwald, dem der Wind ungewohnte Geräusche entlockt.

Keine Angst?, fragen mich warnende Stimmen. Keine Angst, mache ich mir selber Mut, ich bin dort nicht allein. Jogger und Walker gibt es überall und zu jeder Zeit. Hunde müssen zum Schnüffeln hinaus. Nicht zu vergessen die trotzigen Alten, die dem Zerfall davonlaufen. Und junge Mütter, deren Nachwuchs über holpernden Wegen zur Stille findet. Dazwischen ich, die ihrer Seele Luft gönnt.

Das erste Mal ist aufregend, ich folge den Pfeilen über unbekanntes Terrain. Die Augen dürfen sich nicht entspannen, sie schwenken forschend umher. Noch ist der Weg, den die Füße bald traumwandlerisch durchmessen werden, Abenteuerland. Jede Baumwurzel, die an die Oberfläche drängt, eine Fußangel. Am Wegesrand die Bank mit den eingeschnitzten Herzen – sie ist ein Meilenstein für die Erinnerung.

Nach fünfhundert Metern das erste Gesicht, verschlossene Miene, die Augen geradeaus. Es geht an mir vorbei, als sei ich unsichtbar, eine Waldfee von zweifelhafter Existenz. Sein Träger ist von schlanker Statur. Ausgreifende, sichere Schritte deuten auf vertraute Pfade. Mein freundliches *Hallo* bleibt unerwidert. Kam es zu spät, hat der Wind seinen Klang davongetragen? Kurz hinter der Kurve folgt der Dackel. Ich grüße hoffnungsvoll, aber kein Schwanzwedeln, kein kurzes Umrunden meiner Beine lassen eine auch nur vage Resonanz erkennen.

Einen Kilometer weiter, nach tausend Metern sonnendurchfluteter Waldesstimmung, das nächste Gesicht. Alt und zerfurcht mit faltigschweren Lidern, der Körper sehnig nach durchwanderten Jahrzehnten. Optimistisch und rechtzeitig kommt mein *Hallo*. Seines muss gleich einem Rohrkrepierer im Halse stecken geblieben sein. Allein sein Blick bohrt sich skeptisch in meinen. Hinter dieser Kurve folgt kein Hund dem einsamen Läufer.

Meinen dritten Versuch wage ich nach zweihundert Metern. Eine Frau kommt mir entgegen, im Schlepptau eine altersschwache Promenadenmischung. Ich hoffe auf Solidarität und schmettere ihr unbeirrt meinen Morgengruß entgegen. In die müden Augen verirrt sich ein Aufblitzen. Ich rechne vorschnell mit zwischenmenschlichem Erfolg. Der nächste Lidschlag legt jedoch einen Schleier über das Strahlen, der Mund bleibt ungerührt. Solidarität erkenne ich nur bei dem struppigen Mischling, er tut es ihr gleich.

Zwei Kilometer bleiben mir in belebender Einsamkeit, in Stille zwischen Blätterrauschen. Dann jagt ein Jogger um die Kurve. In drei kraftvollen Sätzen ist er an mir vorbei, mein *Hallo* hat keine Chance, die Stimmbänder zu erreichen. Ich sehe ihm hinterher, er dreht sich nicht um.

Den Rest der Strecke lege ich nachdenklich zurück. Liegt es an dem Laubwald? Macht er mürrisch und wortkarg? Gedeiht unter seinem schützenden Dach die Menschenscheu? Wie anders war mein Tannenwald, wie fröhlich das Miteinander, wie beredt die Gemeinschaft.

Am nächsten Tag, zur gleichen Zeit, mache ich mich auf und folge den Pfeilen, fünfhundert Meter bis zum Dackelmann. Keine Regung, die Augen geradeaus. Nach noch einmal tausend Metern der sehnige Senior mit dem skeptischen Blick, unverändert auch heute. Zwei Kilometer weiter die Mischlingsfrau, unsolidarisch wie am Vortag. Und schließlich der Jogger, auf gerader Strecke heute. Er hat Zeit, sich an meinen Anblick zu gewöhnen, Zeit, seine Gesichtsmuskeln für ein kurzes *Hallo* zu lockern. Er lässt sie ungenutzt verstreichen.

Unerhört, sage ich mir, unhöflich, schimpfe ich laut vor mich hin. Jeder hatte eine zweite Chance, keiner hat sie ergriffen. Jetzt reicht es. Am dritten Tag erwacht der Vorsatz: Kein *Hallo* entschlüpft mehr meinen Lippen, kein hoffnungsvolles *Guten Tag*. Die Augen geradeaus mache ich nun sie zu Waldgeistern, die meinen Blick unterlaufen. Ich rausche vorbei und spüre Genugtuung, vierzehn Tage lang.

Am fünfzehnten entdecke ich in den Winkeln meiner in die Ferne gerichteten Augen eine ungewohnte Bewegung. Der Mund des Dackelmanns hat sich zu einem schwachen Lächeln verzogen. Irritiert und außer Kontrolle macht mein Mund es seinem nach. Zu kurz war die Begegnung, zu flüchtig der Blick, um zu glauben, was da geschah. Kann es sein? In den Gedanken drängt sich schwanzwedelnd der Dackel. Auch er ist schnell vorbei.

Noch tausend Meter weit ranken sich meine Gedanken um diese Begegnung. Leichtfüßig kommt mir der seniore Skeptiker entgegen. Meine Augen richten sich fragend auf ihn und werden mit einem sehnigen Lächeln belohnt. Ich bleibe stehen und sehe ihm hinterher, er aber läuft weiter, als sei nichts geschehen. Ich sammle meine Energie und laufe angeregt weiter. Dem Mischlingshund folgt die Frau, die mir ihre Solidarität vierzehn lange Tage standhaft verweigert hat. Heute sehen mich beide gleichzeitig aus treuen Augen an. Mit einem Nicken bin ich vorbei. Direkt hinter der Kurve pralle ich fast in den Jogger, behände weicht er mir aus, nicht ohne vorher die Hand zu einem knappen Gruß zu erheben.

Der Bann ist gebrochen, die Gemeinschaft hat mich aufgenommen und bereichert von nun an meinen täglichen Lauf mit den kleinen Konversationen am Waldesrand. Bald weiß ich, dass die Frau des Dackelmanns zu Hause sitzt, der Knie wegen. Der sehnige Alte wurde verlassen, ihren gewichtigen Pfunden war sein Training allzu beredter Vorwurf. Meine Geschlechtsgenossin hat in dem Mischling das Glück ihres Lebens gefunden. Der eifrige Jogger schließlich sucht seines immer noch.

Auch ganz Alltägliches kommt zur Sprache. An manchen Tagen ist es die Hitze, die schlaucht, an anderen der Regen, der nicht aufhören will. Wichtig auch immer der Müll, der liegen bleibt, wenn Natursucher fündig geworden sind. Jeden Tag ein anderes Thema, das sich von Begegnung zu Begegnung weiterträgt, Worte einer verschworenen Runde. Vertrauen wird hier geweckt in stete Wiederkehr, Vertrautes entdeckt beim Wiedersehen.

Auch heute familiäre Routine, die Beine locker, der Kopf entspannt. Gerade habe ich die Mischlingsfrau verabschiedet, als sich eine wehende Haarmähne in mein Blickfeld schiebt. Braune Locken über blauen Augen und einem Körper, der den herannahenden Jogger fast stolpern lässt. Ihr Mund öffnet sich und haucht ein lang gezogenes *Hallo* in meine Richtung. Eine Neue, denke ich, verschließe meine Lippen und lasse meine Augen über sie hinweggleiten.

Vergleichsweise wundervoll

Meine Großmutter ist eine richtige Dame – mit feinem, silbergrauem Haar, das in einem lockeren Knoten endet, und Seidenschals, die wie zufällig ihren faltigen Hals verbergen. Mit einem aufrechten Rücken und Beinen, die nicht einmal heimlich übereinandergeschlagen werden. Woher ich das weiß? Durchs Schlüsselloch natürlich. Wenn ich diese unglückliche Neigung nicht bald aufgäbe, sagt sie, würde aus mir nie eine Dame. Dass ich mit Plateauschuhen, türkisgrünen Haaren und durchlöchertem Kinn sowieso nicht gerade damenhaft aussehe, dazu sagt sie nichts. Dabei ist sie weder kurzsichtig noch farbenblind. Ihr ist es einfach egal, wie ich aussehe. Nur wenn es um meinen Horizont geht, dann wird's kritisch. Den findet sie nämlich eher begrenzt – genauso wie meine Phantasie. Schuld ist natürlich das Fernsehen, was sonst!?

Vielleicht hat sie sogar Recht. Ich meine nicht mit dem Fernsehen, sondern mit der Phantasie. Denn was sie vor ein paar Wochen veranstaltete, darauf musste man erst mal kommen. Mein Vater war gerade zu seiner Freundin gezogen. Und da meine Mutter überzeugt war, dass jede Frau irgendwann durch eine jüngere, attraktivere ersetzt wird, machte sie zum Glück kein Drama daraus – obwohl sie selbst erst sechsundvierzig ist und – wie meine Freunde finden – echt cool aussieht. Alles ging weiter wie bisher – nur eben ohne meinen Vater. Erst als sie erfuhr, dass die andere vier Jahre älter ist, war es aus. Meine Mutter war nicht mehr ansprechbar, heulte nur noch und starrte grübelnd vor sich hin. Als sie schließlich nicht mehr schlafen konnte, schickte unser Hausarzt sie zur Psychotherapie. Baldrian hätte es auch getan, dachte ich, aber mich fragte ja niemand.

Von da an brachte sie Begriffe mit nach Hause, von denen ich noch nie etwas gehört hatte. Es interessierte mich auch nicht sonderlich, ich wollte nur, dass meine Mutter aufhörte zu weinen. Aber meine Großmutter musste den Dingen wie immer auf den Grund gehen. Am meisten hatte es ihr das so genannte *Nachreifen* angetan. Sie ließ nicht locker und hakte immer wieder nach, als ginge es nicht um das Seelenheil meiner Mutter, sondern um ihr eigenes.

»Und das ist das Problem?«, fragte meine Großmutter erstaunt. »Dass du noch nicht erwachsen bist, dein Mann aber längst? Und dass er eine Partnerin einem zweiten Kind auf Dauer vorzieht?« Sie hatte in zwei Sätzen zusammengefasst, wofür meine Mutter fast eine Stunde und zwei Packungen Tempos gebraucht hatte.

»Na ja … ja«, sagte sie leicht pikiert, »wie du es sagst, klingt es nur so schrecklich banal, so einfach. Als müsste ich nur mit den Fingern schnipsen und schon würde sich alles wieder in Wohlgefallen auflösen. Aber dieses Nachreifen braucht Zeit, sagt mein Therapeut. Ich muss viel nachholen, ich muss selbstständig werden. Und erst wenn alle Schritte nachvollzogen sind, bin ich ausgereift.«

»Das heißt«, überlegte meine Großmutter, »wenn ich nicht alles nachhole, was ich versäumt habe … .«

»Nicht unbedingt *du*, eigentlich eher *ich*«, unterbrach meine Mutter sie, »aber im Großen und Ganzen ist es wohl so.«

Für diesen Abend hatte sie genug von dem Thema. Sie stand auf und ging schlafen, während meine Großmutter noch eine ganze Weile nachdenklich sitzen blieb.

Drei Wochen später machte ich mir dann auch so meine Gedanken. Aber nicht über meine Mutter. Mir waren seit ein paar Tagen dicke Umschläge für meine Großmutter in der Post aufgefallen. Absender war die *FAZ*. Als wieder einer kam, schnappte ich ihn mir und brachte ihn zu ihr hoch.

»Hast du vielleicht im zarten Alter von siebzig Jahren eine Heiratsanzeige aufgegeben, Omi?«

»Was tun wir nur gegen deine so fehlgeleitete Neugier, Isabel?«, fragte sie mich kopfschüttelnd und lachte.

»Am besten gar nichts. Du willst doch immer, dass ich meinen Horizont erweitere.« Ich sah sie gespannt an.

»Aber nicht durch Schlüssellöcher oder fremde Briefe!«

»Lenk nicht ab, Omi. Hast du nun eine Heiratsanzeige aufgegeben?«

»Na gut, du Quälgeist. Ich habe keine Heiratsanzeige aufgegeben, sondern eine Kontaktanzeige. Ich möchte keinen anderen Ehemann mehr, ich war mit deinem Großvater sehr glücklich. Und jetzt gib mir bitte den Umschlag.« Sie streckte ungeduldig die Hand aus.

»Und was für Kontakte suchst du?« Da sie, wenn sie nicht gerade zu einem ihrer Damenzirkel unterwegs war, stundenlang las, konnte ich mir kaum vorstellen, dass sie einsam war.

»Männliche, Isabel, ich suche den Kontakt zu Männern.« Kein Augenzwinkern, kein zuckender Mundwinkel. Es hätte nicht beiläufiger klingen können, wenn sie gesagt hätte, sie suche Kontakt zu Freunden asiatischer Literatur.

»Eben hast du doch noch gesagt, du bräuchtest keinen anderen Mann.«

»Stimmt, keinen anderen Ehemann. Was ich suche, ist ein Liebhaber.« Sie fing an, die einzelnen Umschläge zu öffnen, die sie aus dem großen hervorgeholt hatte.

»Ach so, für Mami.« Jetzt verstand ich endlich. »Keine schlechte Idee.«

»Nicht für deine Mutter, für mich«, sagte sie, während sie gleichzeitig einen der Briefe las.

Sie war mit ihren Gedanken ganz woanders. Oder war es ein freudscher Versprecher? Vielleicht gefiel ihr der Briefschreiber so gut, dass sie wünschte, jünger zu sein, um mit meiner Mutter tauschen zu können. Es muss schrecklich sein, wenn man so alt ist, dachte ich. Sie tat mir plötzlich Leid.

Als ich am Abend gerade weggehen wollte, fing sie mich an der Tür ab und bat mich, einen Brief für sie einzuwerfen. Ich sah sie verschwörerisch an und fragte leise: »Und, war einer dabei?«

»Mal sehen«, erwiderte sie fröhlich.

Ich warf den Brief in den Kasten und überlegte, was für einen Typ sie wohl ausgesucht haben mochte, vor allem wie sie ihn meiner Mutter unterjubeln wollte. Zwei Wochen später war ich schlauer. Meine Mutter war mit einer Freundin ins Kino gegangen, und meine Großmutter hatte sich den ganzen Abend nicht unten blicken lassen. Also ging ich zu ihr hoch. Ich kuschelte mich gemütlich ihr gegenüber in einen Sessel und fragte neugierig: »Hat er schon geantwortet?

»Wer?«

»Na, Mamis potenzieller Lover.«

»Ich wusste nicht, dass sie einen hat.« Sie zog fragend ihre Augenbrauen hoch. Sie mag diese Spielchen.

»Komm, jetzt spann mich nicht auf die Folter, Omi. Du weißt genau, wen ich meine. Den aus deiner Anzeige.«

»Und du hast mir nicht richtig zugehört«, sagte sie in einem Ton, als würde sie mir Nachhilfe für Doofe geben – liebevoll nachsichtig und ganz langsam. »Ich habe keinen Lover, wie du es nennst, für deine Mutter gesucht, sondern für mich. Deine Mutter entdeckt gerade die Segnungen der Selbstbestimmung. Sie wird sich also auch selbst um ihre Liebhaber kümmern wollen. Ich werde mich da nicht einmischen.«

Jetzt war sie total übergeschnappt. Vielleicht hatte sie ja Recht und mein frühkindlicher Fernsehkonsum hatte so etwas wie Phantasie bei mir gar nicht erst aufkommen lassen. Aber die Vorstellung von meiner Großmutter mit einem Typ? Händchen haltend auf einer Parkbank – ja. Aber im Bett? Nein! Ich sah sie entsetzt an.

»Ich habe viel über dieses *Nachreifen* nachgedacht«, sagte sie, »und ich bin zu dem Schluss gekommen, dass ich auch etwas nachzuholen habe, nämlich ein paar wichtige Erfahrungen.«

»Aber doch nicht *Sex*, nicht in deinem *Alter.*« Das konnte einfach nicht ihr Ernst sein.

»Wenn ich dasselbe zu dir gesagt hätte, als du angefangen hast, deine ersten Erfahrungen zu machen, hättest du mich als spießig und kleinkariert beschimpft.«

»Der Vergleich hinkt doch, Omi.«

»Stimmt, bei mir ist es nicht die erste Erfahrung.«

»Ich meine«, sagte ich genervt, »es ist ein Unterschied, ob man vierzehn oder …

»… siebzig ist?« Sie sah mich spöttisch an. »Sind körperliche *Begegnungen* denn ausschließlich ein Privileg der Jugend?«

»Natürlich nicht.« Ich hasste es, wenn sie versuchte, mich in die Enge zu treiben. »Aber Sex ist auch nicht gerade eine Alltagsbeschäftigung von Senioren.«

»Woher weißt du das? Hast du wieder durch irgendwelche Schlüssellöcher geguckt? Oder kannst du es dir nur einfach nicht vorstellen?«

Ich *wollte* es mir nicht vorstellen! Herrgott, warum konnte sie nicht einfach sein wie andere Großmütter und Soap Operas anschauen?

»Außerdem ist mit *Nachreifen* etwas ganz anderes gemeint«, ließ ich nicht locker, »eher etwas Geistiges. Du hast es falsch verstanden. Viel zu praxisbezogen!«

In dem Moment hörten wir unten die Tür. Meine Mutter war nach Hause gekommen. Vielleicht konnte sie Großmutter zur Vernunft bringen. Als sie den Kopf zur Tür hereinsteckte, sah ich sie Hilfe suchend an und sagte: »Omi will Sex mit *Männern*…«

»Mit wem sonst?«, fragte sie überrascht.

»Aber in ihrem *Alter!*«, platzte ich empört heraus.

»Sie hat weder Osteoporose noch Glasknochen. Warum sollte es ihr also schaden?«, überlegte meine Mutter und gähnte doch tatsächlich. »Ich gehe jetzt schlafen, gute Nacht.«

Sie gab uns beiden einen Kuss und verschwand wieder nach unten. Wurde man *so* durch eine Therapie? Ich war ja von Anfang an eher für Baldrian gewesen. Während ich am liebsten mit dem Fuß aufgestampft hätte, saß meine Großmutter seelenruhig in ihrem Sessel und sah mich amüsiert an.

»Heute ist es üblich, dass man mehrere Beziehungen hat, bevor man heiratet. Wenn man überhaupt heiratet. Zu meiner Zeit war das anders, ich konnte keine Erfahrungen sammeln. Ich hatte nie einen anderen Mann als deinen Großvater.«

»Du wolltest doch auch keinen anderen«, unterbrach ich

sie, »du hast doch selbst gesagt, dass du mit ihm sehr glücklich warst.«

»Das war ich auch. Dein Großvater war ein wundervoller Mann.« Dabei lächelte sie und versank in ihren Erinnerungen.

»Was willst du dann?«

»Wissen, ob er auch ein guter Liebhaber war. Ich hatte keine Vergleichsmöglichkeiten.«

Und das fiel ihr *jetzt* ein? »Hattest du bei ihm als Ehemann auch nicht«, hielt ich dagegen.

»Doch, ich bin schließlich mit offenen Augen durch unseren Freundeskreis gegangen. Ich habe gesehen, was in anderen Ehen los war. Aber ich konnte schlecht in die anderen Schlafzimmer sehen.«

War das wieder ein Seitenhieb auf meine Vorliebe für Schlüssellöcher? Dann traf es mich wie ein Schlag: »Du *hattest* keine Vergleichsmöglichkeiten?«

»Ist die Vorstellung von zwei runzligen alten Körpern unter einem Bettlaken anstatt unter einem Leichentuch für dich so scheußlich?« Sie sah mich mitleidig an. »Dann lass dir gesagt sein, dass du das alles vergisst, wenn du deine Brille absetzt. Die Gefühle sind die gleichen, ob du vierzehn oder siebzig bist. Außerdem bist du schrecklich voreingenommen. Wenn das so bleibt, wirst du eine Menge versäumen. Das Leben hat so viel zu bieten«, schwärmte sie.

»Und was hat es *dir* geboten?«, fragte ich bissig.

»Gewissheit …«

Sie ließ dieses Wort einen Moment im Raum stehen. Wahrscheinlich erwartete sie einen meiner Kommentare, aber diesmal war ich ruhig.

»Die untrügliche Gewissheit«, fuhr sie fort, »dass ich mit keinem der ersten drei jemals ein Schlafzimmer betreten würde.«

O Gott, dachte ich, sie muss sie *zählen.*

»Nummer eins hat mir einen zweistündigen Monolog über seine Qualitäten zugemutet, Nummer zwei ist verheiratet und Nummer drei lehnte Kondome ab.«

»Hattest du Angst, schwanger zu werden?« Das war ja lächerlich.

»Es gibt Schlimmeres!«, sagte sie ernst.

»Etwa Nummer vier?«

»Für Nummer vier hast du den Brief eingeworfen«, verriet sie mir.

»Und? War ich erfolgreich als Botin?«

»Durchaus. Wir sind uns gestern *begegnet.* Und ... er hat mir die Gewissheit gegeben, dass mein Mann ein *wundervoller* Liebhaber war.« Sie sah nach oben, als säße Großvater in den Dachbalken und könne ihre Lobeshymne hören. »So, Isabel, jetzt gehen wir beide aber auch schlafen. Ich bin doch etwas erschöpft.«

»Nur eine Frage noch, Omi. War's das jetzt oder hast du noch mehr nachzuholen?« Vielleicht blätterte sie ja demnächst im Kamasutra und entdeckte, dass ... nein, daran wollte ich nun wirklich nicht denken.

Sie zwinkerte mir zu und sagte: »Frag mich das, wenn ich ausgeschlafen habe ...«

Ein Liebesdienst

Ludwig Lensing sah mich gespannt an und wartete auf meine Antwort.

»Sie wollen was?«, fragte ich ungläubig.

Der kleine Mann mit der weißen Haarmähne sah Albert Einstein zum Verwechseln ähnlich. »Nur einen Kuss, Sophie«, wiederholte er seinen Wunsch, »mehr nicht.«

Da ich bereits seit über zwei Monaten für ihn arbeitete, kannte ich seinen ausgeprägten Sinn für Humor. Also gut, ich würde auf dieses Spiel eingehen, denn ich war mir sicher, dass es eines war. »Haben Sie auch schon genaue Vorstellungen?«, fragte ich deshalb entgegenkommend.

Seine buschigen weißen Augenbrauen fuhren fragend in die Höhe.

»Ich meine, soll es ein freundschaftlicher Kuss auf die Wange sein, ein beruhigender Gute-Nacht-Kuss auf die Stirn oder ... ?«

»Ein leidenschaftlicher«, präzisierte er seine Vorstellungen ohne Zögern, »auf den Mund.«

»Aha.« Ich suchte in seinen von unzähligen Falten umrandeten Augen nach dem üblichen Schalk, konnte ihn jedoch nirgends entdecken. Und das beunruhigte mich. Sollte es ihm tatsächlich ernst damit sein? Dann hatte mein Frühwarnsystem für die unbeabsichtigte Entwicklung erotischer Phantasien bei ihm fürchterlich versagt. Allerdings war bei einem Zweiundachtzigjährigen mit derartigen Regungen auch nicht unbedingt zu rechnen gewesen. »Herr Lensing«, begann ich vorsichtig, »als ich anfing, für Sie zu arbeiten, haben wir doch mein Leistungsspektrum genau besprochen. Erinnern Sie sich daran?«

Er nickte ungeduldig, als wisse er nicht, was das eine mit dem anderen zu tun habe.

»Gut. Dann wissen Sie ja auch, dass Küsse nicht in mein Metier fallen. Ich betreibe einen Senioren-Service und keinen Liebesdienst.« Ich lächelte ihn ebenso unmissverständlich wie freundlich an und versuchte dabei die Gratwanderung, eine klare Grenze zu ziehen, ohne ihn jedoch als Kunden zu verlieren. Ich hatte zu lange kämpfen müssen, um mir einen Namen als zuverlässige und kompetente Anlaufstelle für die Altersgruppe Siebzig-plus zu machen. Meine Kunden würden mir unweigerlich irgendwann wegsterben, aber sie sollten mir nicht vorher davonlaufen.

Ludwig Lensing sah mich grimmig an. »Alles gut und schön«, schimpfte er. »Aber auch ein Liebesdienst hilft mir bei meinem Problem nicht weiter. Denn«, dabei beugte er sich mit erhobenem Zeigefinger in meine Richtung, »Liebesdienerinnen küssen nicht.«

»Woher wissen Sie das?« Er hatte es mit so tiefem Ernst gesagt, dass ich schmunzeln musste.

»Das gehört zur Allgemeinbildung, junge Dame.« Endlich hatte der Schalk, den ich so sehr an ihm mochte, in seinen Blick zurückgefunden.

Ich gab mich geschlagen. »Um was für ein Problem handelt es sich denn?«

»Spätpubertärer Gruppenzwang … sozusagen.« Für einen kurzen Moment wich er meinem Blick aus.

Jetzt waren es meine Augenbrauen, die sich beredt nach oben bewegten.

»Jeden Sonntag um elf treffe ich mich mit ein paar alten Freunden zum Frühschoppen«, druckste er herum.

»Hm?«

»Wir machen da so eine Art Erfahrungsaustausch, wenn Sie wissen, was ich meine.«

»Nein, das weiß ich nicht, Herr Lensing, ich habe noch nie an einem Männerstammtisch teilgenommen.«

Hatte er die Bitte um einen Kuss anfangs noch ganz forsch vorgetragen, so schrumpfte er jetzt sichtlich in sich zusammen. »Na ja … dort erzählt jeder von seinen Abenteuern.«

»Touristischer Natur?« Obwohl ich bereits ahnte, worauf es hinauslief, wollte ich es ihm nicht zu einfach machen.

»Eher erotischer«, gab er kleinlaut zu.

»Reine Neugierde, Herr Lensing, sind die Herren jünger oder älter als Sie?«

»Ich bin der jüngste.«

»Und Sie sind alle noch … aktiv?«

»Die anderen schon.«

»Und Sie?«

»Bei mir sind es eher die Erinnerungen, die aktiv sind.«

»Verstehe.« Sehr viel anders würde es sich bei seinen Freunden wahrscheinlich auch nicht verhalten. »Und wozu brauchen Sie nun mich?«

»Zur Dokumentation.«

»Des Abenteuers?«, fragte ich grinsend.

»Gewissermaßen.« Sein flehender Blick war zum Steineerweichen. »Was sagen Sie?«

»Also gut«, antwortete ich mit einem letzten Zögern. »Aber nur, wenn es bei diesem einen Mal bleibt.«

»Keine Angst«, entgegnete er voller Bedauern, »für mehr ist mein Herz viel zu schwach.«

Und nicht nur das, mutmaßte ich insgeheim. »Also gut, wann und wo?«

»Nächsten Sonntag.« Seiner Stimme nach zu urteilen war er ebenso erfreut wie entschlossen. »Sie begleiten mich bis zu dem Cafe, Sophie, dann küssen Sie mich zum Abschied, so dass es von drinnen alle sehen können, und gehen wieder. Mehr nicht. Werden Sie das schaffen?«

»Ich denke doch«, gab ich mich zuversichtlich. »Und Sie?«

»Ich? Ich werde in den nächsten Tagen auf einer Wolke voller Vorfreude schweben.« Er blinzelte mich vergnügt an.

Pünktlich um Viertel vor elf am Sonntag stand ich vor seiner Tür, um ihn zu seinem Treffen zu begleiten. Die Entschlossenheit, mit der er seinen Gehstock in die eine und meinen Unterarm in die andere Hand nahm, wurde nur noch von seinem Blick übertroffen. Ich konnte seine Aufregung körperlich spüren.

»Wie alt sind denn eigentlich die *Abenteuer* Ihrer Freunde?«

»So in etwa wie Sie, Sophie, Anfang dreißig.«

»Und Sie haben die eine oder andere auch schon zu sehen bekommen?«

»Natürlich, was glauben Sie, warum wir das hier machen?«

»Wegen des spätpubertären Gruppenzwangs«, antwortete ich trocken. Und wenn dem alle seine Freunde frönten, dann lagen den Geschehnissen vor dem Café ohne Zweifel abenteuerliche Verbindungen zugrunde, aber ganz sicher keine Abenteuer.

»Sie wissen auch noch genau, was Sie zu tun haben?«, überging er meinen Einwurf geflissentlich.

»Bis ins kleinste Detail, Herr Lensing, Sie haben es mir schon fünf Mal erklärt.«

»Ich will doch nur, dass nichts schief geht.«

Was sollte bei einem Kuss schon groß schief gehen? »Keine Sorge«, beruhigte ich ihn.

»Da vorne ist es.« Er stockte kurz, zog mich dann jedoch weiter.

Nach wenigen Schritten hatten wir das Café erreicht. Vor dem großen Fenster bedeutete er mir stehen zu bleiben und sah mich Hilfe suchend an. »Jetzt sind Sie dran, Sophie.« Er stellte sich in Positur, wobei ihm seine Nervosität augenscheinlich schwer zu schaffen machte.

Kaum hatte ich den ersten Schritt auf ihn zu gemacht, schloss er die Augen und neigte mir mit gespitzten Lippen seinen Kopf entgegen. Ich trat noch einen Schritt näher, umfing ihn mit meinen Armen und küsste ihn sanft. Waren seine Lippen anfangs noch völlig verkrampft, so entspannten sie sich mit jeder weiteren Sekunde. Plötzlich seufzte er leise und sank in meinen Armen zusammen. Ludwig Lensing war ohnmächtig geworden.

Obwohl er nicht groß und sehr dünn war, hatte ich alle Mühe, sein Gewicht zu halten. Eine Frau, die gerade das Café verließ, eilte mir spontan zu Hilfe, so dass wir ihn vorsichtig auf den Boden legen konnten.

»Herr Lensing?« In meiner Aufregung hatte ich seinen Namen laut geschrien, aber er rührte sich nicht. Ich riss mein Handy aus der Manteltasche und rief den Notarzt an.

Inzwischen waren wir von einer Traube von Menschen umringt. Allesamt erteilten sie mir gute Ratschläge, die von Mund-zu-Mund-Beatmung bis Herzmassage reichten. Mir erschien es jedoch am sinnvollsten, ihn erst einmal von dem kalten Kopfsteinpflaster auf eine in der Nähe stehende

Bank zu tragen, wofür sich zum Glück auch Helfer fanden. Ich hockte mich neben ihn und hielt seine Hand fest in meiner, während ich die Minuten bis zum Eintreffen des Notarztes zählte.

Inzwischen hatte sich die Menschenmenge aufgelöst. Geblieben waren vier von hohem Alter gezeichnete Herren, in denen ich unschwer Ludwig Lensings Stammtischrunde erkannte. Sie kamen in kleinen Schritten näher und sahen besorgt zwischen ihm und mir hin und her.

In diesem Moment ertönte in der Ferne ein Martinshorn, wofür ich dem Himmel dankte. Drei Minuten später beugte sich der Notarzt bereits über meinen Schützling und begann mit der Untersuchung.

Mein Blick wanderte von Ludwig Lensings fahlem Gesicht zu dem konzentrierten über ihm. Trotz meiner inneren Anspannung nahm ich die Ausstrahlung dieses mir völlig fremden Mannes irritiert wahr.

»Was ist passiert?«, wandte er sich an mich.

Bevor ich jedoch Luft holen konnte, um zu antworten, hatte einer von Ludwig Lensings Freunden das Wort ergriffen. »Er ist in ihren Armen zusammengebrochen.«

»Hat er über irgendwelche Beschwerden geklagt?« Wieder sah er mich fragend an.

Seine Augen waren von so einem ungewöhnlichen Blau, dass es mir schwer fiel, mich auf seine Frage zu konzentrieren.

»Sie hat ihn geküsst«, meldete sich nun ein weiterer Stammtischbruder zu Wort.

»Davon wird er wohl kaum kollabiert sein«, wies der Notarzt ihn ungeduldig in die Schranken und sah wieder zu mir.

Ich schüttelte den Kopf. »Nein, keine Beschwerden, jedenfalls hat er nichts davon gesagt.«

In diesem Moment schlug Ludwig Lensing die Augen auf und sah verwirrt um sich. Mir fiel ein Stein vom Herzen. »Sophie?«

»Ja, ich bin hier.« Ich ergriff seine Hand und drückte sie.

»Wir werden Sie zur Sicherheit mit in die Klinik nehmen.« Der Notarzt schloss seinen Koffer, stand auf und winkte die Sanitäter heran, die Ludwig Lensing langsam halfen aufzustehen und ihn zum Notarztwagen führten.

»Darf ich mitfahren?« Ich stand seinem Retter nun direkt gegenüber.

»Wenn Sie mir verraten, in welcher Beziehung Sie zu ihm stehen ...«

Mit diesem Blick müsste er ein wildes Tier zähmen können, dachte ich, während mir leichte Schauer über den Rücken liefen. »Ich arbeite für ihn.«

»Was für eine Arbeit ist das?«, kam prompt seine überraschte Frage, während wir gemeinsam Ludwig Lensing und seinen Helfern folgten.

»Ein Senioren-Service.« Ich kletterte in den Wagen, der kurz darauf anfuhr.

»Und da ist Küssen inklusive?«, fragte er ungerührt.

»Das war ein Liebesdienst«, meldete sich nun Ludwig Lensing zu Wort.

»Eine Ausnahme ...«, schickte ich hinterher.

»Das sollte es wohl auch besser bleiben, wenn Sie Ihren Kunden das Krankenhaus ersparen wollen.« Sein Blick war undurchdringlich. »Aber vielleicht stimmt Ihre Technik auch nicht.«

»Meine Technik?«, fragte ich aufbrausend.

»Na ja, irgendetwas müssen Sie doch falsch machen, sonst hätte ich schließlich gar nicht kommen müssen.«

»Ich mache nichts falsch! Sie haben selbst gesagt, vom Küssen kollabiert man nicht.«

»In der Regel nicht. Aber natürlich gibt es immer Ausnahmen.«

»Sophie küsst ganz wunderbar«, kam es mit zunehmend fester Stimme von der Krankenbahre.

»So?« Sein Blick ruhte auf meinem Mund. »Dann würde ich vorschlagen, sie zeigt es mir kurz.«

»Den Teufel werde ich tun.« In diesem Augenblick gab es nur eine Tatsache, deren ich mir absolut sicher war: Würde ich ihn küssen, wäre ich verloren.

»Es ist doch nur ein Kuss, Sophie.« Ludwig Lensings Energie schien zurückzukehren. »Er wird schon nicht davon umfallen.«

Er nicht, aber ich … vielleicht.

»Nur einmal«, munterte er mich auf.

»Warum?«, fragte ich schwach.

»Zur Dokumentation, Sophie, zur Dokumentation.« Ludwig Lensings Schalk sprang auf mich über.

»Also gut«, wandte ich mich an diesen Halbgott in Weiß, der mich keinen Moment aus den Augen gelassen hatte. Ich beugte mich vor, fixierte seinen Mund und näherte mich ihm langsam. Anders als Ludwig Lensing schloss er jedoch nicht die Augen.

»Nur Mut, Sophie«, hörte ich diesen wie aus weiter Ferne sagen.

In meinem Kopf rauschte es, mein Herzschlag eilte mir voran, und meine Lippen waren wie elektrisiert, als ich nach einer scheinbar ewig währenden Sekunde seine berührte. Gerade hatte ich noch Zeit, einen leisen Seufzer zu hören und ihn als meinen eigenen zu erkennen, als sich alles um mich drehte und mir schwarz vor Augen wurde.

»Sophie?«, drang eine zärtliche Stimme an mein Ohr.

»Mhm?« Ich war immer noch halb in einem betörenden Nebel versunken.

»Es liegt nicht an Ihrer Technik.«

Ich spürte seine Arme, die mich hielten. »Woran dann?«

»Eindeutig an der Chemie.«

»Ist das schlimm?«, hauchte ich immer noch mit geschlossenen Augen.

»Es ist nicht zu unterschätzen und sollte in jedem Fall behandelt werden.«

Mittlerweile war der Krankenwagen zum Stehen gekommen. Die Sanitäter öffneten die Tür und betrachteten neugierig die Szene, die sich vor ihren Augen abspielte. Der eigentliche Patient saß putzmunter auf der Krankenbahre, während ich, seine Begleitung, immer noch regungslos in den Armen des Notarztes lag.

»Meine Herren«, setzte Ludwig Lensing an, »wenn Sie Ihrem Kollegen einen Liebesdienst erweisen wollen, dann lassen Sie ihn jetzt seine Arbeit tun ...«

Lebenslänglich

Als ich Franziska Jakobi zum ersten Mal gegenüberstand, schlief sie. Ihre Lippen waren leicht geöffnet, ihr Atem ging regelmäßig. In aller Ruhe studierte ich ihr Gesicht – das Gesicht einer alten Frau, die vielleicht schon bald am Ende ihres Weges angekommen sein würde. Es war nicht schön, nicht im klassischen Sinne, es war eigenwillig. Und ihm fehlte, was sich manche Menschen bis ins hohe Alter bewahren: ein Hauch von kindlicher Unschuld. Franziska Jakobis Mund zeugte von Ernst und Empfindsamkeit.

In den vergangenen Jahren hatte ich bei meiner ehrenamtlichen Arbeit so viele alte Menschen kennen gelernt und ein Stück auf ihrem Weg begleitet, dass ich inzwischen glaubte, in ihren Gesichtern lesen zu können wie in einem aufgeschlagenen Buch. Nur noch selten geschah es, dass ich mich täuschte.

Leise Schnarchtöne begleiteten den Atem der Zweiundachtzigjährigen, die mir von der Leiterin des Pflegeheims so wortreich ans Herz gelegt worden war. Wie sie mir sagte, sei Franziska Jakobi wegen einer schweren Krebserkrankung zum Pflegefall geworden und vor vier Wochen ins Heim eingeliefert worden. In den ersten Tagen habe man ihre Schweigsamkeit noch den veränderten Lebensumständen zugeschrieben, sich nach und nach jedoch Sorgen um ihre seelische Verfassung gemacht. Sie beschränke sich auf Ja und Nein – als seien ihr alle anderen Worte ausgegangen. Da sie keine Familie habe und auch keinen Besuch bekomme, habe man sich nun an mich mit der Bitte um Unterstützung gewandt.

Ich setzte mich an ihr Bett. Ihre Hände lagen ruhig auf der Bettdecke, nur hin und wieder zuckte einer ihrer Finger. Auch auf diesen Händen haben die Jahre ihre Spuren hinterlassen, dachte ich, natürlich. Eine winzige Bewegung, die ich im Augenwinkel wahrgenommen hatte, ließ mich aufschauen. Franziska Jakobi war wach und hielt ihren Blick auf die gegenüberliegende Wand gerichtet. Sie schien mich nicht bemerkt zu haben.

»Guten Tag, Frau Jakobi«, sagte ich sanft, »ich heiße Caren Stegmann.«

Ganz kurz sah sie zu mir, um ihren Blick sofort wieder in seine Ausgangsposition zurückkehren zu lassen. Sie wirkte völlig desinteressiert. Oder vielleicht sollte ich besser sagen: Sie interessierte sich ausschließlich für die Wand hinter mir. »Ich würde Sie gerne hin und wieder besuchen, wenn es Ihnen recht ist.«

Sie zeigte keine Reaktion.

»Haben Sie ein Lieblingsbuch? Ich könnte Ihnen daraus vorlesen.«

Mit ihrer linken Hand machte sie eine Bewegung, die unschwer zu deuten war: kein Interesse.

»Oder möchten Sie lieber ein wenig Musik hören?«

Wieder dieselbe unmissverständliche Geste – gerade so, als würde ich sie bei einem spannenden Film stören, dem sie gebannt folgte.

»Dann lasse ich Sie jetzt alleine und komme in ein paar Tagen wieder.« Ich stand auf, legte zum Abschied meine Hand kurz auf ihre und überließ sie wieder sich selbst.

Hätte sie abweisend gewirkt, wäre mein erster Besuch bei ihr sicher auch mein letzter gewesen. Aber sie hatte auf mich nur den Eindruck eines zutiefst konzentrierten Menschen gemacht.

Dieser Eindruck verstärkte sich noch, als ich sie drei Tage später wieder besuchte. Dieses Mal war sie wach, als ich ihr Zimmer betrat. An ihrer Blickrichtung hatte sich nichts geändert.

»Hallo«, sagte ich leise.

Ihr Blick machte einen kurzen Abstecher in meine Richtung, ihr Mund blieb stumm. Intuitiv spürte ich, dass sie nicht unhöflich sein wollte, sondern sich nur sehr sorgsam die wenige Kraft einteilte, die ihr geblieben war, um sie für das zu nutzen, was ihr wichtig war.

Ich zog mir einen Stuhl an ihr Bett und setzte mich so, dass ich ihrem Blick folgen konnte, ohne mir dabei den Hals zu verrenken. An der Wand gegenüber Franziska Jakobis Bett hing ein altes Ölgemälde, dessen Goldrahmen schon bessere Zeiten erlebt hatte. Aber es war wohl nicht dieser Rahmen, an dem sie sich nicht satt sehen konnte, sondern das, was er umgab.

Das Bild war alles andere als spektakulär. Ich hatte schon Dutzende ähnlicher Motive in anderen Zimmern hängen sehen: ein windschiefes, mit Reet gedecktes altes Haus am Rande einer dörflichen Gemeinschaft, umgeben von hoch aufgeschossenen Laubbäumen.

»Wo steht dieses Haus?«, fragte ich und hörte sie zum ersten Mal einen ganzen Satz sagen.

»Das weiß ich nicht.« Ihre Stimme klang rau.

Also konnte es nicht ihr Elternhaus sein. Ich hatte die Erfahrung gemacht, dass ein alter Mensch, der ins Heim zieht, sich bei den Dingen, die er mitnimmt, auf das Wesentliche beschränkt, auf das, was ihm am Herzen liegt. Und wenn meine Intuition mich nicht täuschte, dann lag dieses Bild Franziska Jakobi sogar sehr am Herzen.

»Kennen Sie die Menschen, die in diesem Haus gelebt haben?«

»Nein.«

Wenn sie mit dem Motiv nichts verband, dann vielleicht mit dem Maler. »Und den Maler?«

Sie winkte ab. Die Bewegung ihrer Hand war nur schwach gewesen, aber deutlich. Sekunden später hörte ich an ihrem regelmäßigen Atem, dass sie eingeschlafen war. Also hatten meine Fragen sie zumindest nicht aufgeregt. Ich stand auf, ging hinaus und schloss leise die Tür hinter mir.

Auf dem Flur begegnete ich der Heimleiterin, die mich fragte, ob ich einen Zugang zu meinem neuen Schützling gefunden habe.

»Zumindest habe ich ein Gefühl, wie dieser Zugang aussehen könnte«, antwortete ich. »Wenn es ihn gibt, dann nur über das Bild.«

»Über welches Bild?«, fragte sie interessiert.

»Das Bild gegenüber ihrem Bett.«

»Sie meinen dieses kleine Ölgemälde?«

»Ja. Sie scheint sehr daran zu hängen.«

»Das ist merkwürdig«, meinte sie nachdenklich. »Es hat dem Patienten gehört, der vor ihr in diesem Zimmer gelegen hat. Er ist vor sechs Wochen gestorben. Sein Sohn hatte kein Interesse an dem Bild und hat es unserem Haus geschenkt.«

Das war allerdings merkwürdig. Als ich das nächste Mal an ihrem Bett saß und gemeinsam mit ihr das Bild betrachtete – ich mit Interesse, sie in einer tiefen Versunkenheit – versuchte ich, diesem Rätsel auf den Grund zu gehen.

»Haben Sie das Bild früher schon einmal gesehen, Frau Jakobi?«

»Ja.« Ihre Stimme klang, als sei sie in Trance.

»Weckt es Erinnerungen in Ihnen?«

Es dauerte eine Weile, bis sie antwortete. »Ja.«

»Schöne?«

»Ja ... nein ...« Sie wandte mir ihr Gesicht zu und sah mich unverwandt an.

Ich sah den Schmerz in ihrem Blick, einen Schmerz, der ihr vertraut zu sein schien und der mich augenblicklich verstummen ließ.

»Dieses Bild weckt Erinnerungen an alles, was jemals wichtig für mich war«, sagte sie mit brüchiger Stimme.

Zart strich ich über ihre Hand, während ich mich fragte, ob es wirklich so wichtig war, dass sie mehr sagte als ja und nein. Vielleicht war es besser, sie in dem Kokon, den sie sich geschaffen hatte, verharren zu lassen. Wer gab mir oder irgendjemandem sonst das Recht, dort einzudringen? Wenn ich sie das nächste Mal besuchte, würde ich mich neben sie setzen, ohne den Versuch zu unternehmen, ihr Schweigen zu durchbrechen.

Ich hielt mich an diesen Vorsatz, schaute regelmäßig bei ihr vorbei und setzte mich für eine Viertelstunde an ihr Bett, manchmal kürzer, manchmal länger. Obwohl wir kein Wort mehr gewechselt hatten, hatte ich das Gefühl, dass meine Besuche ihr angenehm waren. Auf eine sonderbare Weise schien sie sich dabei zu entspannen, denn nicht selten schlief sie ein. Und auf eine sonderbare Weise entspannte auch ich mich in ihrer Nähe. An Franziska Jakobis Bett senkte sich eine seltene Ruhe über mich.

Ich hatte mir angewöhnt, es ihr gleichzutun und meinen Blick auf dieses Bild zu richten. Bald war es mir so vertraut, dass ich es aus der Erinnerung hätte malen können.

»Wem hat es gehört?«, fragte ich die Heimleiterin aus reiner Neugier, als ich sie das nächste Mal traf.

»Der Patient hieß Heinz Lemberg.«

Sekundenlang stutzte ich. Diesem Namen gelang es immer noch, meinen Puls zu beschleunigen. »Sie haben den Sohn dieses Patienten erwähnt. Heißt er zufällig Michael?«

Sie dachte nach. »Ich meine, ja«, antwortete sie zögernd. »Aber wenn Sie es genau wissen möchten, müsste ich in meinen Unterlagen nachsehen.«

»Nicht nötig.« Schnell verabschiedete ich mich von ihr und machte mich auf den Heimweg.

Unterwegs überfielen mich vertraute Erinnerungen, die nur eines weckten: Sehnsucht. Die Sehnsucht nach dem Mann, von dem ich mich als Fünfundzwanzigjährige getrennt hatte, weil er sich nicht hatte vorstellen können, eine Familie zu gründen. Und weil ich mir damals ein Leben ohne Kinder nicht hatte vorstellen können – nicht ahnend, dass mir keine vergönnt sein würden. Zwanzig Jahre war es her, zwanzig Jahre, in denen nicht nur mein damaliger Lebensplan zu Bruch gegangen war, sondern mit ihm zwei Ehen. Bis ich endlich gelernt hatte zu akzeptieren.

Wir waren einander nie wieder begegnet. Von einer ehemaligen Kommilitonin hatte ich vor langer Zeit gehört, er sei nach Ulm gezogen. Ob er dort immer noch lebte, wusste ich nicht. Einem unwiderstehlichen Impuls folgend, durchsuchte ich das Telefonbuch nach dem Namen seines Vaters, Heinz Lemberg. Er war noch unter derselben Adresse eingetragen wie vor zwanzig Jahren: in einem kleinen Ort am Rande von Kiel. Ich setzte mich ins Auto, um dorthin zu fahren. Nach ein paar Kilometern wäre ich fast umgekehrt.

Was wollte ich dort? Das Haus eines Mannes betrachten, der nicht mehr lebte? Sinnlose Sehnsüchte nach dessen Sohn nähren? Ich würde mir nur selbst wehtun. Der Schmerz in Franziska Jakobis Blick hatte mich an einen Schmerz erinnert, den ich nur zu gut kannte.

Ich hielt am Straßenrand und versuchte, meine Gedanken zu sortieren. Es wollte mir jedoch nicht gelingen. Meine Vernunft war in den Hintergrund getreten. Ich ließ den Motor wieder an. Wie ein Magnet zog mich dieses Haus an, als könne ich dort eine Nähe wiederfinden, die ich selbst einmal ganz bewusst zerstört hatte.

Langsam bog ich in die kleine Sackgasse und näherte mich dem Haus. In der Garageneinfahrt parkte ein Auto mit Ulmer Kennzeichen. Ich fuhr bis zum Ende der Straße und wendete. Ich weiß nicht, woher ich die Sicherheit nahm, dass es sein Auto war, ich weiß nur, dass ich insgeheim hoffte, er würde gerade in diesem Moment aus dem Haus treten und mir die Entscheidung abnehmen, ob ich aussteigen und klingeln oder nach Hause fahren sollte. Aber diesen Gefallen tat mir der Zufall nicht. Allen Skrupeln zum Trotz hielt ich an, stieg aus und ging langsam den kleinen Weg entlang, der zum Haus führte. Was sollte ich sagen, falls mir eine Frau die Tür öffnete? Dass ich ihren Mann gerne wiedersehen würde? Weil wir uns von früher kannten? Kurz entschlossen entschied ich, in diesem Fall so zu tun, als sei ich wegen des Ölbildes vorbeigekommen und wegen der Bedeutung, die es für Franziska Jakobi hatte.

Und was wollte ich sagen, falls Michael mir die Tür öffnete? Dasselbe, entschied ich kurzerhand. Dieser vorgeschobene Grund war tausendmal besser als der wahre. Bevor ich es mir noch einmal anders überlegte, drückte ich auf den Klingelknopf.

Durch den Milchglaseinsatz in der Tür sah ich jemanden kommen. Sekundenlang geriet mein Herz aus seinem Rhythmus. Von einer plötzlichen Aufregung erfasst, hielt ich die Luft an.

»Ja bitte?« Es war tatsächlich Michael, der mir gegenüberstand. Die vergangenen zwanzig Jahre hatten etliche Falten in seinem Gesicht hinterlassen, hatten es noch ernster werden lassen, als es damals ohnehin schon gewesen war.

Wortlos sah ich ihn an.

Er runzelte die Stirn. »Caren?«

»Ja.«

Sein gerade noch offener Gesichtsausdruck verdüsterte sich. Hin- und hergerissen zwischen widerstreitenden Gefühlen, schien er sich zusehends zu verschließen.

Voller Unsicherheit durchbrach ich die Stille. »Ich habe gehört, dass dein Vater gestorben ist. Und ich wollte dir sagen, wie Leid ...«

»Danke.«

»Kann ich ...?«

»Nein. Danke.«

»Du machst es mir nicht gerade leicht ...«

»Warum sollte ich?«

Weil wir uns einmal geliebt haben, dachte ich und schalt mich im selben Moment eine Närrin. Ich hatte ihn zu sehr verletzt. Und die dazwischen liegenden Jahre schienen diesen Verletzungen nichts von ihrer Tiefe genommen zu haben. Warum nur war ich hierher gekommen? Beschämt stand ich vor ihm und suchte verzweifelt nach Worten.

»War es das dann?«, fragte er kalt.

»Ja«. Ich fühlte mich wie benommen.

Michael nickte mir zum Abschied zu und verschwand wieder im Inneren des Hauses.

Kurz bevor die Tür ins Schloss fiel, sprudelten all die Worte aus meinem Mund, die ich ihm schon unzählige Male in Gedanken gesagt hatte. »Ich habe nicht nur dir wehgetan. Mich von dir zu trennen war ein riesiger Fehler, den ich sehr bereut habe. Nichts … nichts ist so eingetreten, wie ich es mir gewünscht habe.« Der Kloß in meinem Hals schien immer größer zu werden.

Michael stand bewegungslos hinter der Tür, seine Silhouette war deutlich durch die Milchglasscheibe zu sehen.

»Ich habe dich nicht vergessen können.« Erst in diesem Augenblick wurde mir bewusst, dass ich nicht einmal wusste, ob noch jemand im Haus war, jemand, den meine Worte vielleicht befremdeten. »Michael …?«

Seine Silhouette verschwand aus meinem Blickfeld, ich hörte nur noch Schritte, die sich von mir entfernten. Die Tür blieb angelehnt. Wenn ich jetzt ging, würde ich nie wiederkommen. Also stieß ich die Tür auf und folgte ihm ins Arbeitszimmer seines Vaters, wo er mit dem Rücken zu mir Bücher in eine Kiste packte.

»Warum bist du gekommen?« Seine Stimme klang mühsam beherrscht.

»Weil …« Gerade hatte ich ihm meinen sauber zurechtgelegten Vorwand erklären wollen, als mir klar wurde, dass ich ihm die Wahrheit schuldig war – ihm und mir auch. »Du hast mir von dem Tag an, als ich mich von dir getrennt habe, gefehlt. Manchmal habe ich dich so sehr vermisst, dass es wehtat. Ich dachte, das würde vergehen, aber das Einzige, was verging, waren die Jahre.«

»Wenn das stimmt, warum hast du dich dann nie gemeldet?«

Ich lehnte meinen Kopf gegen den Türrahmen und schloss sekundenlang die Augen. »Ich konnte mir ein Leben ohne

Kinder nicht vorstellen«, antwortete ich ehrlich. »Als ich schließlich gezwungen war, mich mit dieser Vorstellung auseinander zu setzen, war so viel Zeit vergangen, dass ich glaubte, jedes Recht verwirkt zu haben, noch einmal in deinem Leben aufzutauchen.«

»Was ist jetzt anders? Wieso glaubst du, plötzlich dieses Recht zu haben?« Langsam drehte er sich zu mir um. Er hatte beide Hände zu Fäusten geballt. »Weißt du, wie sich das anfühlt: die zweite Wahl zu sein, Mitwirkender im Plan B, weil Plan A nicht geklappt hat? Ach, was sage ich? Mitwirkender? Statist trifft es wohl eher.«

»Du warst nie die zweite Wahl, die anderen schon, du nie«, sagte ich leise.

Als habe er mich nicht gehört, fuhr er fort: »Du glaubst, du brauchst nach all dieser Zeit nur hier aufzutauchen, etwas von Vermissen zu faseln, und schon breite ich meine Arme aus?«

»Nein ... natürlich nicht.« In kleinen Schritten wich ich vor ihm zurück, vor seinen Worten, die mich wie Schläge trafen.

»Warum bist du gekommen, Caren?« In seinem Blick mischten sich Wut und Verletzung.

Hätte ich doch nie auf diesen Klingelknopf gedrückt. »Es war ein Fehler.« Ich drehte mich um und ging den Flur entlang Richtung Haustür.

»Warum?«, schrie er mir hinterher.

Ruckartig blieb ich stehen. »Weil ich in einem Anflug von Naivität geglaubt habe, ich könne die Zeit zurückdrehen.« Jetzt schrie ich auch. »Weil ich einer irrwitzigen Hoffnung nachgejagt bin – wider alle Vernunft.«

Er war mir nachgekommen und stand mir jetzt gegenüber, die Hände immer noch zu Fäusten geballt.

»Weil es einfach nicht aufhört.« Plötzlich zitterte ich am ganzen Körper. »Und weil mir mein verdammter Stolz nicht mehr so wichtig ist. All die Jahre habe ich Angst davor gehabt, dich wiederzusehen. Ich hatte Angst vor der Zurückweisung in deinem Blick, davor, dass du diesen winzigen Rest von Hoffnung in mir zerstören würdest.«

»So wie du meine zerstört hast?« Er stand jetzt dicht vor mir. So dicht, dass ich seinen Atem auf meiner Haut spürte.

Beschämt wich ich seinem Blick aus. »Ich hatte Angst, du würdest mir sagen, du hättest deine große Liebe gefunden. Ich war feige. Ich wollte mir lieber die Illusion bewahren, dass ...«

»Die Illusion, dass ich nicht aufhören konnte, dich zu lieben?«

Ich hielt mir die Ohren zu. Ich wollte seine Entgegnung nicht hören.

Er griff nach meinen Handgelenken, drückte sie zur Seite und schob mich mit seinem ganzen Gewicht gegen die Wand hinter mir. »Sieh mich an!«

Abwehrend drehte ich meinen Kopf weg.

»Ich konnte nicht aufhören, dich zu lieben. Ist es das, was du hören willst? Bist du deshalb gekommen?«

Wie in Zeitlupe drehte ich meinen Kopf so, dass ich ihm in die Augen sehen konnte.

Er lachte voller Bitterkeit. »Ich liebe immer noch eine fünfundzwanzigjährige Frau, die es nicht mehr gibt, die sich in meiner Phantasie zu einem Wesen entwickelt hat, das mit der Realität nichts zu tun hat. Zwanzig Jahre kannst du nicht einfach fortwischen, auch wenn du es dir noch so sehr wünschst.«

»Ich will nichts fortwischen.«

»Was willst du dann, Caren?«

»Vielleicht will ich dem einfach nur ein Ende setzen, damit es endlich aufhört.«

»Sag mir wie!«

Fast unmerklich schüttelte ich den Kopf. »Das kann ich nicht, ich …«

Er küsste mich so hart auf die Lippen, dass mir vor Schmerz Tränen in die Augen schossen. Meine Handgelenke fühlten sich an wie in einem Schraubstock. Ich wusste, er wollte mir wehtun, wie ich ihm wehgetan hatte, wollte mich spüren lassen, wie es ist, dem anderen wehrlos ausgeliefert zu sein.

Von einer Sekunde auf die andere trat er einen Schritt zurück, als habe er sich vor sich selbst erschreckt, und ließ mich einfach stehen. Kurz darauf hörte ich eine Tür zuschlagen. Die nachfolgende Stille war kaum zu ertragen. Mir war schwindelig, in meinem Kopf drehte sich alles, und meine Lippen fühlten sich geschwollen an. Langsam zog ich die Haustür hinter mir zu und ging, ohne mich noch einmal umzudrehen.

Den nächsten Tag nahm ich mir frei. Ich wollte niemandem eine Erklärung für meine verweinten Augen abgeben müssen. Nach einem langen, einsamen Spaziergang, der mich meinem inneren Gleichgewicht wieder etwas näher brachte, schaute ich auf dem Heimweg noch bei Franziska Jakobi vorbei. Sie schlief, als ich ihr Zimmer betrat, so ging ich leise um ihr Bett herum, setzte mich neben sie und betrachtete ihr Gesicht, das selbst im Schlaf konzentriert wirkte.

Wie so oft in den vergangenen Tagen fragte ich mich, was sie mit dem Bild, vor allem, was sie mit Heinz Lemberg verband, diesem Namen, der so unvermittelt wieder in meinem Leben aufgetaucht war. Gerade als ich gehen wollte, wachte sie auf. Ihr Blick verharrte kurz auf mir, um sich dann seinem gewohnten Ziel zu widmen. Zum ersten Mal meinte ich, um ihre Mundwinkel herum den Hauch eines Lächelns zu entdecken. Ich entschied, noch einen Moment zu bleiben.

»Ich habe den Besitzer des Bildes gekannt – diesen Heinz Lemberg«, sagte ich in die Stille hinein.

Sie wandte mir ihren Kopf zu und sah mich fragend an.

»Es ist mehr als zwanzig Jahre her. Damals war ich mit seinem Sohn befreundet.«

»Michael ...«

»Ja ... Michael.«

Was immer sie glaubte, im Ausdruck meiner Augen entdeckt zu haben – es veranlasste sie, ihre Hand nach meiner auszustrecken und sie festzuhalten. So verharrten wir in einer Art stillen Einverständnisses und hingen beide unseren Gedanken nach. Ich blieb noch eine halbe Stunde und fuhr dann nach Hause.

Alle Versuche, mich abzulenken, schlugen jedoch fehl. Egal, ob ich ein Buch aufschlug oder den Fernseher einschaltete, immer schob sich ein ganz bestimmtes Gesicht vor mein inneres Auge und ließ mich nicht zur Ruhe kommen. Wider jede Vernunft setzte ich mich ins Auto und fuhr zum Haus von Heinz Lemberg. Dort angekommen, schaltete ich den Motor aus und ließ meinen Kopf gegen die Kopfstütze sinken. Meine Hände lagen kraftlos im Schoß. Bis hierher hatte ich es geschafft, weiter reichte mein Mut nicht.

Noch keine fünf Minuten hatte ich so dagesessen und vor mich hin gestarrt, als ich mich beobachtet fühlte. Ich sah auf und entdeckte in einem der Fenster Michael, der scheinbar regungslos zu mir herüber sah.

Später hätte ich nicht sagen können, wie lange wir diesen

Blickkontakt durchhielten. Ich weiß nur, dass ich es irgendwann nicht mehr aushielt und ausstieg. Ich hatte die Haustür noch nicht ganz erreicht, als er sie wortlos öffnete. Er wirkte völlig abgekämpft, erschöpft. Vermutlich sah ich nicht viel anders aus.

Zögernd ging ich auf ihn zu und blieb vor ihm stehen. Er hob langsam seine linke Hand zu meinem Gesicht und strich mir mit dem Zeigefinger vorsichtig über die Lippen. In diesem Augenblick wünschte ich mir nichts sehnlicher, als der Qual in seinem Blick ein Ende bereiten zu können, spürte jedoch, dass das nicht in meiner Macht lag.

»Hast du einen Moment Zeit?«, fragte ich.

Als Antwort trat er einen Schritt zurück und hielt mir die Tür auf. Es war weniger eine einladende als eine höfliche Geste. Da er jedoch keine Anstalten machte, sich weiter als ein paar Schritte von der Haustür zu entfernen, blieb ich unschlüssig im Flur stehen. Seine Botschaft kam bei mir an: Mit jedem weiteren Meter, den er mich an diesem Tag ins Haus ließ, würde er ein Stück Nähe zulassen müssen, und das wollte er nicht.

Aber ich wollte diese Nähe, und ich würde darum kämpfen. »Wie ist es dir ergangen?« Ich setzte mich auf eine Kommode und lehnte den Rücken gegen die Wand.

Voller Abwehr schüttelte er den Kopf.

»Erzähl es mir … bitte.«

»Warum?«

»Weil du immer noch eine Rolle in meinem Leben spielst, auch wenn wir zwanzig Jahre lang nichts voneinander gehört haben.«

»Das ist dein Problem, Caren. Damit musst du ganz alleine fertig werden.«

Schuldbewusst sah ich ihn an.

»So wie du damals alleine damit fertig werden musstest?«

»Darum geht es mir nicht«, antwortete er müde. Ein wenig fahrig sah er sich im Flur um. »Es gibt nur vieles, das im Augenblick wichtiger ist.«

»Dein Vater?«

»Ja.«

Entsetzt über meine eigene Unsensibilität rutschte ich von der Kommode hinunter. »Entschuldige bitte«, sagte ich beschämt. Ich suchte nach den richtigen Worten, nach einer Erklärung. »Als ich vom Tod deines Vaters erfuhr, habe ich mir eingebildet, das sei so eine Art Wink des Schicksals – vielleicht auch einfach eine Rechtfertigung –, dich anzurufen oder sonst irgendwie mit dir in Kontakt zu treten. Ich konnte an nichts anderes denken. All die Jahre habe ich diesen Impuls unterdrückt, aber plötzlich …« Ich sah zu Boden. »Es tut mir sehr Leid.«

Michael hatte sich keinen Zentimeter von der Stelle bewegt. Seine Hände hielt er tief in den Hosentaschen vergraben.

»Ich gehe jetzt besser.« Wie gerne hätte ich ihn berührt. Wie gerne hätte ich versucht, ihn zu trösten. Aber er hatte mir ganz deutlich eine Grenze aufgezeigt, und ich hatte nicht vor, diese Grenze zu verletzen. So ging ich langsam zurück zur Tür. »Darf ich dich irgendwann einmal anrufen?«, fragte ich, als meine Hand bereits die Türklinke berührte.

»Er hat sie umgebracht.«

»Wer hat wen umgebracht?«, fragte ich irritiert, mich zu ihm umdrehend.

»Mein Vater meine Mutter.« Die Qual, die ich zuvor in seinem Blick entdeckt hatte, erkannte ich nun in seiner Stimme wieder.

Sprachlos starrte ich ihn an.

»Ich habe immer geglaubt, er hätte ihretwegen nie mehr Augen für eine andere gehabt, dabei …« Sein Blick wanderte unruhig umher, als sei er auf der Suche nach einem Halt.

»Hat er das gesagt? Ich meine, hat er dir gesagt, er habe sie umgebracht?«

Sein *Nein* war nur ein Flüstern.

Ich hatte Heinz Lemberg damals kennen gelernt – als in sich gekehrten, sehr einsilbigen Menschen, der die Gesellschaft anderer nicht unbedingt zu suchen schien. Auch zählte er in meinen Augen nicht zu jenen Menschen, die auf Anhieb sympathisch wirken. Es bedurfte eher eines zweiten Blicks, um seine Warmherzigkeit zu entdecken. Dieser Mann sollte ein Mörder gewesen sein? »Wie kommst du denn nur darauf? Hast du nicht gesagt, ihr Herz habe versagt?« In meinem Gedächtnis suchte ich das wenige zusammen, das Michael mir damals über seine Mutter erzählt hatte.

»Ja … so hieß es. Aber ich habe Briefe gefunden, die er geschrieben hat. Und aus diesen Briefen geht hervor, dass er sie umgebracht hat.«

»Warum? Wie?«

»Warum? Ich glaube, diese Frage konnte er sich selbst nicht ganz eindeutig beantworten. Er hat sich jahrelang den Kopf darüber zermartert und ist nie wirklich zu einem Ergebnis gekommen. Dabei hat er sich nicht geschont. Er wollte die Wahrheit über sich selbst herausfinden. Und diese Wahrheit ist wohl, dass es nicht nur einen Grund gab.« Michael lehnte sich mit Rücken und Kopf an die Wand und sah zur Decke.

Mir war plötzlich kalt, und ich schlang die Arme um meinen Oberkörper. Ich hätte mich gerne gesetzt, aber ich wagte nicht, mich zu rühren.

»Meine Mutter hatte multiple Sklerose, eine schwere, schnell fortschreitende Form. Er schrieb, dass er sie mit dieser Tat von ihrem Leiden hatte erlösen wollen, dass dieses Leiden mit der Zeit aber auch für ihn zu einer ungeheuren Belastung geworden sei. Und er könne den unterschwelligen Wunsch, dieser Belastung zu entgehen, nicht leugnen.«

»Das zuzugeben wird ihm nicht leicht gefallen sein«, meinte ich leise. Sich so schonungslos dem eigenen Spiegelbild zu stellen erfordert Mut.

Michael war so gefangen in dieser Geschichte, dass er gar nicht hörte, was ich sagte. Wie unter starken Kopfschmerzen oder einer ungeheuren Anstrengung runzelte er die Stirn. »Sie habe sich im Verlauf ihrer Krankheit stark verändert, schreibt er, sei herrisch und ungeduldig geworden. Damit wolle er seine Tat nicht entschuldigen, sondern versuchen, sie zu erklären. Die Liebe, die er einmal für sie empfunden habe, sei ihm verloren gegangen … stetig und unaufhaltsam. Geblieben seien ihm schließlich nur Mitgefühl auf der einen und Aggressionen auf der anderen Seite.« Michael rutschte im Zeitlupentempo an der Wand hinunter, zog seine Knie an den Körper und umfing sie mit den Armen. Er schien die Kälte im Flur gar nicht zu spüren.

Mich dagegen hatte sie immer noch fest im Griff, ich war völlig durchgefroren. »Michael, könnte ich mich irgendwo aufwärmen?«

Als komme er von sehr weit her, starrte er mich sekundenlang verständnislos an.

»Michael?«

»Was hast du gesagt?«

»Es ist schrecklich kalt hier, und ich friere …«

»Entschuldige!« Mit einem Satz war er auf den Beinen.

»Lass uns in Vaters Arbeitszimmer gehen.« Er eilte mir voraus und erwartete mich neben einem alten, abgewetzten Ledersessel, der in der Nähe der Heizung stand. »Am besten setzt du dich hierhin. Ich mache dir schnell einen Tee.«

Neben dem Sessel stand ein Fußbänkchen, und darauf lag eine Wolldecke, in die ich mich einwickelte.

»Es gibt leider nur Pfefferminztee«, hörte ich ihn aus der Küche rufen.

»Das ist okay«, rief ich zurück. Mir war alles recht, Hauptsache, es war warm.

Nach ein paar Minuten kehrte er mit zwei Bechern in der Hand zurück, reichte mir einen davon und setzte sich in einiger Entfernung von mir auf eine Bücherkiste.

Bevor ich den Tee probierte, wärmte ich mir erst einmal meine eiskalten Hände an dem Becher.

Michael beobachtete mich. »Manche Dinge ändern sich nicht.«

»Was meinst du?«

»Du hast schon früher sehr leicht gefroren.«

»Und dir konnte Kälte nichts anhaben«, sagte ich mit einem Lächeln, das aus der Erinnerung entstand.

»Gegen Gefühlskälte war auch ich nicht gefeit.« Als er mich zusammenzucken sah, entspannte sich sein Gesichtsausdruck um eine Nuance. »Entschuldige.«

»Ich wäre froh, wenn du mir irgendwann verzeihen könntest.«

»Warum ist das wichtig?«, fragte er.

»Weil eine Beziehung erst dann wirklich endet, wenn auch die Gefühle enden – positive wie negative.«

Er schwieg und sah mich forschend an.

Seinem Blick standhaltend, wärmte mich allein der Gedanke an das, was hätte sein können.

»Bist du deshalb gekommen? Ist das der wahre Grund?«, fragte er zweifelnd.

»Den wahren Grund kennst du, daran hat sich nichts geändert.« Ich stellte den leeren Teebecher neben den Sessel auf den Fußboden.

»Magst du noch einen Tee?«

»Nein, danke.« Ich zog die Decke bis hoch zu meinen Schultern. »Erzählst du mir weiter von deinem Vater?«

Statt einer Antwort ließ er seinen Blick langsam durch den Raum schweifen, als müsse er alles, was sich diesem Blick bot, ganz intensiv in sich aufnehmen. »Ich glaube, dieser Raum war ihm der liebste. Hier hat er jede freie Minute verbracht, meist lesend. Nachdem ich all diese Briefe gelesen habe, ist mir der Verdacht gekommen, dass er eine Art Buße getan und sich selbst eine Strafe für den Mord an seiner Frau auferlegt hat. Diese Tat hat ihn zutiefst erschüttert, sie war mehr, als er sich je hätte verzeihen können.« Er nahm eines der Bücher, die am Boden lagen, und strich tief in Gedanken darüber. »Aber er hat es getan.«

»Wie?«

»Meine Mutter war herzkrank und bekam dagegen ein Digitalis-Präparat, das bei einer sehr hohen Dosis allerdings tödlich wirkte.« Michael stützte seine Ellenbogen auf die Knie und vergrub sein Gesicht in den Händen. »Er hat ihr eine tödliche Dosis unters Essen gemischt. Sie ist an einem Herzstillstand gestorben.«

»Und das ist niemandem aufgefallen?

Er hob den Kopf und sah mich traurig an. »Hätte meine Mutter vorher keine Herzprobleme gehabt, wäre es dem Hausarzt sicher aufgefallen. Angesichts ihrer Vorgeschichte sah er jedoch keine Veranlassung für eine Autopsie und hat den Leichenschauschein entsprechend ausgefüllt. Aber weder der Tod meiner Mutter noch das Dokument dieses Arztes haben für meinen Vater eine Erlösung gebracht. Das Perfide ist, dass für ihn mit Mutters Todestag das eigentliche Martyrium begann.«

»Du warst doch noch relativ klein damals. Erinnerst du dich überhaupt an sie?«

»Ich war fünf. Ihr Gesicht musste ich mir später immer wieder auf Fotos vergegenwärtigen, da es in meiner Erinnerung verschwommen ist. Es ist sowieso sehr schwer für mich zu unterscheiden, was wirklich war und was nicht, was ich selbst erlebt habe und was ich nur aus den Erzählungen meines Vaters weiß. Wenn ich an sie denke, dann sehe ich mich oft im Schneidersitz am Fußende ihres Bettes sitzen und ihr aus meinen Bilderbüchern *vorlesen* – bis sie eines Tages nicht mehr da war. Es ist merkwürdig«, sagte er, »in der Realität hat er sie mir genommen, aber in der Phantasie hat er sie für mich wieder auferstehen lassen – mit immer wiederkehrenden Erzählungen von ihrer Güte, ihrer Warmherzigkeit und ihrer Liebe zu mir. Sie für mich auf diese Art lebendig zu halten, hat seine Qual sicher nicht verringert. Bis ich diese Briefe gelesen habe, war ich der festen Überzeugung, mein Vater habe meine Mutter bis an sein Lebensende geliebt. Dabei hat er sie umgebracht und sich selbst lebenslänglich dafür bestraft.« Er sprach ohne jeden Abscheu von seinem Vater.

»Wo hast du diese Briefe gefunden?«

»In fünf Schuhkartons in seinem Schreibtisch. In diesen Briefen sind mehr als vierzig Jahre seines Lebens festgehalten. Da er mit niemandem darüber reden konnte, hat er sich diesen Briefen anvertraut.«

»Als eine Art Beichte?«

»Nein, sie lesen sich eher wie ein Tagebuch.«

»Musste er nicht davon ausgehen, dass du sie nach seinem Tod findest? Oder ist er ganz plötzlich gestorben?«

»Nein, nicht plötzlich. Er hatte Zeit, sich darauf vorzubereiten. Deshalb nehme ich an, er wollte, dass ich sie finde. Und dass ich sie lese. Wie ich ihn kenne«, sagte er mit hochgezogenen Augenbrauen, »wird er lange mit sich gerungen haben, und letztlich wird seine Wahrhaftigkeit gesiegt haben. Es ist alles nur eine Vermutung, aber vielleicht wollte er mir seine wahre Geschichte hinterlassen und hat dafür in Kauf genommen, dass er auf diese Weise Teile meines Vaterbildes zerstören würde.«

»Es ist aber nicht nur seine Lebensgeschichte, sondern auch zum Teil deine eigene.« Ich versuchte, mir vorzustellen, was solch eine Enthüllung für einen Menschen bedeutete. »Wäre es nicht besser gewesen, du hättest die Briefe nie gelesen?«

»Vielleicht«, sagte er leise, »hat er mir zugetraut, dass ich damit umgehen kann. Vielleicht hat er gehofft, die Tatsache, dass er der Mörder meiner Mutter war, würde nicht das zerstören, was er für mich war.«

»Und?«, fragte ich behutsam, »hatte er Recht? Kannst du damit umgehen?«

Staunend über sich selbst, lächelte er verhalten. »Ich glaube schon.«

Er stand auf, ging zum Fenster und sah in die Dunkelheit hinaus. »Es ist eine unglaubliche Tat, die er begangen hat, trotzdem kann ich ihn nicht verurteilen.«

Eine Frage kam mir in den Sinn, die mich schon die ganze Zeit beschäftigte. »An wen hat er diese Briefe eigentlich geschrieben?«

»An eine Frau, die er – wie den Briefen zu entnehmen ist – sehr geliebt hat.«

»Wie kommt es dann, dass sie in seinem Schreibtisch waren?«, fragte ich überrascht. »Oder hat er sich Kopien von diesen Briefen gemacht?«

»Er hat keinen davon je abgeschickt«, antwortete er fast ehrfürchtig.

Das erinnerte mich an die Gespräche, die ich jahrelang mit Michael im Stillen geführt hatte. Ich fragte mich, welchen Grund Heinz Lemberg wohl für diese sehr einseitige Kommunikation im Verborgenen gehabt hatte. »Was war das mit dieser Frau? Sagtest du nicht, er habe sich nach dem Tod deiner Mutter nie wieder einer anderen zugewandt?«

Er schien zu überlegen, ob er mir die Frage beantworten sollte. Schließlich sagte er zögernd: »Er hat sich ihr vor dem Tod meiner Mutter zugewandt.«

Irgendetwas, das ich noch nicht genau fassen konnte, ließ mich unruhig werden. »War sie seine Geliebte?«

»Ja, das war sie.«

»Hat er deine Mutter deshalb …?«

»Ja, wohl auch deshalb«, antwortete er fest.

Schweigend sahen wir uns an. Ihm war anzusehen, dass ihn dieser Grund am meisten beschäftigte.

Er fuhr sich mit beiden Händen durchs Gesicht. »Und das, obwohl meine Mutter diese Beziehung gar nicht mehr ernsthaft hätte stören können. Sie war zu der Zeit schon ans Bett gefesselt. Die beiden hätten ihre Beziehung ohne weiteres fortführen können. Mit ein bisschen Geduld …« Er seufzte unglücklich. »Mutter hätte wegen ihrer Herzerkrankung höchstens noch ein paar Jahre gelebt. Aber er wollte mit dieser Frau zusammenleben, sich nicht immer nur in einer Pension mit ihr treffen.«

»Warum in einer Pension? War sie auch verheiratet?«

»Nein, sie war Lehrerin im Internat und wohnte auch auf dem Gelände. Hätten sie sich dort getroffen, wäre ihre Beziehung nicht lange geheim geblieben. Und als Geliebte eines verheirateten Mannes wäre sie ihren Job dort ziemlich schnell los gewesen. Heute würde wahrscheinlich kein Hahn mehr danach krähen, aber damals …«

»Hast du diese Frau einmal kennen gelernt?«, fragte ich.

Er schüttelte den Kopf. »Kurz nach dem Tod meiner Mutter hat er sich von ihr getrennt.«

»Warum?«, fragte ich erstaunt.

»Als er plante, meine Mutter zu töten, konnte mein Vater nur an eines denken: an Erlösung. Danach stellten sich bei ihm dann entsetzliche Schuldgefühle ein. So etwas wie Erlösung hat er nie empfunden. Nach dem, was geschehen war, konnte er nicht zur Tagesordnung übergehen. Er hat sich selbst zum Richter über seine Tat ernannt und sich bestraft.«

»Indem er sich von dieser Frau trennte?« Ich hatte ein beklemmendes Gefühl in der Brust.

Er nickte.

»Und nicht mit ihr leben konnte?«

Wieder nickte er. »Und sie nicht vergessen konnte.«

Dieses Nicht-vergessen-Können war etwas, was ich sehr gut kannte und was eine tiefe Traurigkeit in mir freisetzte. Ein Blick in Michaels Gesicht genügte, um zu erkennen, dass ihm dieses Gefühl ebenfalls nicht fremd war.

»Er ist nie von ihr losgekommen«, meinte er mit rauer Stimme.

In diesem Augenblick kämpften zwei Seelen in meiner Brust. Die eine wollte ihn fragen, ob stimmte, was ich fühlte: dass er in diesem Augenblick nicht nur von seinem Vater und dieser Frau, sondern auch von ihm und mir gesprochen hatte. Die andere warnte mich davor, es zu tun: Es sei der völlig falsche Zeitpunkt. Ich nahm die Warnung ernst.

»Wusste die Geliebte deines Vaters, dass der Tod deiner Mutter kein natürlicher war?«

»Zunächst nicht«, antwortete Michael gedankenverloren. »Als Vater sich von ihr trennte, hat sie das nicht verstehen können, zumal sie wohl gespürt hat, dass etwas anderes dahinterstecken musste als das plötzliche und unerklärliche Ende seiner Gefühle. Wie hätte sie auch begreifen sollen, dass er gerade zu dem Zeitpunkt alles zerstörte, als endlich eine gemeinsame Zukunft vor ihnen lag.« Mit einem traurigen Lächeln sah er mich an. »Sie hat diese Trennung nicht akzeptiert«, fuhr er fort. »Sie hat ihn immer wieder mit Fragen bedrängt, bis er ihr den Mord schließlich gestand.«

»Wie ist sie damit umgegangen?«

»Sie hat seine Entscheidung akzeptiert.«

»Einfach so?«

»In ihren Augen hatte sie selbst Schuld auf sich geladen. Ohne sie wäre er vielleicht nie so weit gegangen. Vielleicht ... in jedem Fall hat dieses Wissen es ihr unmöglich gemacht, mit ihm zusammenzuleben.«

Mich rührte diese Geschichte seltsam an.

Michael hingegen bereitete sie augenscheinlich sehr zwiespältige Gefühle. »Das war das Aus für seinen Traum.«

»Den Traum vom Glück?«

»Der Traum, den beide geträumt haben, wenn sie in dieser Pension waren«, erklärte er mir. »Sie haben sich immer dasselbe Zimmer genommen. Um sich dort nicht ganz so fremd zu fühlen, nehme ich an. In diesem Zimmer hing ein Bild, das ein kleines, verträumtes Haus zeigte. In dieses Haus haben sich die beiden immer hineingeträumt. Sie haben sich vorgestellt, wie es sein würde, darin gemeinsam zu wohnen, darin zu leben – geborgen, aber nicht verborgen. Sie haben sich jedes Zimmer genau ausgemalt, auch meines.« Zum ersten Mal seit unserem Wiedersehen sah ich ihn lachen. »Ich weiß gar nicht, ob dieses winzige Reetdachhaus überhaupt genügend Zimmer hatte, aber ich denke, das war vollkommen nebensächlich. In jedem Fall hat es meinem Vater so viel bedeutet, dass er irgendwann zu dieser Pension gefahren ist und den Leuten dieses Bild abgekauft hat.«

Plötzlich war ich hellwach. »Dieses Bild … ist es ein Ölgemälde in einem Goldrahmen?«

»Ob es einen Goldrahmen hat, weiß ich nicht mehr so genau, in jedem Fall ist es ein Ölbild.«

»Wo ist es jetzt?«, fragte ich aufgeregt.

»Mein Vater hatte es mit ins Heim genommen. Ohne zu wissen, welche Bedeutung dieses Bild für ihn hatte, habe ich es dem Heim geschenkt. Aber ich habe die Heimleiterin gestern angerufen und sie gebeten, es mir zurückzugeben. Ich werde es mit nach Ulm nehmen.«

Ganz unvermittelt spürte ich einen Kloß in meiner Kehle. »Wann fährst du?«

»In zwei bis drei Tagen, wenn ich hier mit allem fertig bin.«

Wie gerne hätte ich ihn gefragt, ob er wiederkommen würde. »Könntest du dir vorstellen, das Bild noch eine Weile im Heim hängen zu lassen?«

Er sah mich skeptisch an. »Wozu soll das gut sein?«

»In dem Zimmer, in dem dein Vater starb und wo das Bild noch hängt, liegt jetzt eine Frau im Sterben. Wann immer sie wach ist, hat sie nur Augen für dieses Bild.« Ich zögerte. »Die Geliebte deines Vaters … hieß sie zufällig Franziska mit Vornamen?«

»Ja«, antwortete er, sichtlich angespannt.

»Die Frau, die ich im Heim betreue, heißt auch Franziska … Franziska Jakobi. Sie ist zweiundachtzig Jahre alt und hat keine Familienangehörigen. Als ich sie fragte, welche Erinnerungen sie mit diesem Bild verbindet, antwortete sie: *Dieses Bild weckt Erinnerungen an alles, was jemals wichtig für mich war*. Und als ich ihr erzählte, dass ich deinen Vater gekannt habe, dass ich mit seinem Sohn befreundet war, nannte sie deinen Namen.« Endlich verstand ich, warum sie sich mit dem letzten Rest an Kraft, der ihr geblieben war, an dieses Bild klammerte, in ihm versank.

»Wie ich aus den Briefen weiß, haben die beiden nie wieder etwas voneinander gehört«, sagte Michael stockend.

Laut überlegte ich: »Das heißt, sie weiß überhaupt nicht, wie es ihm weiter ergangen ist, wie er gelitten und sie vermisst hat?«

»Sie wird noch nicht einmal wissen, dass er gestorben ist. Als sie das Bild zum letzten Mal sah, hing es in dem Zimmer der Pension. Dass es jetzt gegenüber ihrem Bett, hängt, wird sie vielleicht als Laune des Schicksals ansehen.«

»Ich glaube, sie weiß, dass er tot ist«, entgegnete ich aus einer Intuition heraus. »Und ich glaube, sie durchlebt alles noch einmal. Es wäre grausam, ihr das Bild jetzt wegzunehmen.«

»Das habe ich nicht vor. Ich werde die Heimleiterin morgen anrufen und sie bitten, es mir zu schicken, wenn … wenn es nicht mehr gebraucht wird.« Er stand auf und drückte seinen Rücken durch, der vom langen Sitzen auf der Bücherkiste anscheinend schmerzte.

Ich sah zu ihm auf. »Darf ich dich für Franziska Jakobi noch um etwas bitten?«

Sein Blick war abwartend.

»Möglicherweise ist es viel von dir verlangt – aber könntest du mir aus den Briefen deines Vaters vierzig heraussuchen? Aus jedem Jahr einen? Ich würde sie ihr gerne vorlesen, schließlich hat er alle an sie geschrieben.«

Er dachte so lange über meine Frage nach, dass ich schon glaubte, er würde ablehnen. Dann sagte er jedoch: »Warum nur vierzig? Warum liest du ihr nicht alle vor?«

»Weil ihr so viel Zeit nicht mehr bleibt«, antwortete ich leise. »Sie wird bald sterben.«

»Wenn du noch einen Moment Zeit hast, dann suche ich sie dir gleich heraus.« Ohne meine Antwort abzuwarten, ging er zum Schreibtisch, öffnete eine Tür, holte die fünf Kartons hervor und öffnete jeden einzelnen. Ratlos stand er davor und konnte sich offenbar nicht entscheiden, welche Briefe er wählen sollte.

»Überlass es einfach dem Zufall«, schlug ich vor. »Es kommt gar nicht darauf an, dass sie so viel wie möglich, nur dass sie überhaupt etwas über ihn erfährt.«

Während er meinem Vorschlag folgte, fragte er: »Aus der Art, wie mein Vater an sie geschrieben hat, habe ich mir ein Bild von ihr machen können. Aber ich würde gerne wissen, welchen Eindruck du von ihr hast.«

»Ernst, empfindsam und eigenwillig«, sagte ich spontan. »Sie wirkt weder verbittert noch gebrochen, trotzdem spürst du, dass es in ihrem Leben heftige Erschütterungen gegeben hat, die auch immer noch nachwirken. Ihrem Gesicht siehst du an, dass sie viel gelitten hat.« Ich überlegte, was ich Michael noch von ihr erzählen konnte. »In ihrer Nähe finde ich Ruhe«, sagte ich schließlich.

Von den Briefen aufsehend, setzte er zu einer Frage an, entschied sich dann jedoch dagegen und schwieg. Er brauchte mich nicht zu fragen, was mir die Ruhe geraubt hatte, er wusste es. Allem Anschein nach hatte er jedoch nicht vor, darauf einzugehen.

Ich schluckte meine Enttäuschung herunter. Vielleicht sollte ich aus der Geschichte von Heinz Lemberg und Franziska Jakobi lernen, dass Liebe allein nicht reichte. Dass es Umstände gab, die stärker waren. Und dass ich diese verdammte Hoffnung endlich begraben musste.

»Was denkst du gerade?«, fragte Michael.

»Ich muss gehen.« Ich schälte mich aus der Decke und legte sie zusammen.

»Sag es mir … bitte.«

»Nein«, sagte ich entschlossen. Es hatte keinen Sinn, er konnte mir nicht verzeihen. Ich streckte meine Hand nach den Briefen aus. »Wenn du mir deine Adresse gibst, dann schicke ich sie dir dorthin.«

Er schrieb sie auf einen Zettel und reichte ihn mir zusammen mit den Briefen. »Auch wenn es meine Mutter war, die er getötet hat – ich fand die Strafe zu hoch. Viele gewöhnliche Mörder bekommen nur fünfzehn Jahre. Für ihn waren es vierzig.«

»Hat er nie daran gedacht, sich bei ihr zu melden?«

»Doch, das hat er, aber er wollte ihr Leben nicht noch einmal durcheinander bringen. Er war sich so sicher, dass sie nicht allein bleiben würde, dass sie nicht nur für ihn etwas Besonderes war. Er glaubte, nicht das Recht zu haben …«

Die Tränen schossen mir in die Augen, und ich wandte mich schnell ab.

»Hast du geheiratet?«, fragte er.

»Zweimal. Und du?«

»Einmal.«

»Bis dass der Tod euch scheidet?«, fragte ich spöttisch,

um meine aufgewühlten Gefühle zumindest nach außen hin wieder unter Kontrolle zu bekommen.

»Die Scheidung hat uns der Familienrichter abgenommcn.«

»Tut mir Leid.«

»Was ist mit deiner zweiten Ehe?«

»Gescheitert«, antwortete ich knapp.

»Das ist traurig.« Es war keine Schadenfreude in seinem Blick, obwohl ich sie ihm nicht hätte verübeln können. Michael wandte sich ab und sah wieder aus dem Fenster in die Dunkelheit.

»Weißt du, was das Schlimmste für mich ist?«, fragte ich leise. »Dass mich damals selbst ein Blick in die Zukunft nicht davon hätte abhalten können, mich von dir zu trennen. Ich wollte mit dem Kopf durch die Wand und erzwingen, was ich mir wünschte.«

»Aber die Wand hat nicht nachgegeben.« Es war keine Frage, sondern eine Feststellung. »Gehst du inzwischen vorsichtiger mit deinem Kopf um?«

»Ich gebe mir Mühe«, bekannte ich ehrlich. »Aber manchmal ist es schwierig, den Mittelweg zu finden zwischen Kämpfen und Aufgeben.«

Michael drehte sich wieder zu mir um und sah mich forschend an.

Es war an mir zu reden, er würde mir keine Brücke bauen. »Ich würde gerne um dich kämpfen, gleichzeitig aber frage ich mich, ob es nicht besser wäre, diesen Wunsch aufzugeben.«

»Besser für wen?«

»Möglicherweise für uns beide.« Meine Stimme war nur noch ein Flüstern.

»Diese Frage wird dir niemand beantworten können«,

sagte er ebenso leise. In seinen Augen war ein Glitzern, das ich nicht deuten konnte.

»Auch du nicht?«

Langsam schüttelte er den Kopf. »Caren, ich weiß nicht, was besser ist. Ich wünschte, ich wüsste es, dann wäre alles einfacher.«

»Sagst du es mir, wenn du es weißt?«

Er ließ sich Zeit mit seiner Antwort. Als er schließlich ja sagte, klang es wie ein Versprechen. »Was wirst du so lange tun?«

Darüber musste ich nicht lange nachdenken: »Kämpfen.« Vergeblich suchte ich in seinem Blick nach spontaner Abwehr. Was ich jedoch entdeckte, kam einem Lächeln nahe. Es war zu verhalten, um mich innerlich jubilieren zu lassen, aber es war da, und das allein zählte. »Und ich hätte auch einen Vorschlag, was du so lange tun könntest.«

Fragend zog er die Augenbrauen hoch.

»Dir vergegenwärtigen, dass es die Möglichkeit gibt, Verurteilte zu begnadigen, wenn sie ihre Tat bereuen.«

»Um aus den Fehlern meines Vaters zu lernen?«, fragte er traurig.

»Nein. Dein Vater hätte sich selbst verzeihen müssen, und das ist viel schwerer.«

»Ich werde darüber nachdenken.«

In stillem Einvernehmen gingen wir langsam zur Tür. Ich öffnete sie und trat in die Nacht hinaus. Es war vier Uhr in der Frühe, wir hatten lange geredet. Im Schein der Straßenlaterne sahen wir uns an.

Michael strich noch einmal mit seinem Finger über meine Lippen. »Tut es noch weh?«

»Nein.« Ich küsste diesen Finger, drehte mich um und ging zum Auto. Seine Blicke begleiteten mich, das konnte ich deutlich spüren. Als ich losfuhr, sah ich ihn im Rückspiegel zurück ins Haus gehen.

Es war noch lange nicht gut, vielleicht würde es das auch nie wieder. Trotzdem gab es einen Funken Hoffnung. Er verlieh mir die Gelassenheit, nichts zu übereilen. Und er gab mir die Ruhe, mich um das zu kümmern, was vordringlich war. Weil die Zeit drängte.

Am späten Nachmittag des nächsten Tages saß ich an Franziska Jakobis Bett und begann, ihr vorzulesen. Es sollten viele Tage folgen, an denen sie mit geschlossenen Augen dalag und den Worten von Heinz Lemberg lauschte. Manchmal liefen ihr Tränen aus den Augenwinkeln, Worte verlor sie keine.

Nachdem ich ihr ungefähr fünfundzwanzig Briefe vorgelesen hatte, fragte ich sie, was mich so brennend interessierte: »Wenn Sie nie wieder etwas voneinander gehört haben, wieso waren Sie dann nicht erstaunt, als ich Ihnen erzählte, dass Heinz Lemberg der Besitzer des Bildes war? Als Sie es zuletzt gesehen hatten, war es doch noch im Besitz der kleinen Pension?«

Das Sprechen fiel ihr schwer, sie musste viel Kraft sammeln, um antworten zu können. »Ich bin auch irgendwann dorthin gegangen, um es zu kaufen. Heinz war mir zuvorgekommen.«

Ich wusste, ich sollte sie schonen, trotzdem musste ich ihr eine zweite Frage stellen. »Hätten Sie damals anders entschieden, wenn Sie gewusst hätten, wie ein Leben ohne ihn ist?«

Ganz langsam bewegte sie den Kopf von einer Seite zur anderen. »Wir konnten beide nicht anders. Es war eine Grenze überschritten, hinter der es kein Zurück gibt.« Ihr Blick wanderte von mir zu dem Bild.

»Kein Zurück zu diesem Haus?«, fragte ich sanft.

»Kein Zurück.«

Von diesem Moment an stellte ich ihr keine Fragen mehr, sondern las ihr nur noch aus den Briefen vor. Als noch fünf übrig waren, spürte ich ihre Hand auf meiner. Ich sah zu ihr auf.

»Danke«, hauchte sie. In ihren Augen war ein Ausdruck, den ich tief in mir bewahre. Er war von einer rückhaltlosen Hingabe und Wärme.

Es war das letzte Wort, das ich von Franziska Jakobi hörte. Als ich am nächsten Tag ihr Zimmer betrat, war sie bereits in einer tiefen Bewusstlosigkeit versunken. Ich setzte mich an ihr Bett und las weiter. Nachts um ein Uhr schob ich den letzten Brief zurück in seinen Umschlag. Ein Blick in ihr Gesicht genügte, um zu erkennen, dass sich aus ihren Augen nie wieder Tränen lösen würden. Dafür flossen meine unaufhaltsam. Ich blieb noch eine Stunde neben ihrem Körper sitzen und wünschte ihrer Seele eine wundervolle Reise, an deren Ende Heinz Lemberg auf sie warten würde.

Mein schottisches Harlekinskostüm

Oder: Über die Schwierigkeiten, einen geeigneten Ersatz zu finden

Erotik, meinte der österreichische Schriftsteller Karl Kraus, sei die Überwindung von Hindernissen. Das verlockendste und populärste Hindernis sei die Moral. Und eines der leichteren, möchte ich dem aus Erfahrung hinzufügen. Denn: Was ist – hindernismäßig gesehen – die Moral verglichen mit einer Verkäuferin? Kaum der Rede wert!

Nun mag auch Karl Kraus bei seiner Definition von Erotik an die eine oder andere Verkäuferin gedacht haben, aber sollte dem so gewesen sein, werden sich seine Gedanken wohl grundsätzlich von meinen unterschieden haben. In meiner Erfahrungswelt sind Verkäuferinnen nämlich weder Objekte erotischer Phantasien noch Wirklichkeit gewordene Wunschträume. Sie geistern lediglich durch meine Alpträume, da mein Unterbewusstsein sich strikt weigert, diese Art von traumatischen Begegnungen einfach so, quasi ohne Aufbegehren, zu bewältigen.

Angefangen hat übrigens alles mit einem Schlafanzug. Eine großzügige Freundin hatte ihn mir geschenkt, da er ihr zu weit war. Mir kam er sehr gelegen – nicht etwa wegen meiner Leibesfülle, sondern wegen angeborener Unterkühlung. Wer wie ich ständig friert, freut sich über alles, was wärmt: über Angora-Unterwäsche, dicke Socken, Lammfelleinlagen, Nierenwärmer und eben über kuschelige Schlafanzüge.

Vielleicht hätte ich gleich über dieses Wort *kuschelig* stolpern sollen. Schließlich ist es noch nicht einmal annähernd sinnverwandt mit *erotisch*. Ein Blick ins Wörterbuch der Synonyme hätte mir viel ersparen können. Andererseits: Wenn man sich alles erspart, hat man später auch nichts zu erzählen.

Also: Zurück zu meinem Schlafanzug, der den Stein überhaupt erst ins Rollen, sprich mich in diverse Dessousgeschäfte brachte. Als ich ihn das erste Mal trug, fühlte ich mich rundum geborgen und von wohliger Wärme umhüllt. An diesem Gefühl konnte auch die Begegnung mit meinem Mann nichts ändern. Mit großen Augen starrte er auf den Teil meines unter wolligem Tuch verborgenen Körpers, der vom Hals abwärts beginnt.

»Oh«, war zunächst alles, was ihm dazu einfiel.

»Gefällt er dir nicht?«

»Ziemlich grün«, antwortete er vage.

»Nicht nur«, entgegnete ich um Präzision bemüht.

Als ich am nächsten Morgen direkt nach dem Aufstehen die Zeitung aus dem Briefkasten holte, begegnete ich einer Nachbarin, die sich zur Frühschicht aufmachte. Ihr Blick wurde wie magisch von meinem Outfit angezogen.

»Hat was von einer Ampel«, meinte sie nachdenklich.

»Findest du?«

»Irgendwie schon.« Ihr Nicken war voller Nachdruck.

»Ich habe nichts gegen Ampeln«, brummelte ich zum Abschied.

Zwei Tage später kam meine Mutter übers Wochenende zu Besuch. Als ich ihr am ersten Abend gute Nacht sagen wollte und in meinem neuen Schlafanzug ihr Zimmer betrat, stockte ihr der Atem. Aus ihrem Blick sprach unverhülltes Entsetzen.

Endlich wieder zu Atem gekommen, sagte sie: »Dein Mann muss sehr belastbar sein …«

»Weil er diesen Anblick erträgt?«, fragte ich provozierend.

Darauf sie ganz vorsichtig: »Hast du schon mal in den Spiegel geschaut? Ich meine mit Brille?«

»Natürlich habe ich das!«

Nach diesem Wochenende landete er erst einmal in der Wäsche. Als er mit Weichspüler verwöhnt und luftgetrocknet wieder daraus hervorkam, präsentierte ich ihn meiner sensibelsten Freundin.

»Fühl mal, ist der nicht kuschelig?«

Sie hatte mir den Rücken zugekehrt und drehte sich jetzt um. »Oh!« Ihr Blick sprach Bände.

»Jetzt fühl doch mal!«

Sie schüttelte den Kopf, während sich auf ihrem Gesicht Unglauben breit machte. »Menschen haben nicht nur einen Tastsinn, sie haben auch einen Sehnerv.«

»Du meinst Männer«, präzisierte ich diese Aussage trocken.

»Ich meine Menschen!«

Noch war ich nicht bereit aufzugeben und wandte mich an meine bodenständigste Freundin. Ihr blieb das *Oh* offensichtlich im Halse stecken.

»Nein, nicht du auch noch«, sagte ich genervt.

»Du hast ihn schon anderen gezeigt?«

»Ich weiß gar nicht, was alle mit meinem Schlafanzug haben.«

»Das kann ich dir sagen: Das Ding hat etwas von einem schottischen Harlekin. Wenn du mich fragst: Es ist eine Zumutung für jedes auch nur annähernd funktionstüchtige Auge.«

Langsam wurde ich bockig. »Es ist ein wunderbarer Stoff, vielleicht ein bisschen neckisch, aber …«

»Mach dir nichts vor! Ein Bein ist rot-grün kariert, das andere grün-orange, bei den Armen ist es umgekehrt. Und schnitttechnisch gesehen erinnert das Ganze verdächtig an eine Zeltkonstruktion. Ich bin ja sehr liberal, aber dieses Ding dürfte nicht mal die scheußlichste Puppe meiner Tochter tragen.«

Das saß. Und das nagte. Das nagte so sehr, dass ich beschloss, einkaufen zu gehen. Ich würde es ihnen allen zeigen. Mit dem schärfsten Teil würde ich zurückkommen. Vor Neid würden sie erblassen – mein Mann, meine Nachbarin, meine Mutter und meine Freundinnen! Na ja, mein Mann wohl weniger vor Neid, wenn ich es mir recht überlegte. Und erblassen? Wahrscheinlich auch nicht.

Hätte ich allerdings gewusst, wie schwierig es werden würde, meine Vorstellungen Wirklichkeit werden zu lassen, wäre ich an diesem Tag nach dem allmorgendlichen Waldspaziergang mit meinem Hund direkt nach Hause gefahren und hätte auf einen Abstecher in die Welt der *Nachtgewänder* verzichtet. Ich hätte mich kurzerhand über sämtliche Sehnerven hinweggesetzt und weiter mein schottisches Harlekinskostüm getragen. Meine Kaufabsicht traf nämlich nicht auf ein Gegenüber, das willens war, mir etwas zu verkaufen, sondern auf wahre Zicken, die ihre gesamte Energie ausschließlich dafür verwendeten, mich – wie eine lästige Fliege – so schnell wie möglich wieder loszuwerden.

Nicht dass ich jetzt falsch verstanden werde. Ich habe überhaupt nichts gegen Verkäuferinnen, die mit Kompetenz und Freundlichkeit gesegnet sind. Sie haben sich ihre

Berufsbezeichnung schließlich verdient. Ich habe nur etwas gegen jene verblendeten Wesen, die Arroganz für eine verkaufsfördernde Maßnahme halten. Oder gegen die, deren Sendungsbewusstsein es ihnen von vornherein strikt verbietet, Kundinnen ohne Zweikaräter am Finger über die Türschwelle treten zu lassen. Dabei sollten sie doch spätestens seit *Pretty Woman* wissen, was ihnen dadurch alles entgeht. Gerechterweise sollte ich vielleicht sagen, dass ich nicht ganz so aussehe wie Julia Roberts, weshalb sie diese gedankliche Verbindung möglicherweise nicht herstellen konnten.

Wie auch immer – als ich an besagtem Tag das erste Dessousgeschäft betrat, wurde ich überhaupt nicht wahrgenommen. Nachdem ich mich vergewissert hatte, dass ich meine Tarnkappe zu Hause gelassen hatte, wandte ich alle mir zur Verfügung stehende Energie dafür auf, mit der Verkäuferin in Blickkontakt zu treten. Ein schier unmögliches Unterfangen, wie ich mir nach fünf Minuten eingestand. Nicht etwa, dass sie kurz davor war, den Laden wegen Überfüllung zu schließen. Weit gefehlt. Außer ihr und mir befand sich kein weiteres menschliches Wesen auf den zwanzig Quadratmetern Ladenfläche. Für ein erstes Verkaufsanbahnungsgespräch eine ideale Konstellation, wie ich fand. Sie dagegen telefonierte in aller Seelenruhe und besah sich dabei ausgiebig ihre angeklebten Fingernägel.

»Dann eben nicht!«, sagte ich entschieden und ging – innerlich frohlockend, dass es im Dessouswesen kein Monopol gibt – zwei Straßen weiter.

Dort residiert nämlich die Konkurrenz. Voller Enthusiasmus betrat ich den Laden und wurde nicht enttäuscht.

Gleich im Eingangsbereich trat eine Verkäuferin zu mir und fragte: »Sie wünschen?« Dafür, dass sie es in einem

Ton sagte, dem eine gewisse Kasernenhofqualität nicht abzusprechen war, konnte sie vielleicht nichts.

Deshalb antwortete ich freundlich: »Ich suche etwas für nachts.«

Sie baute sich in einer Weise vor mir auf, die mich an professionelle Türsteher vor zwielichtigen Diskotheken denken ließ. »Da gibt es bei Tchibo sicher das Passende für Sie. Soweit ich weiß, stehen diese Woche Schlafanzüge auf dem Programm.« Das gezwungene Lächeln, das sie mir schenkte, war das einer Lehrerin, aus der nie eine Pädagogin würde.

Ich hatte meinen vor Schreck herabgesunkenen Unterkiefer noch nicht ganz wieder unter Kontrolle, als sie an mir vorbei griff und mir ostentativ die Tür aufhielt. »Auf Wiedersehen!«

Ganz bestimmt nicht, du Ziege! »Heißt das, ich habe Ihre Zusage?«, beeilte ich mich zu fragen.

»Zusage?«

»Oh, das habe ich ganz vergessen zu sagen: Ich bin von der Industrie- und Handelskammer beauftragt worden, die schlechtesten Verkäuferinnen der Stadt zu einem Schulungsprogramm einzuladen. Das müssen Sie sich als so eine Art Nachhilfeunterricht vorstellen. Wenn es um das Image als Einkaufsstadt geht, verstehen die da oben nämlich keinen Spaß. Also, wie ist es?« Ich schenkte ihr mein süßestes Lächeln.

Über ihre bornierte Miene huschte ein Schatten von Unsicherheit. Dann hatte sie sich wieder im Griff. »Sie gehen jetzt besser!« Ohne eine Antwort abzuwarten, verschwand sie im Laden und ließ mir die Tür vor der Nase zufallen.

Während ich noch krampfhaft überlegte, mein schottisches Harlekinskostüm pechschwarz einzufärben und so den Lästermäulern in meiner näheren Umgebung jegliche

Grundlage für weitere Attacken zu entziehen, wurde mein Blick wie magisch von einem wunderschön dekorierten Schaufenster angezogen. Duftig und leicht schwebten darin wahre Träume von Nachtgewändern – sündhaft teuer zwar, aber für die Sünde geschneidert. Ich konnte nicht widerstehen und betrat den Laden.

Während die Verkäuferin versuchte, eine Kundin in einer Umkleidekabine von der Bequemlichkeit von Strings zu überzeugen, nutzte ich die Zeit, mir die *Träume von Nachtgewändern* etwas näher zu betrachten. Wärmen würde mich keines dieser Teile. Aber was soll's, dachte ich ganz mutig, als ich hinter mir eine Stimme hörte.

»Kann ich Ihnen helfen?«

Ich wandte mich zu ihr um und ließ die obligatorische Musterung über mich ergehen, bevor ich ihr antwortete: »Ich suche etwas für nachts.«

Im Gegensatz zu ihren Vorgängerinnen schien sie sich schwer damit zu tun, mich abzuwimmeln. Dass ihr der Sinn danach stand, war jedoch unverkennbar. »Also … hm … ich weiß gar nicht, ob wir da überhaupt das Passende für Sie haben …«

Ich sah an mir herunter, konnte jedoch keinerlei plötzlich entstandene Anomalie feststellen. »Wie wär's, wenn wir das einfach mal ausprobieren?«

Sie fühlte sich sichtlich unwohl in ihrer Haut. »Wissen Sie«, druckste sie herum, »eigentlich haben wir hauptsächlich Arztfrauen und so als Kundinnen …«

»Das heißt, ich muss erst einen Arzt heiraten, damit ich hier einkaufen kann?«, fragte ich.

Die Kundin aus der Umkleidekabine enthob sie einer Antwort. Mit fünf Strings über dem ausgestreckten Zeigefinger marschierte sie zur Kasse, wo sich meine Verkäuferin vor Freundlichkeit überschlug – eine Szene, die ich voller Staunen beobachtete.

Auch auf die Gefahr hin, auf klischeegepflasterten Wegen zu wandeln, kann ich eine Beschreibung besagter Kundin nicht auslassen: Mitte fünfzig, brauner Nerz, wasserstoffblonde Mähne, dickes Bulgari-Collier.

Im Gegensatz dazu muss ich wie eine Art Naturkatastrophe angemutet haben – mit dicken Wanderstiefeln, an denen noch ein wenig Waldboden klebte, und einem Mantel, auf dem sich beim übermütigen Spiel mit meinem fünfzig Kilo schweren Hund auch schon die eine oder andere schlammverschmierte Pfote eben dieses Vierbeiners verewigt hatte. Um es kurz zu machen: Ich sah so aus, wie ich immer aussehe, wenn ich gerade von einem zweistündigen Waldspaziergang zurückkomme und auf dem Heimweg noch schnell etwas besorgen möchte.

Was sich im Wald als ein völlig unauffälliges Outfit bewährt hat, reizt auf einer renommierten Einkaufsmeile jedoch zu absolut kontraproduktivem Verhalten. Nach dem Motto: Nur was nach Geld aussieht, hat auch Geld. Logikversessene könnten nun folgern, dass, was nach Wald aussieht, auch einen Wald hat, aber mit Logik ist dieses Phänomen nicht zu erklären. Eher schon mit der Angst vor Energieverschwendung: Warum sich um eine Kundin kümmern, die sowieso mit leeren Händen gehen wird, weil sie ja – so wird vermutet – auch mit leeren Taschen gekommen ist.

Hartnäckig, wie ich bin, ließ ich mich von diesen Gedanken nicht entmutigen, wandte mich von der Kassenszene ab und den Objekten meines erst kürzlich entstandenen Wunschtraums zu. Und was ich nicht für möglich gehalten hatte, widerfuhr mir hier: Tastsinn und Sehnerv gingen eine wunderbare Verbindung ein. Dass meine Kreditkarte dabei Bauchschmerzen bekommen würde – darüber sah ich geflissentlich hinweg.

»Darf ich das mal anprobieren?«, fragte ich die Verkäuferin über meine Schulter hinweg.

»Wenn Sie meinen ...«, sagte sie. »Die Kabine ist dort drüben.« Inzwischen hatte sie wortreich die String-Käuferin verabschiedet. Zögernd hielt sie mir den Vorhang auf. »Wir hätten sonst auch noch reduzierte Ware ...«

Ich grinste sie an. »Dieses Teil ist auf so perfekte Weise reduziert, dass es nur noch passen muss, um mich wunschlos glücklich zu machen.«

Ihr Blick verriet gewisse Irritationen, die sich auch fünf Minuten später noch nicht verflüchtigt hatten, als ich mit dem *Teil* über dem Arm die Umkleidekabine wieder verließ.

»Wenn Sie es mir bitte als Geschenk einpacken würden.«

»Es ist nicht für Sie?«

»O Gott, nein! Können Sie sich vorstellen, dass ich so etwas trage?« Ich sah sie mit einem treuherzigen Augenaufschlag an und gab ihr genug Zeit, um ihr durcheinander geratenes Weltbild wieder zurechtzurücken. Rache musste sein.

»Ehrlich gesagt, nein«, antwortete sie erleichtert und begann, den Nachfolger des schottischen Harlekinskostüms kunstvoll zu verpacken.

»Ach«, sagte ich, »das machen Sie ja hübsch. Da wird sich meine Großmutter aber freuen.«

Ruckartig hielt sie in ihrer Bewegung inne. »Das ist ein Scherz, oder?«

»Nein, ein Geburtstagsgeschenk. Sie wird morgen neunundachtzig, und sie liebt ausgefallene Geschenke.«

Sie starrte mich sprachlos an und hatte es plötzlich ganz eilig, die Schleife fertig zu binden. Hinter ihrer Stirn arbeitete es kräftig. »So teure Geschenke machen Sie Ihrer Großmutter?«

»Ach, wissen Sie, wir sind eine große Familie, und wir sammeln immer für Großmutters Geburtstag.«

»Und wer ...«, sie räusperte sich, »... wer entscheidet, was sie bekommt?«

Ich lächelte sie unbedarft an. »Ganz einfach: die Mehrheit. Dieses Mal war es sogar eine absolute.«

»Ja, dann ...« Sie reichte mir die Tüte über den Tisch hinweg. »Dann wünsche ich Ihnen viel ... Erfolg.«

»Danke«, entgegnete ich fröhlich, sie ihren Gedanken überlassend.

Als sich dieser Tag seinem Ende zuneigte, ging ihr Wunsch in Erfüllung: Gemessen an den *Ohs* und *Ahs*, die ich zu hören und zu fühlen bekam, war *das Teil* ein durchschlagender Erfolg. Mein Mann war allerdings der Meinung, ich müsse es weder der Nachbarin noch meiner Mutter noch meinen beiden Freundinnen vorführen. Für derartiges besäße er gewisse Exklusivrechte. Ich schloss mich seiner Meinung an.

Und wer sich fragt, was aus dem schottischen Harlekinskostüm geworden ist, dem sei gesagt: An dreihundertundneunundzwanzig Tagen im Jahr erholt es sich in meinem Schrank vom *Einsatz*. Allen Spöttern und schwarzen Teilen zum Trotz!

Das Versprechen

Sie lässt mir keine andere Wahl«, sagte ich verzweifelt, »entweder sie oder ich.« Mit hochroten Wangen saß ich meiner Freundin Karoline gegenüber, die gerade ihr Auslandssemester in Paris beendet hatte und vorübergehend bei mir wohnen würde.

Erstaunt sah sie mich an. »So kenne ich dich ja gar nicht.«

»Wie solltest du auch? Bisher hat mir auch noch nie jemand so sehr zugesetzt.«

»So schlimm?«

»Schlimmer!«

»Kann ich dir irgendwie helfen?«

Ich nickte. »Geh hoch zu ihr und bring sie um.« Es hatte Zeiten gegeben, da hätte es mich erschreckt, einen solchen Satz aus meinem Mund zu hören.

Im Gegensatz zu mir war Karoline in dieser Hinsicht noch nie sehr schreckhaft gewesen. Sie fragte pragmatisch: »Gibt es Alternativen?«

»Die Alternative ist, dass ich mich umbringe«, antwortete ich grimmig. »Da ich aber erst seit fünfundzwanzig Jahren auf dieser Welt bin, sie dagegen bereits seit zweiundsiebzig, tendiere ich angesichts einer derartigen Differenz doch eher zu Mord.«

»Ich fand schon immer, dass die Mathematik eine zwingende Logik besitzt.«

»Allerdings bezweifle ich, dass sich die Rechtsprechung einem solchen Zwang unterwerfen würde.«

»Kannst du irgendwelche mildernden Umstände geltend machen?«

»Etliche Beinahe-Nervenzusammenbrüche.« Ich verzog meine Mundwinkel zu einem schiefen Grinsen.

Karoline sah mich erstaunt an. »Dabei hast du dich doch mal ganz gut mit deiner Vermieterin vertragen.«

»Bis vor drei Monaten«, bestätigte ich ihren Eindruck, um gleich darauf missmutig mit den Zähnen zu knirschen.

»Was ist denn nur geschehen, Johanna?«

Ich sprang von meinem Stuhl und lief unruhig vor ihr auf und ab. »Vor drei Monaten ist ihr Mann gestorben, und ...«

»Ach Gott, die arme Frau«, unterbrach sie mich.

»Wenn du ihn gekannt hättest, würdest du das nicht sagen.«

»Führt sie etwa Freudentänze auf, bei deren Lärm du nicht lernen kannst?« Ein verstehendes Lächeln machte sich auf ihren Zügen breit.

»Wenn sie das nur täte! Dann würde ich mir Ohropax kaufen und das Problem wäre gelöst. Aber seit ihr Mann gestorben ist, hat Frau Wagner das Haus nur noch ein einziges Mal verlassen, und zwar zu seiner Beerdigung. Seitdem sitzt sie einfach da und wartet.«

»Und? Ist doch ihr Problem.« Karoline zuckte die Schultern.

»Da irrst du leider. Seit drei Monaten kaufe ich für sie ein, natürlich nicht, ohne vorher in drei verschiedenen Supermärkten die Preise verglichen zu haben, fahre zum Friedhof, um die Blumen zu gießen, hole Rezepte vom Arzt und neue Gummistrümpfe vom Sanitätshaus, bringe säckeweise Herrn Wagners Klamotten zur Altkleidersammlung und ihr Gebiss zur Reparatur, fahre zur Post, um irgendwelche Freundinnen von ihr mit Geburtstagspäckchen zu beglücken und und und. Und«, ich stampfte kräftig mit dem Fuß auf, »ich stecke mitten im Examen, wie du vielleicht weißt.«

»Vielleicht weiß *sie* es nur nicht«, gab sie zu bedenken.

»Bei jeder sich bietenden Gelegenheit – und davon gibt es nicht wenige – erzähle ich ihr davon. Aber sie hört einfach darüber hinweg und tyrannisiert mich weiter.«

»Dann such dir eine neue Bleibe.«

»Das habe ich doch alles schon versucht, aber niemand vermietet so günstig wie Frau Wagner.«

»Dann verweigere dich eben. Irgendwann wird sie schon wieder einen Fuß vor die Tür setzen.«

Ich schüttelte heftig den Kopf. »Die verhungert eher. Wenn ich jemals jemanden mit einem eisernen Willen kennen gelernt habe, dann ist es Frau Wagner. Von ihrem Mann einmal ganz abgesehen.«

»Johanna, jemand mit einem eisernen Willen sitzt nicht einfach nur da und wartet. Solche Leute verfolgen in der Regel Ziele. Und ich kann mir nicht vorstellen, dass ihr Ziel darin besteht, dich durchdrehen zu sehen.«

»Ihr Ziel besteht darin, ihren Mann durchs Fenster hereinflattern zu sehen – als Vogel. Er hat es ihr auf seinem Sterbebett hoch und heilig versprochen – als so eine Art *Zeichen*.«

»Ach so«, sagte Karoline in einem Ton, als erkläre das alles und als könnten wir uns damit anderen, wichtigeren Themen zuwenden.

»Mehr fällt dir dazu nicht ein?«, fragte ich erbost.

»Sie glaubt an Wiedergeburt, na und?«

»Viel schlimmer«, ereiferte ich mich, »sie glaubt an sein Versprechen. Ich habe gedacht, sie lebt auf, wenn er tot ist.

Die beiden haben sich ständig gestritten, musst du wissen. Er war ein Pascha, wie er im Buche steht, hat sie rumkommandiert, wenn er nur den Mund aufgemacht hat. Er hat sie sogar hin und wieder zu Hause eingesperrt, wenn er nicht wollte, dass sie sich mit einer Freundin trifft. Aber anstatt ihr Leben jetzt zu genießen, wartet sie, dass dieser Kotzbrocken zurückkommt und ihr seine Befehle ins Ohr krächzt. Jetzt ist es ja noch warm draußen, da macht es nichts, wenn überall die Fenster geöffnet sind, aber stell dir das bitte mal im Winter vor.«

»Vielleicht sollte ich einmal mit ihr reden«, überlegte Karoline.

»Da könntest du genauso gut auf einen Stein einreden. Ihr Berthold hat ihr versprochen, als Vogel wiederzukommen, also wird er es auch tun. *Der liebe Berthold* war durch und durch von preußischen Tugenden beseelt. *Seine Versprechen hält man, komme, was da wolle«*, ahmte ich ihn nach. »Wenn er ihr versprochen hätte, er würde sie nach seinem Tod zu einem Mondspaziergang abholen, würde sie jetzt darauf warten. *Auf meinen Berthold ist Verlass*, sagt sie immer.«

Das ließ selbst Karoline verstummen.

»Siehst du«, sagte ich nach einer Weile, »dazu fällt selbst dir nichts mehr ein.«

»Nichts würde ich nicht unbedingt behaupten«, meinte sie gedehnt.

»Auf Mord bin ich selbst schon gekommen.«

Plötzlich erhellte ein Strahlen ihr Gesicht. »Ich weiß etwas viel Besseres: Sie will einen Vogel, also bekommt sie einen Vogel.«

»Und wie stellst du dir das vor?«

»Lass mich nur machen!« Sie hatte es kaum gesagt, als

sie auch schon aufsprang und sich bis zum Abend verabschiedete.

Die Zeit bis zu ihrer Rückkehr wurde mir nicht lang, da Frau Wagner mich zu sich zitierte und damit beauftragte, für ihre Blumenkästen vor den Fenstern leuchtend rote Geranien zu kaufen. Ihr Berthold käme vielleicht nur deshalb nicht, weil von oben alle Häuser gleich aussähen und das ihre auf diese Weise nicht zu erkennen sei.

»Vielleicht sollten wir ihm auch noch eine Einflugschneise pflanzen«, wetterte ich auf dem Weg zur Gärtnerei entnervt vor mich hin, »und ein paar ehrenamtliche Gartenzwerge als Fluglotsen engagieren …« Egal, was Karoline sich ausgedacht hatte, ich würde mit Frau Wagner reden müssen. So ging es nicht weiter.

Als ich gerade die Geranien aus dem Auto lud, klopfte mir jemand von hinten auf die Schulter. Erschrocken drehte ich mich um und stand Auge in Auge mit einer siegessicher grinsenden Karoline.

»Das ist der letzte Auftrag gewesen, den du für deine Vermieterin erledigt hast! Ab morgen geht sie wieder selbst einkaufen.«

»Und wie soll dir gelingen, was mir in drei Monaten nicht gelungen ist?«, schnaubte ich.

»Nicht mir«, erwiderte sie lächelnd, »sondern Elvira.«

Ich setzte den Kasten mit den Geranien auf dem Boden ab. »Jetzt spann mich nicht auf die Folter.«

»Elvira ist eine zahme Elster und gehört Marius, einem Freund von mir. Er hat mir mal erzählt, dass man in Elviras Nähe kein Fenster offen stehen lassen darf, da sie sonst sofort in das jeweilige Zimmer fliegt und irgendetwas klaut.«

Langsam ging mir ein Licht auf. »Und man kann Elvira ausleihen?«

»*Man* nicht, ich schon.« Karolines Stimme quietschte vor Vergnügen. »Gleich morgen früh hole ich sie ab, öffne unter einem der Fenster von Frau Wagner den Transportkäfig und … bingo!«

Meine Skepsis schien sich in meinem Gesichtsausdruck widerzuspiegeln.

»Marius sagt, auf seine Elvira sei Verlass«, versuchte sie, mich zu beruhigen.

»Das behauptet Frau Wagner von ihrem Berthold auch, und du siehst ja, was dabei herauskommt.«

»Was dabei herauskommt, ist eigentlich logisch«, hielt Karoline mir entgegen. »Ein Preuße kann nämlich genauso wenig den Tod überwinden wie eine Elster den Hang zur Kleptomanie.« Sie sah mich aufmunternd an. »Lass es uns doch wenigstens versuchen. Was soll schon schief gehen?«

Ja, was? Ich wollte schon *Nichts* antworten, als sich tief in mir ein Widerspruch regte. Die zahllosen Kräche zwischen den Wagners waren nicht spurlos an mir vorbeigegangen. »Und wenn sie dem Vogel den Hals umdreht?«, gab ich zu bedenken. »Vielleicht wartet sie nur darauf. Vielleicht ist es gar keine Liebe, die sie da oben ausharren lässt, sondern späte Rache. So einem Piepmatz den Hals umzudrehen ist doch viel einfacher als einem erwachsenen Mann.«

Karoline drehte sich zum Haus um und sah zu dem Fenster hinauf, hinter dem wir Frau Wagner vermuteten. »Du meinst, sie würde …?«

»Ich weiß es nicht«, gab ich ehrlich zu. »Hängt dieser Marius eigentlich sehr an Elvira?«, fragte ich vorsichtig, während mir meine zunehmende Verrohung schmerzlich bewusst wurde.

»Sehr«, bestätigte mir Karoline meinen Verdacht.

Da jedoch keine von uns beiden diesen Plan so schnell

aufgeben wollte, suchten wir angestrengt nach einer Lösung.

Und dann wurde mir einmal mehr klar, dass die einfachen Lösungen oft die besten sind. »Ich frage sie einfach«, sagte ich entschlossen, nahm den Kasten mit den Geranien und marschierte damit hoch zu Frau Wagner.

Während sie die Pflanzen begutachtete, trat ich unruhig von einem Fuß auf den anderen. »Frau Wagner, was ich Sie einmal fragen wollte …«

»Mhm?« Sie machte zwar nicht den Eindruck, als hätte ich ihre gesamte Aufmerksamkeit, trotzdem fuhr ich fort.

»Was machen Sie eigentlich, wenn Ihr Berthold tatsächlich ins Zimmer flattert?«

Nachdenklich wandte sie sich mir zu. »Johanna, wenn man so lange miteinander verheiratet ist wie mein Berthold und ich, dann hat man sich immer etwas zu erzählen.«

»Also nur reden?«, fragte ich wachsam und ging großzügig darüber hinweg, dass sie von ihm in der Gegenwartsform sprach.

»Nur reden.« Sie ließ noch ein bestätigendes Nicken folgen, um sich gleich darauf wieder den Geranien zu widmen.

»Na dann …« Kaum war ihre Tür hinter mir ins Schloss gefallen, ging ich fröhlich pfeifend hinunter zu Karoline. »Elvira kann kommen«, sagte ich verschwörerisch.

An diesem Abend schlief ich mit der Zuversicht ein, dass am nächsten Tag mein Problem gelöst sein würde. Ein Seufzer löste sich tief in meiner Brust.

Marius hielt sein Wort und lieh uns Elvira aus. »Passt gut auf sie auf«, bat er uns, nachdem er sie in ihren Transportkäfig gesetzt hatte. »Und du mach deine Sache gut, Elvira!« Er strich ihr kurz übers Gefieder und schloss dann den Käfig.

Während der gesamten Fahrt unterhielt sie uns mit ihrem unverkennbaren Krächzen. Fünfzig Meter vorm Haus hielt ich an und schickte Karoline vor, um zu prüfen, ob Frau Wagner nicht gerade aus dem Fenster hing und die frisch eingepflanzten Geranien goss. Als sie mir ein Zeichen machte zu kommen, fuhr ich vors Haus. Alle Fenster waren weit und einladend geöffnet und Frau Wagner nirgends zu sehen. Da sie sich um diese Zeit meistens in der Küche aufhielt, beschlossen Karoline und ich, Elvira unter diesem Fenster in Startposition zu bringen.

»Und jetzt mach deine Sache gut«, flüsterte ich dem schwarz-weiß gefiederten Vogel zur Erinnerung zu, als ich die Käfigtür öffnete.

Elvira ließ sich nicht lange bitten, ihr Gefängnis zu verlassen. Anstatt jedoch das geöffnete Fenster über uns anzusteuern, landete sie zielstrebig auf meiner rechten Schulter. Es war nur einer aus der Not geborenen, extremen Beherrschung zuzuschreiben, dass ich nicht laut losschrie. Dabei spürte ich jede einzelne Kralle auf meiner Haut. Stocksteif stand ich da und hoffte, dass diese Elster nicht zu jenen zahmen Vögeln gehörte, die es sich auf einer Schulter erst einmal richtig gemütlich machen, bevor sie am Ohrläppchen der Schulterbesitzerin knabbern.

Es war jedoch nicht mein Ohrläppchen, für das Elvira sich interessierte, sondern der Ohrring, der darin steckte. Nicht eben sanft versuchte sie, ihn herauszuziehen. »Au!«, schrie ich entsetzt und schlug mit einer Hand nach Elvira.

Als sie die Flügel ausbreitete, um sich von meiner Schulter zu erheben, begann Karoline, wild mit ihren Armen zu fuchteln. Elvira entschied schnell, dass Karoline damit als Flugziel ausschied. Was blieb? Natürlich das offene Fenster, das sie augenblicklich ansteuerte.

Wie zwei staunende Kinder standen wir vor dem Haus, sahen hinauf und hätten vor Erleichterung am liebsten gejohlt. Es hatte geklappt. Fünf Minuten würden wir Frau Wagner geben. In dieser Zeit konnte sie mit ihrem *lieben Berthold* einen kleinen Plausch halten. Dann würde ich an ihrer Tür klingeln. Während sie sich auf den Weg machte, um die Tür zu öffnen, würde Karoline mit einer speziellen Pfeife, die Marius uns mitgegeben hatte, Elvira wieder aus dem Haus locken und im Auto verstauen. Spätestens dann hätte ich meine Freiheit wieder.

Aber wir hatten unsere Rechnung ohne Frau Wagner gemacht. Elvira war noch keine zehn Sekunden in der Küche, als meine Vermieterin – bewaffnet mit einer alten Strickjacke – sie wieder hinausscheuchte.

»Raus, du Mistvieh«, schrie sie erbost.

Elvira segelte gelassen hinab und landete wieder auf meiner Schulter.

Ich war kurz davor durchzudrehen. »Aber, Frau Wagner«, rief ich zu ihr hinauf, »das ist doch Ihr Berthold.«

»Nie im Leben!«, schimpfte sie ungehalten. »Mein Mann würde nie in den Körper einer Elster schlüpfen. Verstehen Sie? Niemals! Er hat diese Vögel gehasst. Sie plündern die Singvögelnester.« Vor lauter Aufregung begann sie zu schnaufen. »Als Amsel – ja, aber als Elster? Niemals!!«

»Bei einer Amsel muss ich passen«, flüsterte Karoline mir zu.

Jetzt nur die Ruhe bewahren, Johanna! »Vielleicht war gerade kein anderer Vogelkörper frei«, gab ich zu bedenken. »Ich habe mal gehört, dass man bei der Wiedergeburt nicht unbedingt ein Mitspracherecht hat.«

»Mein Berthold ist durchsetzungsstark«, sagte sie im Brustton der Überzeugung. »Und sollte gerade kein passender Vogelkörper frei sein, dann würde er warten. Er hat schließlich nur gesagt, dass er kommt, aber nicht wann. Und wenn er noch warten muss, dann kann ich es auch.«

Aber ich nicht, schrie es in mir. Während ich händeringend nach Argumenten suchte, machte Elvira sich wieder an meinem Ohrring zu schaffen.

Frau Wagner machte Anstalten, sich wieder in ihre Küche zurückzuziehen, als sie ruckartig in ihrer Bewegung innehielt. »Was macht der Vogel da?« Sie fuchtelte aufgeregt mit ihrem Finger in unsere Richtung.

»An meinem Ohrring knabbern«, antwortete ich, um scheinbare Gelassenheit bemüht. Wem würde es nützen, wenn ich jetzt durchdrehte?

»Halten Sie ihn fest«, erschallte der Befehl von oben.

»Wie bitte?«

»Ich habe mich geirrt, es ist doch mein Berthold. Halten Sie ihn fest und bringen Sie ihn mir hoch!«

Was sich eben noch wie ein nahender Nervenzusammenbruch angefühlt hatte, war auf dem besten Wege, in eine Hochstimmung umzuschlagen. »Die Elster kann fliegen«, rief ich übermütig zu Frau Wagner hinauf.

»Dieses Risiko gehe ich nicht ein. Bringen Sie ihn mir!«

Karoline und ich sahen uns sekundenlang verständnislos an. Dann entschieden wir in stillem Einvernehmen, dass es auf die paar Stufen nun auch nicht mehr ankam. Wie mir geheißen, hielt ich Elvira auf meiner Schulter fest und trug sie nach oben. An der Wohnungstür nahm Frau Wagner den laut krächzenden Vogel in Empfang und bedeutete mir, dass ich nun gehen könne.

Zufrieden gesellte ich mich wieder zu Karoline, die mit einem Stirnrunzeln auf die Hauswand starrte.

»Sie hat alle Fenster geschlossen«, meinte sie unruhig.

»Was?« Ich ließ meinen Blick dem ihren folgen, nur um festzustellen, dass Karoline sich nicht irrte. »Stimmt.« Karolines Nervosität sprang auf mich über. »Das wird sie vor lauter Aufregung gemacht haben …«

»Mach dir nichts vor, Johanna, das ist zielgerichtetes Handeln! Ich gehe da jetzt hoch und hole Elvira, bevor es zu spät ist.«

»Wenn sie den Schwindel durchschaut, war alles umsonst«, flehte ich sie an.

»Kannst du dir vorstellen, was Marius mit mir macht, wenn ich ohne Elvira zurückkomme?« Sie eilte mir voraus zur Haustür.

»Bitte, Karoline«, ich hielt sie am Arm fest, »lass mich das machen.« Vielleicht fiel mir noch etwas ein, um die Situation zu retten. Karoline war längst über das Stadium der Diplomatie hinaus.

»Zehn Minuten. Länger warte ich nicht.« Sie verschränkte ihre Arme vor der Brust, während sie unruhig auf und ab lief.

Als sei dies der Startschuss gewesen, rannte ich die Treppe hinauf und klopfte laut an Frau Wagners Tür.

»Was gibt es denn noch?«, hörte ich sie durch die Tür schimpfen, bevor diese aufflog.

»Nur ein winziges Problem.« Da sie nicht willens zu sein schien, mich hineinzubitten, drängelte ich mich kurzerhand an ihr vorbei und folgte dem wütenden Gezeter von Elvira in die Küche. Völlig perplex blieb ich vor einem Vogelkäfig stehen und sah durch die Gitterstäbe hindurch in Elviras Augen. »Was haben Sie mit der Elster gemacht?«

»Das sehen Sie doch.«

»Sie wollten doch nur mit ihr reden.«

»Mit ihm«, verbesserte sie mich. »Und ich rede ja auch

mit ihm – hinter Gittern.« Mit einem zufriedenen Lächeln und ohne das geringste Mitgefühl ging sie um den Käfig mit der laut krächzenden Elvira herum. »Gleiches mit Gleichem vergelten, nennt man das.«

»Und wann lassen Sie sie, ich meine ihn, wieder frei?«

»Gar nicht. Strafe muss schließlich sein.«

Nervös schaute ich auf meine Uhr. Es waren bereits drei Minuten vergangen, blieben noch sieben, bis Karoline hier hereinstürmte und alles zunichte machte. »Woher haben Sie überhaupt den Käfig?«, fragte ich, während ich händeringend nach einem Ausweg aus diesem Dilemma suchte.

»Den habe ich am Tag seiner Beerdigung gekauft.«

»Das ist Vorsatz«, rutschte es mir heraus.

»Na und? Mein Berthold hier«, dabei zeigte sie vorwurfsvoll auf Elvira, »hat mich auch nie im Affekt eingesperrt, sondern immer nur mit Vorsatz.«

Lass dir was einfallen, Johanna! »Warum waren Sie eigentlich plötzlich davon überzeugt, dass die Elster Ihr Berthold ist?«

Sie schenkte mir ein bitteres Lächeln. »Ich habe ihn einmal belauscht, als er mit seinem Freund telefonierte. Er erzählte ihm von Ihnen und sagte: *Der Johanna würde ich gerne mal am Ohrläppchen knabbern.*«

Völlig verblüfft starrte ich sie an. Im Geiste sah ich Herrn Wagner dabei zu, wie er seinen Wunsch in die Tat umsetzte, und spürte augenblicklich unangenehme Schauer über meinen Rücken jagen. Auf meinen Armen machte sich eine Gänsehaut breit. »Hatten Sie niemals Angst, er könnte ...?«

Aus einer tiefen Überzeugung heraus und völlig unbeeindruckt von dieser Vorstellung schüttelte sie den Kopf. »Berthold wurde im preußischen Sinne erzogen. Er hätte nie, niemals!«

Erleichtert atmete ich auf. Ein erneuter Blick auf meine Uhr ließ mich jedoch von einer Sekunde auf die andere in Hektik geraten: Ich hatte noch eine Minute Zeit, um Elvira und mir die Freiheit wiederzugeben.

»Ähm ... Frau Wagner ... da wäre noch etwas ...«

»Ach ja«, sagte Sie, »Sie hatten ja ein Problem.«

»Ein klitzekleines.« Ich sah sie bittend an. »Wenn Sie mir noch das Geld für die Geranien geben könnten ...?« Im Flur hatte ich ihre Handtasche gesehen, darin würde sich auch ihr Portemonnaie befinden.

»Hat das nicht Zeit bis morgen?«, fragte sie unwillig mit Blick auf Elvira, die dazu übergegangen war, mit ihrem Schnabel die Gitterstäbe zu attackieren.

Entschuldigend zuckte ich die Schultern. »Leider nicht, es ist Monatsende, und ich bin ziemlich pleite.«

»Verstehe.« Frau Wagner machte auf dem Absatz kehrt und verschwand aus der Küche.

Noch im selben Augenblick machte ich zwei Riesenschritte zum Fenster, riss es auf, gab Karoline zu verstehen, dass sie pfeifen sollte, lief zurück zum Käfig, griff nach Elvira, trug sie, wie von Furien gejagt, zum Fenster und ließ sie frei. Ohne zu zögern, folgte der Vogel seinem vertrauten Lockruf. Gerade noch sah ich, wie sie auf Karolines Schulter landete, als ich hinter mir einen empörten Ausruf von Frau Wagner hörte.

»Wie konnten Sie nur, Johanna?« Ungläubig sah sie zwischen dem Käfig und mir hin und her, um schließlich im selben Tempo wie zuvor ich zum Fenster zu eilen. Sie sah sich nach allen Seiten um, konnte jedoch ganz offensichtlich Elvira nicht entdecken. Karoline hatte es geschafft. Und jetzt war es an mir, den Rest zu schaffen. Das konnte ja wohl nicht so schwer sein.

»Warum haben Sie das getan?« Frau Wagners Blick nach zu urteilen, war mein Handeln unverzeihlich.

Wollte ich weiter mit ihr unter einem Dach leben, kam es jetzt ganz entscheidend auf meine Überzeugungskraft an. Ich straffte meine Schultern und holte tief Luft. »Kurz bevor er starb, hat Ihr Mann mir ein Versprechen abgerungen. Sollten Sie nach seinem Tod jemals einen Vogel in einem Käfig halten, solle ich diesen Vogel freilassen.«

»Das hat er zu Ihnen gesagt?«

Ich nickte. »Und als ich ihm meine Hand darauf gab, sagte er: *Seine Versprechen hält man, Johanna, komme, was da wolle.*«

Yasmin

Ist hier noch ein Platz frei?«, drang eine abgehetzte weibliche Stimme in mein Bewusstsein und störte mich bei der Lektüre des Jahreshoroskops für Fische.

Geistesabwesend hob ich meinen Kopf. Nur kurz erfasste mein Blick ein blasses Gesicht mit Sonnenbrille, um sich sofort wieder in die Worte zu vertiefen, die es mir ganz warm ums Herz hatten werden lassen: *In diesem Jahr erfüllen Ihnen die Sterne einen geheimen Wunsch.* »Ja«, murmelte ich, während ich mir gleichzeitig ausmalte, wie Martin, mein Nachbar aus der Nummer sieben, mich küsste.

»Können Sie die Tür sehen?«, hörte ich sie flüstern.

Vor meinem inneren Auge sah ich keine Tür, sondern seine Lippen, die sich unerträglich langsam den meinen näherten.

»Können Sie?«, insistierte die Stimme und riss mich brutal aus den Anfängen einer Liebesszene, die ich in meinen Tagträumen bereits unzählige Male bis ins letzte Detail durchlebt hatte.

»Welche Tür?«, fragte ich widerstrebend. Insgeheim hoffte ich, dass sie nicht ausgerechnet zu jener Sorte Mensch gehörte, die einer Wildfremden unaufgefordert und ausführlich ihre Lebensgeschichte erzählt.

»Die Eingangstür.« Ihr Flüstern ging im Lärm des Cafés fast unter.

»Natürlich kann ich die Eingangstür sehen«, sagte ich,

um eine möglichst abweisende Miene bemüht. »Und wenn Sie Ihren Kopf um knappe fünfundvierzig Grad nach rechts drehen, können Sie das auch.« Gerade wollte ich zu meinen erotischen Phantasien zurückkehren und Martin meine Bluse aufknöpfen lassen, als ein Gedanke mich in die Wirklichkeit zurückriss: Sie musste blind sein, warum sonst sollte sie an einem düsteren Januartag eine Sonnenbrille tragen? Meine gutmütige Ader gewann die Oberhand. »Entschuldigen Sie, ich ...«

»Bitte«, überging sie meine gestotterten Worte mit einem flehentlichen Unterton, »behalten Sie die Tür im Auge. Falls ein Mann hereinkommt ... ungefähr einen Meter neunzig groß, durchtrainiert, dunkelblonde Haare ...«

»Mit einer roten Rose in der Hand?«, vervollständigte ich ihre Beschreibung auf gut Glück, während sich ein verstehendes Lächeln in meinem Gesicht breit machte.

»Nein«, wehrte sie ab. »Inzwischen arbeitet er mit ganz anderen Tricks.« Die Kellnerin hatte ihr ein Mineralwasser gebracht, von dem sie hastig ein paar Schlucke trank.

»Seit wann sind rote Rosen ein Trick?«, fragte ich erschüttert.

»Seitdem es Männer gibt«, antwortete sie in einem zutiefst bitteren Tonfall.

O nein, betete ich im Stillen, *lass sie nicht auf die Idee kommen, mir ihr Herz auszuschütten*. Ich wollte nichts hören von frustrierten und verbitterten Frauen. Nicht heute. Ich wollte nichts anderes, als in meinen Tagtraum zurückkehren und Martins Hände auf meinem Körper spüren.

»Entschuldigen Sie, ich wollte nicht Ihre Illusionen zerstören.«

Ich hätte diese Entschuldigung annehmen und mich wieder meinem Horoskop zuwenden sollen. Aber nein, ich musste mich ja aus der Reserve locken lassen: »In meinem Fall handelt es sich nicht um eine Illusion, sondern um eine Überzeugung«, korrigierte ich sie.

»Nietzsche meinte, Überzeugungen seien gefährlichere Feinde der Wahrheit als Lügen.«

»Dass er dabei an rote Rosen gedacht hat, wage ich zu bezweifeln«, erwiderte ich trocken und widmete mich wieder meinem Jahreshoroskop. *Jemand wird Sie um Hilfe bitten*, stand dort. Kaum hatte ich diesen Satz zu Ende gelesen, als meine Phantasie auch schon zu Hochtouren auflief. Im Geiste beobachtete ich Martin bei dem zum Scheitern verurteilten Versuch, einen Reifen an seinem Auto zu wechseln – einer Tätigkeit übrigens, die ich dank der grenzenlosen Geduld meines Vaters mit Bravour und verbundenen Augen meistere.

»Bitte, helfen Sie mir.«

»Natürlich«, sagte ich freudig erregt und hätte mir im selben Augenblick am liebsten auf die Zunge gebissen. Es war nicht Martin, der diese Bitte ausgesprochen hatte, sondern mein Gegenüber. »Ich meine, ich ...«, versuchte ich einen Rückzieher.

»Danke«, hörte ich sie aus tiefster Seele seufzen. Sie hielt die Hand vor ihre rechte Gesichtshälfte, als wolle sie sich so vor den Blicken von Neuankömmlingen schützen. »Wenn Sie die Tür im Auge behalten ... ich möchte mich nur einen Augenblick ausruhen. Sie glauben ja gar nicht, wie entsetzlich ...« Weiter kam sie nicht, denn ihre Stimme versagte ihr den Dienst. Eine Träne rann ihre Wange hinunter und tropfte auf ihren Schal.

Spontan zog ich aus meiner Tasche ein Tempotaschentuch, um es ihr zu reichen.

Sie winkte jedoch ab. »Danke, ich habe selbst eines.«

»Sie sind gar nicht blind?«, rutschte es mir erstaunt heraus.

»Blind?«, fragte sie irritiert. »Nein.«

»Ich dachte ... wegen der Sonnenbrille.«

»Ach so.« Sie schüttelte über sich selbst den Kopf. »Ich hoffte nur, ihm damit leichter entkommen zu können, aber das ist wahrscheinlich Unsinn. Er wird mich überall finden, mit oder ohne Sonnenbrille.« Zögernd nahm sie sie ab.

Gerade hatte ich sie fragen wollen, wem sie zu entkommen versuchte, als sich eine ganz andere Frage in mein Bewusstsein drängte. Von der Sonnenbrille befreit, ließ ihr Gesicht Erinnerungen an eine Zeit wach werden, die fast zwanzig Jahre zurücklag. »Yasmin?«, fragte ich ungläubig.

Entsetzt starrte sie mich an. »Woher kennen Sie mich? Hat er Sie geschickt?«

»Yasmin, erinnerst du dich nicht an mich?«

Ihrem Gesichtsausdruck nach zu urteilen, lautete die Antwort nein.

»Ich bin's – Bettina.«

Misstrauisch sah sie mich an. »Ich kenne keine Bettina.«

Irrte ich mich und sie sah der Yasmin aus meiner Vergangenheit nur ähnlich? Aber nein, so sehr irren konnte ich mich nicht. Ihre Haare trug sie kürzer, aber sie waren immer noch blond. Unverändert auch das Grün ihrer Augen, das mir damals einmalig erschienen war. Und sie hatte auf den Namen reagiert. »Bist du nicht ein Jahr lang aufs Schiller-Gymnasium gegangen?«, half ich ihr auf die Sprünge.

»Ich war auf so vielen Schulen«, antwortete sie nachdenklich. »Unter anderem auf dem Schiller-Gymnasium, das stimmt. Aber ich erinnere mich nicht an Sie.«

»Du warst ja auch nur ein Jahr in unserer Klasse«, kam ich ihr zu Hilfe. »Wie sollst du dich da an alle erinnern.«

»Sie … du erinnerst dich ja schließlich auch«, sagte sie völlig zerknirscht. »Tut mir Leid.«

Während ich alles um uns herum vergessen hatte und ganz fasziniert darüber nachdachte, welcher Zufall sie gerade an meinen Tisch geführt hatte, sah Yasmin immer wieder gehetzt zur Tür.

»Ich glaube, ich gehe jetzt besser.« Sie machte der Kellnerin ein Zeichen, dass sie zahlen wollte.

»Jetzt? Wo wir uns gerade erst wiedergetroffen haben?«, fragte ich in einem Anflug von Enttäuschung.

»Er kann jeden Moment hier hereinkommen.« Die Angst stand ihr ins Gesicht geschrieben.

»Wer? Von wem redest du eigentlich?«

Wieder hielt sie schützend die Hand vor ihr Profil. »Von meinem Mann.« Als sie meinen verständnislosen Gesichtsausdruck sah, setzte sie zu einer näheren Erklärung an: »Ich habe ihn heute verlassen. Wenn er mich hier entdeckt … ich weiß nicht, ob sich so bald noch einmal die Gelegenheit ergibt …«

Angesteckt von ihrer Nervosität sah ich zwischen ihr und der Tür hin und her. »Kann ich dir irgendwie helfen, Yasmin?«

»Ich will dich da nicht hineinziehen.«

»Es wäre nicht das erste Mal, dass ich Vermittlerin in einer Ehekrise spiele.«

»Ehekrise?« Ihre Stimme überschlug sich. »Wenn es nur das wäre. Heinrich ist ein Monster, leider habe ich das viel zu spät erkannt.« Sie griff sich an den Hals, als würde allein der Gedanke an diesen Mann Erstickungsanfälle bei ihr auslösen. »Ich muss gehen.« Mit einer fahrigen Bewegung setzte sie die Sonnenbrille auf.

»Wohin?«

»Ich werde mir erst einmal ein Zimmer in einer kleinen Pension mieten.«

»Oh.«

Völlig mutlos erhob sie sich von ihrem Stuhl. »Mach's gut, Bettina.« Sie wandte sich zum Gehen.

»Warte, Yasmin!« Ich legte das Geld für meinen Kaffee auf den Tisch, schnappte mir Zeitschrift und Mantel und folgte ihr. Draußen empfing uns ein eisiger Wind. »In welcher Pension wirst du wohnen?«

Wachsam sah sie sich nach allen Seiten um, bevor sie endlich antwortete: »Das weiß ich noch nicht. Ich werde mir eine aus dem Telefonbuch suchen. Oder kennst du eine in der Nähe?«

»Gleich um die Ecke ist eine, aber da wirst du wohl kaum noch ein Zimmer bekommen. Es ist Messe, da ist so gut wie alles ausgebucht«, sagte ich bedauernd.

Der zarte Hoffnungsschimmer, den ich ganz kurz in ihren Augen hatte aufleuchten sehen, verschwand augenblicklich und wurde von Mitleid erregender Mutlosigkeit abgelöst. »O Gott, was mache ich nur?«

»Weißt du was ...«, fasste ich einen Blitzgedanken in Worte, »du wohnst einfach ein paar Nächte bei mir. Wenn die Messe vorbei ist, wirst du ganz leicht ein Zimmer finden.«

»Das kann ich dir doch nicht zumuten ...«

»Doch, kannst du. Und jetzt lass uns schnell gehen, sonst erfrieren wir noch.«

»Lieber würde ich erfrieren, als von Heinrich gefunden zu werden.«

Was der eisigen Kälte nicht gelungen war, schafften diese Worte: Ich bekam eine Gänsehaut. »Lass uns gehen!« Mit einem mulmigen Gefühl in der Magengrube zog ich sie hinter mir her. Was war das für ein Mann, der einer Frau wie Yasmin solche Angst einjagen konnte?

Auf dem Weg zu meiner Wohnung sah sie sich immer wieder um, zuckte bei den kleinsten Geräuschen zusammen und vermutete hinter jedem eiligen Schritt, der sich uns näherte, einen Verfolger.

Da ich dazu neige, *Hier* zu rufen, wenn jemand Hilfe braucht, habe ich schon einige Menschen durch schwierige Situationen begleitet. Mit Yasmin jedoch betrat ich Neuland. Kaum waren wir bei mir zu Hause angekommen, sprudelten Worte aus ihr heraus und fügten sich zu Bildern zusammen, wie ich sie ausschließlich aus Kriminalromanen kannte.

»Als wir noch nicht verheiratet waren und er um mich warb«, begann sie, »war Heinrich der charmanteste, zuvorkommendste und aufmerksamste Mann, den du dir vorstellen kannst. Jede Woche bekam ich einen Strauß roter Rosen. Er flog mit mir nach New York, nur weil ich in einem Nebensatz angedeutet hatte, dass ich noch nie dort war. Er verschaffte mir bei einem seiner Geschäftspartner einen neuen Job, nur weil ich in dem alten unzufrieden war.« Angewidert schüttelte sie den Kopf. »Später fand ich heraus, dass er keinen Pfennig für die Rosen zahlen musste, dass er regelmäßig nach New York fliegt und mich nur deshalb bei seinem Geschäftspartner untergebracht hat, damit alles schön in der *Familie* bleibt.«

Ihre besondere Betonung der *Familie* war es, die mich aufhorchen ließ. »Mafia?«, fragte ich alarmiert.

Sie nickte. »Schutzgelderpressung, Drogen, Prostitution. Damit lässt sich eine Menge Geld verdienen. Und Heinrich ist ein guter Geschäftsmann.« In dem Versuch, ihre ungeheure Anspannung ein wenig zu lösen, legte Yasmin den

Kopf in den Nacken, schloss die Augen und massierte ihre Schläfen. »Ich hätte den Himmel auf Erden haben können, ich hätte im Schlaraffenland leben können, wenn ich ...« Verzweifelt raufte sie sich die Haare. »Du musst vollkommen skrupellos sein, um ohne Nervenzusammenbrüche oder Selbstverleugnung an der Seite eines solchen Mannes leben zu können. Wenn ich ihn ansah, dann sah ich das Blut an seinen Händen. Ich sah die jungen Menschen, die er in die Sucht getrieben hat. Ich sah die Frauen, die für ihn anschaffen gehen.« Wie ein Häufchen Elend saß sie mir gegenüber.

»Mein Gott, Yasmin«, stammelte ich erschüttert, »wie kann ich dir nur helfen?«

»Du hilfst mir doch. Ohne dich säße ich jetzt wahrscheinlich auf der Straße. Oder schlimmer ...« Sie schluckte gegen die Angst an. »Er hat mir gedroht: Sollte ich ihn jemals verlassen, würde ich mir wünschen, nie geboren worden zu sein.«

»Warst du schon bei der Polizei?«

Kraftlos schüttelte sie ihren Kopf. »In seinem Geschäft kann sich nur halten, wer regelmäßig ein paar Gesetzeshütern hilft, finanzielle Engpässe zu überwinden. Und selbst wenn ich das Glück hätte, an einen Polizisten zu geraten, der nicht von Heinrich *unterstützt* wird, musst du in Deutschland erst verletzt werden, um Hilfe von der Polizei zu bekommen. Drohungen reichen da nicht. Nein«, sagte sie, »ich muss mir selbst helfen. Ich hatte lange genug Zeit, um darüber nachzudenken.«

»Was wirst du tun?«

»Ich werde nach Kanada gehen und dort ganz von vorn anfangen – mit neuen Papieren, einer neuen Identität, einer Zukunft ...« Plötzlich liefen Tränen über ihr Gesicht. »Jedenfalls hatte ich es so geplant.« Als hätte alle Energie sie verlassen, sackte sie in sich zusammen. »Auf dem Weg zum Flughafen ist mir meine Reisetasche gestohlen worden – mit all meinem Geld, mit dem Flugticket und dem Nötigsten an Kleidung.«

Pragmatisch, wie ich bin, dachte ich an das Nächstliegende: »Weiß Heinrich schon, dass du ihn verlassen hast, oder könntest du noch einmal zurück?«

Ihre Lippen zitterten. »Ich war so dumm, ihm einen Brief zu schreiben, ich wollte ihn auf eine falsche Fährte locken ... ich kann nicht zurück.«

Besorgt sah ich sie an.

»Mir wird schon etwas einfallen«, sagte sie, als wolle sie sich mit ihren Worten selbst Mut machen. »Mir muss etwas einfallen.«

Während ich überlegte, wie Yasmin sich das nötige Geld für ihre Reise beschaffen könnte, wurde mir klar, dass ich so gut wie nichts über sie wusste. Sie war mit fünfzehn auf unsere Schule gekommen und hatte sie mit sechzehn wieder verlassen. »Was für eine Ausbildung hast du eigentlich?«

Ein spöttisches Lächeln umspielte ihre Lippen. »Ich bin Schauspielerin, wie meine Mutter. Eine brotlose Kunst, sage ich dir. Es ist mir noch heute ein Rätsel, wie meine Mutter uns beide damit durchgebracht hat.« Ihr Blick richtete sich nach innen und wanderte in die Vergangenheit. »Zehn Jahre lang haben wir aus Koffern gelebt, sind von einem Theater-Engagement zum nächsten gereist. Wenn wir mal ein Jahr lang in einer Stadt blieben, dann war das viel.« Mit rauer Stimme zählte sie mir die einzelnen Städte auf. »Wo immer ich hinkam, war ich die Neue, die erst einmal ausgiebig beäugt wurde. Und wenn ich gerade Freundschaften geschlossen hatte, ging es schon wieder weiter.«

»Für uns warst du eine Exotin«, erinnerte ich mich. »Schon allein durch deinen Namen ... Yasmin ...« Ich ließ ihn nachklingen. »Du warst in jeder Hinsicht so beneidenswert ungewöhnlich. Jede Einzelne von uns hätte liebend gerne mit dir getauscht.« Ganz zu schweigen von dem sehnlichen Wunsch, mit ihr befreundet zu sein. Wirklich geschafft hatte das in unserer Klasse keine.

»Ich glaube, heute würde niemand mehr mit mir tauschen wollen.« Traurig blickte sie mich an. »Hast du eigentlich noch Kontakt zu ehemaligen Klassenkameradinnen?«

»Nein, seit ein paar Jahren schon nicht mehr.« Sie zu fragen, ob sie noch welche hatte, erschien mir müßig. Bei ihren häufigen Schulwechseln wäre es ein Wunder gewesen.

»Keine Klassentreffen?«

»Die sind irgendwann eingeschlafen.«

»Wie traurig«, sagte sie leise. Ihrem Gesichtsausdruck nach zu schließen, bezogen sich diese beiden Worte nicht nur auf die eingeschlafenen Klassentreffen.

Irgendwie musste ihr doch zu helfen sein. »Die Schauspielerei wird dir im Moment nicht viel helfen«, überlegte ich laut. »Gibt es noch etwas, womit du Geld verdienen könntest?«

»Nein. Ich habe nichts anderes gelernt.«

»Was für ein Job war das, den du gemacht hast, als du Heinrich kennen lerntest?«

Von einer Sekunde auf die andere legte sich ihre Stirn in Falten. »Ich habe in einem Sonnenstudio gearbeitet«, sagte sie wie zur Entschuldigung. Als sie meinen ratlosen Blick bemerkte, meinte sie: »Mach dir bitte meinetwegen nicht so viele Gedanken, Bettina. Ich werde das Geld schon irgendwie zusammenbekommen.«

»Wie viel hat man dir gestohlen?«

»Zehntausend Euro, das Flugticket nicht mitgerechnet.«

»So viel …?«

»Neue Papiere sind teuer.«

»Ich könnte dir das Geld leihen«, sagte ich, ohne nachzudenken.

Abwehrend streckte sie ihre Hände aus. »Auf keinen Fall, das kommt nicht in Frage!«

»Warum nicht? Wenn du in Kanada bist und Fuß gefasst hast, zahlst du es mir zurück.«

»Und wenn ich nie dort ankomme, wenn ich nie Fuß fasse?«, fragte sie mit sorgenvoller Miene.

Ja, was dann? Ich war Yasmin dankbar, dass sie mich in meinem naiven Enthusiasmus bremste.

»Wenn ich allerdings …« Versonnen drehte sie den Ring, den sie am rechten Ringfinger trug.

»Ja?«

Sie zog ihn vom Finger, legte ihn auf die flache Hand und betrachtete ihn von allen Seiten. »Dieser Ring ist weit mehr als zehntausend Euro wert. Es ist ein gelber Brillant, sehr selten. Heinrich hat ihn mir zur Hochzeit geschenkt.« Ihre Gesichtszüge versteinerten. »Er ist mein Notgroschen.« Sie legte ihn auf den Tisch. »Wenn ich dir das Geld nicht zurückzahlen kann, dann löst du ihn ein.«

»Aber …«

»Keine Widerrede, Bettina! Ich nehme dein Angebot nur unter der Bedingung an, dass du den Ring als Sicherheit behältst.« Auf der ausgestreckten Hand hielt sie ihn mir entgegen.

Abwehrend schüttelte ich den Kopf. »Aber doch nicht deinen Notgroschen.«

»Ist dein Sparbuch etwas anderes? Nimm ihn. Bitte!« Sie

nahm meine Hand, legte den Ring hinein und schloss meine Finger darum. »Und verwahre ihn gut.«

Ich nickte andächtig, während ich in Gedanken bereits nach einem sicheren Versteck in meiner Wohnung suchte.

»Wenn du mir das Geld leihst«, überlegte Yasmin laut, »könnte ich gleich morgen fliegen. Ich müsste gar nicht erst in eine Pension …«

»Das musst du ohnehin nicht, du kannst wirklich gerne ein paar Tage bei mir wohnen. Ich will dir keine Angst machen, aber …«

»Ja?«, fragte sie alarmiert.

»Na ja, es ist ja nicht gesagt, dass du gleich morgen einen Flug bekommen wirst. Vielleicht sind alle ausgebucht.«

»Du hast Recht.« Sie dachte angestrengt nach. »Lass uns aber trotzdem gleich morgen früh das Geld von der Bank holen. Nur für den Fall, dass ich schnell weg muss.« Die Angst in ihrem Blick war unverkennbar.

»Yasmin«, versuchte ich sie zu beruhigen, »wie soll Heinrich dich denn hier bei mir finden? Es ist uns niemand gefolgt …«

»Darauf würde ich mein Leben nicht verwetten.«

Ich gab mir alle Mühe, mich nicht von ihrer Angst anstecken zu lassen. »Wir waren doch so vorsichtig.«

»Heinrich ist ein Profi.« Sie strich sich mit beiden Händen übers Gesicht, als könne sie damit einen bösen Traum wegwischen. »Er könnte längst vor deiner Tür stehen.«

Mein Blick huschte zu besagter Tür, während unangenehme Schauer über meinen Rücken jagten.

»Bettina, du musst mir unbedingt etwas versprechen.« Ihr flehentlicher Unterton war nicht gerade dazu angetan, meiner ausufernden Phantasie Einhalt zu gebieten. »Was auch immer passiert, wer auch immer nach mir fragt – bitte erzähle niemandem, dass ich hier bei dir war.« Eindringlich sah sie mich an. »Und dabei geht es mir nicht nur um meine eigene Sicherheit. Auch deine steht auf dem Spiel, wenn Heinrich erfährt, dass du mir geholfen hast. Er ist ein durch und durch rachsüchtiger Mensch.«

Ich wollte nicht glauben, was sie mir da erzählte. Ich wollte nicht, dass sich Angst in meinen vier Wänden breit machte. »Meinst du nicht, dass deine Phantasie ein wenig mit dir durchgeht?«

»Noch vor zwei Jahren hätte ich genauso reagiert wie du. Zwar habe ich auch vorher nie in einer heilen Welt gelebt, aber eben auch nie in der Unterwelt. Davon habe ich erst durch Heinrich eine Ahnung bekommen. Und ich sage dir: Kein Krimi, den du jemals gesehen hast, bereitet dich darauf vor. Du kannst dir nicht vorstellen, wie das ist, wenn Grauen und Entsetzen in einem steten Strom in dein Leben sickern. Du versuchst, dich mit allen dir zur Verfügung stehenden Mitteln davor zu schützen, und musst nur immer wieder feststellen, wie machtlos du bist.« Fröstelnd schlang sie die Arme um ihren Oberkörper. »Bettina, ich übertreibe nicht«, sagte sie beschwörend. »Wenn er mich findet, wird er mich umbringen. Glaube mir: Er hat mehr Einfallsreichtum als wir beide zusammen. Was mich betrifft, darfst du niemandem trauen. Niemandem, verstehst du? Nicht einmal der Polizei. Denk immer daran: Du hast mein Leben in deiner Hand.«

»Also ehrlich … Yasmin …«

»Es ist so, wie ich es sage.«

Mir schwirrte der Kopf. Und ich schämte mich für die Gedanken, die sich plötzlich darin breit machten: Hätte ich Yasmin nur nicht mit zu mir nach Hause genommen. Hätte ich nur nie etwas von Heinrich und seiner Unterwelt gehört. Hätte ich mich doch mit dem Traum begnügt, Martin, meinem Nachbarn, zu helfen. Aber nein, ich musste ja gleich der Frau eines Mafia-Bosses meine Hilfe anbieten.

Yasmin schien meine Gedanken zu erraten. »Tut mir Leid, Bettina. Am besten, wir fahren gleich morgen früh zur Bank und du setzt mich danach am Flughafen ab.«

»Yasmin …«

»Du brauchst mir nichts zu erklären, ich verstehe dich. Mir würde es an deiner Stelle nicht anders gehen.«

»Ich wünschte, ich wäre mutiger, beherzter …«, sagte ich kleinlaut.

»Du solltest dein Licht nicht so unter den Scheffel stellen. Menschen, die spontan eine so außergewöhnliche Hilfe anbieten, kannst du an ein paar Fingern abzählen.« Sie ließ ihren Worten ein bekräftigendes Nicken folgen. »Ich platze nach fast zwanzig Jahren in dein Leben, erzähle dir eine haarsträubende, ja fast unglaubliche Geschichte, und du leihst mir dein Erspartes. Wenn das nicht mutig ist …«

»Die Vorstellung, dass dir etwas zustößt, nur weil dir das Geld zur Flucht fehlt, ist mir unerträglich«, sagte ich ehrlich.

Sekundenlang sah sie mich stumm an. Dann sagte sie leise: »Fast hätte ich vergessen, dass es Menschen wie dich gibt.«

Zum ersten Mal, seitdem mir Yasmin mit ihrer Geschichte und den möglichen Folgen Angst gemacht hatte, konnte ich wieder lächeln. »Da sitze ich nichts ahnend in diesem Café und du setzt dich ausgerechnet an meinen Tisch. Ist das nicht ein unglaublicher Zufall?«

Sie erwiderte mein Lächeln. »Albert Schweitzer hat gesagt, der Zufall sei das Pseudonym, das der liebe Gott wähle, wenn er inkognito bleiben wolle. Ich denke, dass er mir einen Schutzengel gesandt hat, der mich zu dir geführt hat.«

»Schöne Vorstellung«, sagte ich, die ich mehr an Sterne als an Schutzengel glaube. »Kurz bevor du in das Café kamst, habe ich in meinem Horoskop gelesen, dass mich jemand um Hilfe bitten würde …« Dass ich bei dieser Aussicht allerdings an Martin und nicht an sie gedacht hatte, davon erzählte ich ihr nichts.

Ihr Blick kehrte sich nach innen. Niedergeschlagen sagte sie: »Ich hoffe, dass die Sterne dich für deine Hilfe belohnen.«

»Mir reicht es schon, wenn sie das halten, was sie verheißen«, sagte ich vieldeutig, während ich an die Erfüllung meines geheimen Wunsches dachte. Ganz kurz hatte ich darüber nachgedacht, Yasmin von Martin zu erzählen, diesen Gedanken dann jedoch wieder verworfen. Sicherlich war sie nicht in der Stimmung, sich die Geschichte einer bisher unerfüllten Liebe anzuhören. »So, und jetzt lass uns schlafen gehen«, sagte ich deshalb, »wir müssen morgen früh aufstehen.«

Yasmin nickte zustimmend. »Schließ aber bitte deine Wohnungstür heute Nacht ab.« Ihr warnender Unterton reichte aus, um mir aufs Neue die Bedrohlichkeit ihrer und damit auch meiner Lage zu verdeutlichen.

Und so wäre es ein Wunder gewesen, hätte ich in dieser Nacht auch nur ein Auge zugetan. Stundenlang lauschte ich angestrengt, ob sich jemand an meiner Wohnungstür zu schaffen machte. Das Brotmesser, das ich mir zur Verteidigung auf den Nachttisch gelegt hatte, war auch nicht dazu angetan, mich zu beruhigen. Als ich am Morgen völlig gerädert aufstand, fand ich Yasmin, der ich auf meinem Sofa ein Notbett bereitet hatte, in einem ähnlichen Zustand vor. Wir sahen uns in einhelligem Unbehagen an.

»Wird schon gut gehen«, sagte ich in dem Bemühen, uns beiden Mut zu machen.

Während sie duschte und ich uns Kaffee machte, beruhigte ich mich mit der Gewissheit, dass mein Leben in spätestens zwei Stunden wieder seinen normalen Gang gehen würde. Dann würde mich nur noch Yasmins Ring an dieses beängstigende Intermezzo erinnern.

Während wir unseren Kaffee tranken, lehnte Yasmin seitlich am Fensterrahmen und verfolgte wachsam jede Bewegung auf der Straße vor meinem Haus. Ihre Schultern waren vor Anspannung hochgezogen, ihre Nervosität erfüllte den ganzen Raum. »Lass uns gehen, Bettina.«

Mit einem Nicken verstaute ich das Sparbuch in meiner Handtasche und zog meinen Mantel an. Als ich gerade die Wohnungstür öffnen wollte, bat Yasmin mich, zuvor durch den Spion zu schauen. Ein sinnloses Unterfangen, da im Hausflur kein Licht brannte. Ich fasste mir ein Herz, sagte: »Die Luft ist rein« und zog die Tür mit einem Ruck auf. Beseelt von der Hoffnung auf eine sich selbst erfüllende Prophezeiung, drückte ich blitzschnell den Lichtschalter. Mein Herz klopfte bis zum Hals.

Als Yasmin von hinten nach meinem Handgelenk griff, schrie ich erschreckt auf. Verstärkt durch ein Echo, hallte mein Schrei durch das ganze Treppenhaus.

»Mein Gott, Bettina, sei leise«, flehte Yasmin.

Für ein paar wohltuende Sekunden lehnte ich mich gegen die Wand. »Ich bin für solche Aktionen nicht geschaffen«, stammelte ich.

»Du kannst immer noch zurück.«

Nichts erschien mir in diesem Augenblick verführerischer als ein Rückzieher. Gleichzeitig war mir schmerzhaft bewusst, dass mich mein schlechtes Gewissen später zermartern würde. Es gab also nur diesen einen Weg. Ich straffte meine Schultern, atmete tief durch und versuchte, mich gegen das zu wappnen, was mich möglicherweise am Ende dieses Weges erwartete. »Lass uns gehen«, sagte nun ich.

Gemeinsam rannten wir die Treppe hinunter, stießen, unten angekommen, die Haustür auf und hasteten zu meinem Auto. In Null Komma nichts ließ ich den Motor an, um mich gleich darauf in den fließenden Verkehr einzufädeln.

»Ich wünschte, wir hätten uns unter besseren Umständen wiedergesehen«, sagte Yasmin neben mir.

»Eines Tages werden wir das«, versicherte ich ihr in dem festen Glauben, dass Yasmin in Kanada Fuß fassen und sich eine Existenz aufbauen würde. »Ich reise für mein Leben gern. Wenn du das Geld zusammen hast, werde ich dich besuchen kommen und es mir abholen.«

»Das Leben hat es gut mit dir gemeint, Bettina«, meinte sie nachdenklich.

Erstaunt sah ich sie von der Seite an. »Wie kommst du darauf?«

»Du bist ein guter Mensch.«

»Das hieße im Umkehrschluss, dass jeder Mensch schlecht wird, mit dem es das Leben nicht so gut meint. Ich glaube, das eine hat mit dem anderen nicht unbedingt etwas zu tun. Letztlich hast du die Wahl.«

»Nein«, entgegnete sie entschieden, um gleich darauf zu schreien: »Vorsicht!«

Sekundenlang war ich abgelenkt gewesen. Mit aller Kraft trat ich auf die Bremse und kam dicht vor einem Zebrastreifen zum Stehen, der gerade von zwei Schulkindern überquert wurde. Ein gehöriger Schreck fuhr mir durch alle Glieder. Mit zitternden Fingern ließ ich den abgewürgten Motor wieder an. »Danke.«

Den Rest des Weges zur Bank schwiegen wir, und ich konzentrierte mich auf den Verkehr.

Unser Timing hätte besser nicht sein können. Als wir vor der Bank eintrafen, öffnete sie gerade. Yasmin hatte beschlossen, vor der Tür zu warten, um mögliche Verfolger aufzuspüren. Zwar war ich inzwischen der festen Überzeugung, dass uns niemand gefolgt war, ließ ihr jedoch zu ihrer eigenen Beruhigung ihren Willen. Sie sollte sich selbst davon überzeugen.

Fünf Minuten später saßen wir beide wieder im Wagen. Den Umschlag mit den zehntausend Euro hatte Yasmin auf mein Anraten hin in ihre Hosentasche gestopft. »Sicher ist sicher«, sagte ich mit einem Kopfnicken. »Da klaut sie dir so schnell keiner.«

Auf dem Weg zum Flughafen schrieb sie sich meine Telefonnummern auf. Falls sie an diesem Tag keinen Flug bekam, würde sie mich im Büro oder zu Hause anrufen, um eine weitere Nacht bei mir unterzutauchen.

Kurz vor unserer Ankunft griff Yasmin nach meiner Hand, die auf dem Lenkrad lag, und drückte sie. »Du ahnst ja gar nicht, wie sehr du mir geholfen hast, Bettina. Ich werde dir ewig dankbar sein. Sobald ich in Kanada bin, werde ich mich bei dir melden.« Die Aufregung in ihrer Stimme war nicht zu überhören. »Drück mir die Daumen, dass ich es schaffe.«

»Das tue ich.« Da ich keine Parklücke fand, hielt ich in der zweiten Reihe.

Yasmin suchte mit ihrem Radar-Blick die gesamte Umgebung nach Verfolgern ab, bevor sie zögernd die Autotür öffnete. »Und denk daran, Bettina, zu niemandem ein Wort!«

»Du kannst dich auf mich verlassen.«

Für einen Moment kam ihr gehetzter Blick zur Ruhe. »Und ich konnte mich noch nicht einmal an dich erinnern.«

»Mach dir nichts draus«, versuchte ich, ihre Betroffenheit zu lindern.

Sie betrachtete mein Gesicht, als wolle sie es sich für alle Ewigkeit einprägen. »Schade, dass wir so wenig Zeit hatten. Ich hätte gern etwas über dich erfahren.«

»Das holen wir nach, wenn ich dich in Kanada besuche.« Im Rückspiegel sah ich, wie ein Ordnungshüter sich mit entschlossenem Blick meinem Auto näherte. »Ich muss fahren, Yasmin, sonst bekomme ich ein Strafmandat.«

»Natürlich«, sagte sie beflissen, stieg aus und kam eilig ums Auto herum an meine Seite.

Als ich die Scheibe hinunterdrehte, erschien jedoch nicht Yasmins Gesicht in der Öffnung, sondern das des Ordnungshüters. »Fahren Sie bitte weiter, hier ist kein Parkplatz.«

»Eine Sekunde noch. Bitte!«

»Sofort!«

Während ich den Motor anließ, versuchte ich, an ihm vorbei einen Blick auf Yasmin zu erhaschen.

Über seine Schulter hinweg sah ich sie auf das Flughafengebäude zulaufen. Die Angst vor Verfolgern schien ihr zur zweiten Natur geworden zu sein: Immer wieder sah sie sich nach allen Seiten um. Kurz bevor sie im Gebäude verschwand, winkte sie mir verhalten zu.

»Fahren Sie endlich! Sonst muss ich …«

»Ja doch«, entgegnete ich dem Ordnungshüter ungehalten, »ich fahre ja schon.« Im Schritttempo folgte ich seiner Aufforderung, während ich gleichzeitig noch einmal zum Flughafengebäude hinübersah. Yasmin war darin verschwunden.

Auf dem Weg in mein Büro spürte ich, wie eine ungeheure Anspannung von mir abfiel. Die eigenen Träume verwirklicht zu sehen erschien mir plötzlich gar nicht mehr so erstrebenswert. Wie oft hatte ich mir gewünscht, mein Leben wäre ein wenig spannender und aufregender. Dass dieser Wunsch in Gestalt von Yasmin und all dem, was sie erlebt hatte, in Erfüllung gehen könnte, hatte sich außerhalb meiner Vorstellungskraft bewegt.

Je weiter ich mich vom Flughafen entfernte, desto schwächer wurde mein Impuls, im Rückspiegel nach eigenen Verfolgern Ausschau zu halten. Mein ruhiges, beschauliches Leben erfüllte mich plötzlich mit Dankbarkeit. Und selbst wenn Martin immer nur ein Traum für mich bleiben sollte, überlegte ich, ist das immer noch besser, als mit einem Heinrich die Realität zu teilen.

»Mach's gut, Yasmin«, murmelte ich leise vor mich hin, gleichzeitig hoffend, dass das Schicksal uns beiden hold war und ihr noch an diesem Tag einen Flug nach Kanada bescherte.

Als ich bis kurz vor Mitternacht nichts von ihr gehört hatte, ging ich davon aus, dass meiner ehemaligen Klassenkameradin die Flucht gelungen war. Erleichtert atmete ich auf.

Immer wieder prüfte ich in den nächsten Tagen, ob sich Yasmins Ring noch in dem Versteck befand. Kaum hielt ich ihn dann in Händen, schalt ich mich töricht: Wer sollte ihn entwendet haben?

Die Wochen vergingen, und ich hörte nichts von Yasmin. Wie mochte es ihr ergangen sein seit ihrer Flucht? Wohin hatte es sie verschlagen? Nach Toronto? Nach Quebec? Auf dem Land konnte ich sie mir einfach nicht vorstellen.

Als die Wochen in Monate übergingen, begann ich unruhig zu werden. Hatte ich sie die ganze Zeit nur in Sicherheit gewähnt? Hatte Heinrich sie in letzter Sekunde doch noch erwischt? Oder war ihr in Kanada etwas zugestoßen? Es gab keine Möglichkeit, das herauszufinden.

Ich hatte ihre Worte noch im Kopf: »Wenn ich dir das Geld nicht zurückzahlen kann, dann löst du den Ring ein.«

»Dafür ist immer noch Zeit«, sagte ich zu mir selbst. Denn: Was, wenn ich es zu früh tat und sie plötzlich doch noch von sich hören ließ? Sah das nicht so aus, als mangele es mir an der nötigen Geduld, vor allem aber am Vertrauen in ihre Fähigkeiten? Womöglich könnte sie es auch so interpretieren, dass ich mich auf ihre Kosten hatte bereichern wollen. Immerhin war der Ring mehr wert als die zehntausend Euro, die sie mir schuldete. Unausdenkbar auch die Möglichkeit, aus mangelnder Erfahrung im Schmuckverkauf zu wenig für den Ring zu erlösen. Mir rauschte der Kopf. Ich würde noch warten, so ließen sich diese Klippen am besten umschiffen.

Wahrscheinlich, so beruhigte ich mich, war es wie oft im Leben: Sobald ich nicht mehr daran dachte, würde sich das Erhoffte ganz von selbst einstellen. Mit Martin war es mir nicht anders ergangen. Kaum hatte ich die Hoffnung aufgegeben, stand er vor meiner Tür und brachte mir ein Päckchen, das für mich bei ihm abgegeben worden war. Der Blick, mit dem er mich dabei bedachte, war weit davon entfernt, mir das Gefühl zu vermitteln, als hätte ich in seinen Tagträumen bisher eine ähnliche Rolle gespielt wie er in meinen. Und doch war er dazu angetan, meine Hoffnung wieder aufleben zu lassen. Begründet, wie ich bald darauf feststellen sollte: Martin gelang es, meine Tagträume Realität werden zu lassen.

Mitten in mein Glück hinein platzte der Anruf meiner ehemaligen Klassenkameradin Ute, die mich zur zwanzigjährigen Abiturfeier einladen wollte. Nachdem sie meine

Zusage in ihrer Liste vermerkt hatte, gerieten wir ins Plaudern und tauschten im Schnelldurchlauf die vergangenen zehn Jahre aus. Ihr hatten sie eine gescheiterte Ehe, einen Blinddarmdurchbruch und die Beförderung zur Rektorin einer Grundschule gebracht.

»Und ein böses Erwachen aus meiner Gutgläubigkeit«, vervollständigte sie ihren Bericht.

Ich dachte an das Nächstliegende: »Hat dein Mann dich betrogen?«

»Selbst dafür hatte er keine Zeit«, antwortete sie trocken. »Mein Ex-Mann ist ein Workaholic, da bleibt alles andere auf der Strecke. Nein«, resümierte sie, »er hatte damit nichts zu tun. Erinnerst du dich noch an Yasmin? Sie ging ein knappes Jahr in unsere Klasse.«

»Mhm«, sagte ich vage. Im Geiste hörte ich Yasmin sagen: *Was mich betrifft, darfst du niemandem trauen. Niemandem, verstehst du? Nicht einmal der Polizei.* Mit einem Schlag war die Angst, die sie in mein Leben gebracht hatte, ebenso präsent wie das Bild, das sie mir von Heinrich gemalt hatte.

»Du glaubst nicht, was ich mit ihr erlebt habe«, fuhr sie fort.

»Was denn?«

»Vor drei Wochen bin ich ihr zufällig in der Straßenbahn begegnet«, begann sie aufgeregt zu erzählen. »Sie wirkte völlig gehetzt und irgendwie in Panik. Zunächst hat sie mich gar nicht erkannt. Dann erzählte sie mir eine unglaubliche Geschichte.« Ute schwieg sekundenlang, um ihren Worten die größtmögliche Wirkung zu geben, und fuhr dann fort: »Sie habe ihren Mann Heinrich, ein Mafia-Mitglied von Rang, verlassen und sei nun vor ihm auf der Flucht. Sie wolle in Kanada ein neues Leben beginnen. Allerdings habe ihre Flucht bereits am Bahnhof ein jähes Ende gefunden.«

Gebannt hielt ich den Atem an.

»Ihr gesamtes Geld sei ihr zusammen mit Bahn- und Flugticket aus ihrer Reisetasche gestohlen worden.«

»War es viel?«, brachte ich mühsam hervor.

»Sechstausend Euro. Aber warte! Es geht noch weiter.«

Mir wurde ganz flau.

»Sie hat mich gebeten, für eine Nacht bei mir schlafen zu dürfen …«

»Und?«

»Jetzt warte doch! Natürlich habe ich sie mitgenommen. Ich wäre die Letzte, die jemanden in einer solchen Notsituation auf der Straße stehen lässt.«

Damit waren wir schon zwei.

»Na ja, um es kurz zu machen: Im Verlauf des Abends hat sie mich dann gebeten, ihr das Geld zu leihen, bis sie in Kanada Fuß gefasst hat und es mir zurückzahlen kann.« Ute schnaubte verächtlich. »Hätte ich nicht bereits drei Gläser Wein getrunken, hätte ich mich nie darauf eingelassen. Ring hin oder her.«

»Ring?«

»Sie hat mir ihren Ehering als Pfand dagelassen. Angeblich ein sehr seltener gelber Brillant, der weit mehr als sechstausend Euro wert sei.«

»Angeblich?« Vor lauter Aufregung konnte ich nur noch im Telegrammstil kommunizieren.

»Vor zwei Tagen treffe ich mich dann mit einer Freundin, und was trägt sie am Finger?«

Meine Stimme war nur noch ein Krächzen. »Was?«

»Genau so einen Ring, wie ihn Yasmin mir gegeben hat.«

»Nein …«, hauchte ich.

»Wenn ich es dir sage!«

Meine nächste Frage entsprang einer völlig widersinnigen Hoffnung, dennoch musste ich sie stellen: »Zufall?«

»Nein«, antwortete sie trocken, »Karstadt ... Sonderangebot.«

»Aber das muss doch nicht heißen, dass ...«

»Damit habe ich auch versucht, mich zu trösten«, unterbrach sie mich, »und bin zu einem Juwelier gegangen, um Yasmins Ring begutachten zu lassen.«

Für einen Augenblick war ich mir nicht sicher, ob ich wirklich wissen wollte, was dieser Juwelier zu Ute gesagt hatte.

»Er hat noch nicht einmal seine Lupe hervorgeholt.«

»O Gott«, stöhnte ich.

»Yasmin hat mir Modeschmuck angedreht.« Ihre unüberhörbare Wut gipfelte in einem völlig unverständlichen Laut.

»Vielleicht war sie sich dessen gar nicht bewusst, vielleicht hat ihr Mann ...«

»Das glaube ich keine Sekunde lang«, fiel sie mir ins Wort. »Nein, sie hat mir etwas vorgespielt. Von wegen *zufälliges Treffen in der Straßenbahn*«, schnaubte sie. »Sie ist in die Fußstapfen ihrer Mutter getreten. Nur hat die sich mit dem Publikum im Theater begnügt, während Yasmin durch ihren Bekanntenkreis tingelt und abkassiert. Ich könnte meine Hand dafür ins Feuer legen, dass es gar keinen Heinrich gibt, keine Flucht und auch kein Kanada, sondern ausschließlich gutgläubige Menschen wie mich, die ihr so ihren Lebensunterhalt finanzieren.«

Mir war, als hätte ich einen Schlag in die Magengrube bekommen. Zehntausend Euro ... einfach weg? »Entsetzlich«, stammelte ich.

Ute redete sich immer weiter in Rage. »Sechstausend Euro ... einfach weg, in den Wind geblasen. Wenn ich daran denke, wie lange ich dafür gespart habe. Ich war so unglaublich dumm.«

»Ich auch.«

»Ich ...«, wollte sie fortfahren, stutzte jedoch. »Moment mal, wieso du auch?«

»Was dir vor drei Wochen mit Yasmin widerfahren ist, habe ich vor drei Monaten mit ihr erlebt«, sagte ich mit tonloser Stimme.

Nun wechselte Ute in den Telegrammstil. »Wie viel?«

»Zehntausend Euro.«

»Und als Pfand?«

»Ein Ring mit einem seltenen gelben Brillanten.«

Sekundenlang war es still am anderen Ende der Leitung. »Karstadt!«

»Davon muss ich nun wohl ausgehen.«

»Diese ... diese ...«

»Betrügerin«, brachte ich es auf den Punkt.

»Ich habe bereits jede Telefonauskunft abgeklappert, ohne Erfolg. Für Yasmin gibt es nirgends einen Eintrag. Heute habe ich Anzeige wegen Betrugs erstattet. Große Hoffnungen hat man mir bei der Polizei allerdings nicht gemacht. Der zuständige Beamte hat mich nur mitleidig angesehen und gefragt, ob ich mit Yasmin denn wenigstens einen Darlehensvertrag gemacht hätte. Auf mein Nein hin ist er verstummt. Ich glaube, er musste an sich halten, mir nicht zu sagen, eine solche Dummheit gehöre bestraft.«

»Wir sind doch bestraft worden – denk nur an das Geld, das wir wahrscheinlich nie wiedersehen werden. In meinen Augen ist das eine saftige Strafe für Tatbestände wie Dummheit und Gutgläubigkeit. Yasmin musste lediglich einige

Stunden lang eine gute Vorstellung geben, um es sich zu verdienen.«

»Was lernen wir daraus?«, fragte Ute unglücklich und gab gleich selbst die Antwort. »Leihe bloß nie wieder jemandem Geld!«

Diese Worte gingen mir noch lange nach. Sie rührten an einen Gedanken, den ich nicht sogleich in Worte fassen konnte. Aber ich spürte ganz deutlich, dass sich etwas in mir gegen Utes Resümee sträubte. Mein Vertrauen in Yasmin war zutiefst erschüttert worden. Sollte ich dieser Erfahrung aber mein Vertrauen in andere Menschen opfern? Ich hatte mein Geld an Yasmin verloren, und ich fand, das reichte. Gäbe ich mein Vertrauen auf, würde ich noch mehr an sie verlieren.

Es war an der Zeit, dass Yasmin etwas verlor. Zu irgendeinem Zeitpunkt in ihrem Leben hatte sie beschlossen, ihre Schauspielkunst außerhalb der Theatersäle einzusetzen und ihren Lebensunterhalt auf eine weniger ruhmreiche, dafür aber umso einträglichere Weise zu verdienen. Dabei hatte sie nicht nur auf ihr Talent, sondern auch auf ihre Glaubwürdigkeit gesetzt. Ersterem konnte ich nichts anhaben, Letzterem dafür umso mehr. Ohne Glaubwürdigkeit würde ihre Erwerbsquelle versiegen.

Sie war mit großer Perfektion ans Werk gegangen, aber sie hatte einen Fehler gemacht. Indem sie mir all die Städte aufgezählt hatte, in denen sie zur Schule gegangen war, hatte sie mir die notwendigen Informationen geliefert, um mögliche neue Opfer zu warnen.

Und das tat ich. In konsequenter Kleinarbeit machte ich zusammen mit Ute die Schulen ausfindig, auf die sie gegangen war, und schließlich die Klassenkameradinnen, denen sie gefährlich werden konnte. Sie alle bekamen einen Brief von uns, in dem wir unsere Erlebnisse mit Yasmin schilderten. In einigen Fällen erreichten uns Antwortbriefe, die uns zeigten, dass Ute und ich längst nicht die einzigen Opfer waren.

An einem heißen Augustwochenende trafen wir uns mit den anderen vier und gründeten eine Selbsthilfegruppe. Unsere erste gemeinsame Aktion bestand darin, noch einmal alle ehemaligen Klassenkameradinnen von Yasmin anzuschreiben und um ihre Mithilfe zu bitten. Sollte Yasmin einer von ihnen *zufällig* über den Weg laufen und von einer *Notsituation* erzählen, sollte sie so tun, als spiele sie mit, und Ute oder mich anrufen.

Wir hofften auf unsere Überzeugungskraft und die Solidarität der anderen. Und wir wurden nicht enttäuscht. Als der September sich seinem Ende zuneigte, erhielt ich einen Anruf von Rita, die ihrer ehemaligen Klassenkameradin und *Zufallsbegegnung* Yasmin soeben für eine Nacht Obdach gewährt hatte. Ich setzte mich sofort ins Auto und holte Ute ab.

Um zwei Uhr nachts hielten wir vor Ritas Haus, riefen sie über mein Handy an und baten sie, uns einzulassen. Dank einer beachtlichen Dosis Baldrian in ihrem Wein, die Rita ihr in Eigeninitiative verabreicht hatte, schlief Yasmin tief und fest. Wir tauschten den Inhalt ihrer Handtasche gegen sechs Ringe von Karstadt, einen Zettel mit sechs Namen, den dazugehörigen Kontonummern sowie einen Zettel, auf dem ich ihr meine Handynummer hinterließ und in knappen Worten beschrieb, was wir von ihr erwarteten. Portemonnaie, Kalender und Adressbuch nahmen wir an uns. Die einzigen Dinge, die wir ihr ließen, waren ihre EC-Karte, um die Überweisungen an uns in Auftrag zu geben, und ihren Wohnungsschlüssel.

Am nächsten Morgen um acht Uhr betraten Ute und ich einen Copy-Shop und machten uns an die Arbeit. Eine halbe Stunde später waren wir im Besitz von Kopien, die einen Großteil von Yasmins Leben dokumentierten. Mit all den Namen und Daten aus ihrem Adressbuch würden wir ihrer bisherigen Erwerbstätigkeit ein Ende setzen.

Wir waren gerade fertig und hatten die Kopien verstaut, als mein Handy klingelte.

Yasmins Stimme drang an mein Ohr. Sie versuchte gar nicht erst, ihre Wut zu unterdrücken. »Die Überweisungen gehen heute raus. Im Gegenzug erwarte ich, dass ihr meine Sachen umgehend zurückschickt. Meine Adresse steht im Personalausweis.«

»Sobald das Geld bei uns eingegangen ist«, sagte ich mit Genugtuung und unterbrach die Verbindung.

Dieses Mal hatte sie wohlweislich nicht gelogen. Das Geld war drei Tage später auf den einzelnen Konten.

Unsere Selbsthilfegruppe hatte ihren Sinn erfüllt. Bevor wir sie auflösten, verschickten wir gemeinsam einen Serienbrief an alle Personen aus Yasmins Adressbuch. Darin erzählten wir die *Geschichte von Y., einer begnadeten Schauspielerin, die zu irgendeinem Zeitpunkt in ihrem Leben beschlossen hatte, ihre Schauspielkunst außerhalb der Theatersäle einzusetzen und ihren Lebensunterhalt auf eine weniger ruhmreiche, dafür aber umso einträglichere Weise zu verdienen …*

Der Brief war kaum verschickt, als auch schon mein Handy klingelte. Dieses Mal war es Hass, der aus Yasmins Stimme troff.

»Ich werde jede Einzelne von euch wegen Rufschädigung verklagen.«

»Dann schicken wir dir Heinrich auf den Hals«, sagte ich

gelassen. »Erinnerst du dich? Er ist ein Profi!« Und auch dieses Mal unterbrach ich wieder die Verbindung zu Yasmin.

»Wer ist Heinrich?«, fragte Martin, der neben mir im Bett lag.

»Niemand, der dir gefährlich werden könnte«, gähnte ich zufrieden.

Zweimal im Leben

An diesem Montag wusste ich bereits in aller Herrgottsfrühe, dass mir dieser Tag nicht wohlgesinnt war. Wahrscheinlich hatte er selbst schlecht geschlafen und sich beim Aufstehen vorgenommen: Irgendjemand wird mir dafür büßen. Warum die Wahl ausgerechnet auf mich fiel, vermag ich nicht zu sagen. Tatsache ist jedoch: Sie fiel auf mich. Mit aller Härte und Konsequenz, deren so ein verärgerter Tag fähig ist.

Es dämmerte gerade erst, als ich das unverkennbare Geräusch eines würgenden Hundes hörte – meines würgenden Hundes. Da ich genau weiß, was diesem Würgen folgt, sprang ich mit einem Satz aus dem Bett und legte einen rekordverdächtigen Sprint bis zu meinem Hund zurück. Mit Kennerblick begutachtete ich die Kontraktionen seines Körpers und entschied, dass noch Zeit genug sein würde, mich in der Küche mit Papiertüchern zu bewaffnen. Hin und zurück in fünf Sekunden, und schon hielt ich ihm die Tücher einladend unter das leicht geöffnete Maul. Ich hörte kommen, was er nicht mehr bei sich behalten wollte, und ich spürte Erleichterung, dass ich die nahende Sauerei so elegant vermieden hatte.

Denkste, dachte sich Herr Schulze und strafte damit all jene Lügen, die behaupten, Hunde könnten nicht denken. Mit einer völlig unscheinbaren Bewegung drehte er seinen Kopf zur Seite und erbrach sich. Nicht etwa auf Steinfußboden, Linoleum oder Kacheln. Nein! Er verewigte sich auf meinem Teppichboden. Keine Frage also, womit ich die nächste halbe Stunde in der Morgendämmerung verbrachte.

Nun gibt es sicher Menschen, die sich nach einer dreißigminütigen Putzaktion befriedigt ins Bett legen und weiterschlafen. Es gibt aber auch jene, die sich ihren Frust nicht einfach von der Seele putzen können. Also stieg ich vom Nachthemd in den Jogginganzug, schnappte mir die Leine und bedeutete meinem Hund, dass der Ablauf dieses Morgens ein anderer sein würde.

»Herr Schulze, komm!«

Ich wurde mit Schwanzwedeln und umgehender Verfolgung belohnt und hoffte wider besseres Wissen, dass der unglückliche Beginn dieses Tages kein Vorgeschmack auf den Rest sein würde.

Die ersten zwei Kilometer waren durchaus dazu angetan, diese Hoffnung zu nähren, und ich begann, mich beim Laufen zu entspannen. Tief atmete ich die frische Morgenluft ein und überließ es dem Frühlingsgrün des Buchenwaldes, meine Stimmung zu heben. Weit und breit waren weder Mensch noch Hund zu entdecken. So ließ ich meinen Gedanken ebenso wie meinem Hund freien Lauf.

Gerade machte sich in meinem Inneren ein herrliches Gefühl von Frieden breit, als ich hinter der nächsten Kurve das wütende Gebell eines Hundes hörte. Überflüssig, meine Blicke auf die Suche nach Herrn Schulze zu schicken. Ich wusste, dass es in diesem Augenblick nur einen einzigen Ort geben konnte, an dem er sich aufhielt: hinter der nächsten Kurve, dort, wo etwas los war. So startete ich zum zweiten Sprint dieses Tages, nur um hundert Meter weiter wie angewurzelt stehen zu bleiben.

Meinem Hund gegenüber stand eine Frau, der sich die

Verbiesterung im Laufe von mindestens sechs Jahrzehnten tief in die Gesichtszüge gegraben hatte. Sollte sie ihren Mitmenschen jemals einen freundlichen Blick geschenkt haben, so musste es lange her sein. Auf ihrem Arm thronte ein silbergrauer Zwergpudel, der unverkennbar Stammkunde im Hundesalon war. Das arme Tier, schoss es mir durch den Kopf. Ähnliches dachte sich wohl auch mein Hund, der staunend zu dem immer noch wütend bellenden Vierbeiner aufsah.

»Rufen Sie Ihren Hund zurück«, befahl die Frau mir lautstark. »Sofort!«

Leider gibt es Situationen im Leben eines Hundehalters, die nicht unbedingt von Erfolg gekrönt sind. Diese gehörte dazu. »Herr Schulze, hier!«, rief ich mit aller mir zur Verfügung stehenden Autorität.

Herr Schulze schenkte mir noch nicht einmal einen Blick. Zu gebannt war er von dem Anblick, der sich ihm bot.

Als die Frau merkte, dass mein Befehl keine Wirkung zeigte, trat sie einige Schritte zurück, was Herrn Schulze dazu animierte, ihr zu folgen. Warum? Vielleicht war es der Neid eines fünfzig Kilo schweren Hundes, der nicht einmal in Ausnahmefällen auf den Arm genommen wird, vielleicht aber auch die Begeisterung über eine sich so wild gebärdende Hundedame – genau werde ich es wohl nie erfahren.

»Herr Schulze!!« Meine Stimme hat durchaus Potenzial, und inzwischen war ich bereit, es auch auszunutzen.

Die einzige Reaktion, die mein Gebrüll hervorrief, kam von dem Pudel, der versuchte, in der Lautstärke mit mir mitzuhalten.

Da ich nicht willens war, ein drittes Mal zu schreien, ging ich schnurstracks auf Herrn Schulze zu, packte ihn am Halsband und schleifte ihn unsanft hinter mir her. Ich war noch keinen Meter weit gekommen, als ich hinter mir die Stimme der Frau hörte, der es tatsächlich gelang, den ohrenbetäubenden Lärm, den ihr Pudel veranstaltete, zu übertönen.

»Bella, aus!« Und schon kehrte Ruhe ein.

Ich atmete auf und versuchte intuitiv, mich gegen das zu wappnen, was nun unweigerlich kommen würde und auch kam.

»Ganz davon abgesehen, dass Sie Ihren Hund nicht aus den Augen verlieren dürfen und dass Sie ihn anleinen müssen, wenn Ihnen ein angeleinter Hund begegnet: Ein Hund muss hören!« Die letzten Silben sprach sie so akzentuiert wie oberlehrerhaft aus.

Da ich kurz davor war, zu platzen, starrte ich sie in einer Mischung aus Wut und Empörung an. Wut, weil sie Recht hatte mit dem, was sie sagte, und Empörung, weil sie es mir im denkbar ungünstigsten Moment gesagt hatte.

»Ich empfehle Ihnen dringend, eine Hundeschule zu besuchen!«, schickte sie hinterher, bevor sie sich umdrehte und in entgegengesetzter Richtung davonging.

Mir blieben all die Worte im Hals stecken, die ich ihr liebend gerne mit auf den Weg gegeben hätte: Schnepfe, blöde Kuh und alte Jungfer waren noch die harmlosesten. Wäre sie danach noch aufnahmebereit gewesen, hätte ich ihr erzählen können, dass Herr Schulze und ich sehr erfolgreich eine Hundeschule besucht hatten und er nur deshalb meinem Befehl nicht gefolgt war, weil sein Bedürfnis, mit anderen Hunden zu kommunizieren, manchmal stärker ist als seine Bereitschaft zu gehorchen. Ich hätte ihr erzählen können, dass mein Hund ein ausgezeichnetes Sozialverhalten an den Tag legt, da er von mir nie auf den Arm genommen und so vor anderen Hunden in Sicherheit gebracht wird. Er hat gelernt, sich mit anderen Hunden zu vertragen, anstatt von einem sicheren Thron aus auf sie herabzubellen. Er freut sich über Begegnungen und sieht sie nicht als Bedrohung. Und er zeigt Charakter: Wenn er sich für einen anderen Hund interessiert, lässt er sich nicht so schnell davon abbringen. Auch nicht von mir.

Aber all diese vor mich hin geschimpften Gedanken liefen ins Leere – die Frau war längst fort. Zu dem Frust aus dem Morgengrauen gesellten sich nun auch noch Aggressionen, die wahre Adrenalinschübe auslösten. Ich setzte mich in Bewegung und legte kräftig an Tempo zu, um die unangenehmen Gefühle, die diese Frau in mir hinterlassen hatte, zu bewältigen. Vergebens. Nach drei Kilometern war ich immer noch wütend und empört, während Herr Schulze fröhlich neben mir hertrabte.

Ich bin schon immer für ausgeglichene Verhältnisse gewesen. Mein Verhältnis zu der Schnepfe mit Zwergpudel war jedoch von unerträglicher Unausgeglichenheit durchdrungen. Außer Atem ließ ich mich auf eine Bank fallen. »Man trifft sich immer zweimal im Leben«, wetterte ich vor mich hin. »Und dann sind die Karten anders gemischt.«

Ich stellte mir vor, wie ihr Zwergpudel aus seinem angeborenen Jagdtrieb heraus vor den Augen des Försters ein Reh verfolgte, anstatt ihren hysterischen Befehlen zu folgen. Ich würde gelassen neben sie treten und sagen: »Ein Hund muss hören.«

Ich stellte mir vor, wie sich ihre silbergraue Rassedame in ihrer heißen Phase über Befehle hinwegsetzte und davonmachte, um sich mit einer Promenadenmischung zu paaren. Keine Frage: »Ein Hund muss hören.«

Und ich stellte mir vor, wie eben jene Hundedame ihrer Besitzerin vom Arm sprang, um einen Jogger – seines Zeichens Hundehasser – wild kläffend zu verfolgen. Selbstverständlich würde ich in der Nähe sein, um zu sagen: »Ein Hund muss hören.«

»Ach«, seufzte ich zufrieden, »Rache kann etwas Wunderbares sein.«

Beseelt von diesem Gedanken setzte ich meinen Weg zusammen mit Herrn Schulze fort. Kurz vor dem Parkplatz verlangsamten wir unser Tempo und trotteten einträchtig nebeneinander her – er hechelnd, ich schwitzend. Zweifellos hat sich dieser Tag eines Besseren besonnen, dachte ich voller Zuversicht. Er würde doch noch gut werden.

Ich hatte diesen Gedanken gerade zu Ende gedacht, als ich vom Ende des Parkplatzes her einen gellenden Schrei hörte.

»Bella ...«

O nein, nicht schon wieder! Die Schnepfe, die für diesen Schrei verantwortlich war, rannte quer über den Parkplatz in meine Richtung. Konnte es sein? War ihr dieser Ausbund an guter Erziehung auf vier Beinen etwa entkommen? Ich konnte mir ein schadenfrohes Lächeln nicht verkneifen. »Ein Hund muss hören!«, lag mir schon auf der Zunge.

Doch dann entdeckte ich die Hundedame, die wiederum einen kleinen Ball entdeckt hatte. Diese Tatsache an sich hätte wohl selbst der Schnepfe keinen solchen Schrei entlockt. Der Ball lag jedoch gefährlich nahe an einem Auto, das gerade zurücksetzte. Nun bin ich durch Herrn Schulze mit der Überzeugung vieler Hunde vertraut, Autos würden ihnen ausweichen – immer und in jedem Fall. Und Bella machte den Eindruck, als habe auch sie sich voll und ganz dieser Überzeugung angeschlossen.

So legte ich zum dritten Mal an diesem Tag einen beachtlichen Sprint hin, sprang hinter das Auto, griff mit beiden

Händen nach der silbergrauen Hundedame und hoffte inständig, dass Herr Schulze das Ganze nicht als eine Aufforderung zum Spiel auffassen und mir hinterherhechten würde.

Als ich mich Sekunden später mit der sich wild gebärdenden Bella im Arm in Sicherheit befand, stellte ich jedoch fest, dass mein Hund sich mal wieder dort aufhielt, wo seiner Meinung nach etwas los war. Voller Interesse sah er bei der Keilerei zweier Rüden zu, noch unentschlossen, auf welche Seite er sich schlagen sollte.

»Danke«, sagte neben mir die Besitzerin von Bella aus tiefster Seele und nahm mir den Hund ab.

In ihren Gesichtszügen mochte sich Verbitterung breit gemacht haben, in ihren Augen erkannte ich jedoch die Liebe zu ihrem Hund, die mir sehr vertraut ist. Und die Angst, dieses Wesen zu verlieren. In diesem Augenblick war sie mir nahe.

Schnell nickte ich ihr zu und eilte dann zu Herrn Schulze, um ihn davon abzuhalten, Dummheiten zu machen.

»Komm«, sagte ich, ihm fröhlich seine Flanke tätschelnd, »lass uns nach Hause fahren.«

Zwischen Lieben und Tod

Wie sollte ich wissen, was Liebe ist«, sagte sie leise. »Ich hatte eine vage Vorstellung. Wie das Wissen um etwas, das anderen widerfährt. Wie ein ferner Kontinent, den zu bereisen mir nie möglich sein würde.« Sekundenlang schloss sie die Augen, verschloss mir die Tür zu ihren Erinnerungen. Als ob ich die Zweisamkeit störte, die ihr nur noch in jenen Erinnerungen vergönnt war.

»Er ist tot«, sagte ich brutal und zwang sie, zu mir zurückzukehren.

Ihre Lider flatterten, ihr Blick suchte meinen. »Ja«, entgegnete sie schlicht. Der Schmerz, der seit Wochen ihre Stimme immer brüchiger hatte werden lassen, schien ihr die Kraft zu verleihen, sich gegen mich aufzulehnen.

»Tot!«

Ihre Lippen erstarrten in einem traurigen Lächeln. »Es ist eine Gabe, viele Worte in einem einzigen zum Ausdruck zu bringen. Es ist das Zusammenspiel all deiner Ausdrucksmöglichkeiten, nicht wahr? Was dein Mund sagt, bekommt seine Bedeutung erst durch deine Stimme und deinen Blick.«

»Und was sagen dir meine Stimme und mein Blick?«, fragte ich sarkastisch.

»Dass sein Tod eine gerechte Strafe für mich ist. Dass er einen Ausgleich schafft für das Leid, das ich dir zugefügt habe. Dass ich leiden soll, wie du gelitten hast.«

»Dann ist es ja gut«, entgegnete ich voller Genugtuung.

»Hattest du Angst, ich hätte die Fähigkeit eingebüßt, dich zu verstehen?« Fast unmerklich schüttelte sie ihren Kopf. »Die Liebe sensibilisiert das Gespür, sie verschüttet es nicht.«

»Und der Tod?«, forderte ich sie heraus.

»Das kann ich dir nicht sagen, noch nicht.«

»Ich rede von seinem, nicht von deinem.«

Sie zog ihre Schultern nach vorne, als könne sie sich damit vor meiner Kälte schützen. »Er befällt jeden Nerv, bereitet unvorstellbare Schmerzen. Sie sind so unbezwingbar, so endgültig wie er selbst. Er führt dich an deine Grenzen.«

»Und das auch noch kostenlos.« Ich ließ sie nicht aus den Augen, ich wollte genau sehen, ob und wie sehr meine Schläge sie trafen.

»Kostenlos?«, fragte sie irritiert.

»Andere zahlen für Grenzerfahrungen sehr viel Geld.« Als ich sie zusammenzucken sah, spürte ich, wie sich ein Gefühl des Triumphs in mir ausbreitete.

Sie stützte ihre Ellenbogen auf die Knie und verbarg ihr Gesicht in den Händen. Als sie sich schließlich wieder aufrichtete, schien es mir, als komme sie von sehr weit her. Als sei sie betäubt gewesen und komme nur langsam zu sich.

»Ich werde dir diesen Gefallen nicht tun«, sagte sie mit Nachdruck. Sie sah mich durchdringend an.

Was sich eben noch wie ein Triumph angefühlt hatte, zerbarst unter diesem Blick in winzig kleine Teile.

»Ich werde nicht zurückschlagen. So einfach mache ich es dir nicht.«

»Einfach?« Ich zog spöttisch eine Augenbraue hoch.

»Du willst, dass ich dich schlage, dass du zutiefst erschüttert auf deine Wange zeigen kannst, auf die Stelle, wo sich meine Finger abzeichnen. Dass du mir die Schuldzuweisungen ins Gesicht schreien kannst, an denen du fast erstickst. Dann musst du mir nicht weiter zuhören.«

»Was für eine unglaubliche Ignoranz«, erwiderte ich kopfschüttelnd, während ich versuchte, meinen Puls zu beruhigen. »Bist du noch nie auf die Idee gekommen, dass du andere Menschen mit deinen vor Kitsch triefenden Erzählungen langweilen könntest?«

»Andere Menschen mögen sie langweilen, dich ganz sicher nicht.« Sie lehnte sich in ihrem Sessel zurück. »Und wie willst du wissen, ob sie vor Kitsch triefen, wenn du sie dir noch nie angehört hast?«

»*Wie sollte ich wissen, was Liebe ist*«, äffte ich sie nach. »Ist das etwa kein Kitsch?«

»Das ist Realität«, entgegnete sie ruhig. »Und …«

»Ich will es nicht hören!« Ruckartig stand ich auf.

»Heute wirst du es dir anhören.«

»Warum sollte ich?«

»Weil ich dich darum bitte.«

»Damit es dir dann besser geht?«, fragte ich hämisch.

»Damit es *dir* dann besser geht.«

»Deshalb hast du mich hierher kommen lassen?«

Sie nickte.

»Ist dir klar, dass ich einen Job habe, Kinder, einen Mann? Dass ich alles habe stehen und liegen lassen, um dir in einer *entsetzlichen Notsituation* zu helfen, über die du am Telefon nicht reden konntest?«

Wieder nickte sie.

»So, Mutter, jetzt sage ich dir mal etwas: Wenn du mit jemandem über deine ach so wundervolle Liebe zu diesem Mann reden willst, dann ruf die Telefonseelsorge an. Aber mich verschonst du bitte in Zukunft.«

Sie fuhr sich mit den Fingern über die Stirn. »Für die Zukunft verspreche ich dir, was du willst. Nur jetzt hörst du mir zu. Mir bleibt nicht mehr viel Zeit.«

»Früher warst du nie so theatralisch, aber da wusstest du ja auch noch nicht, was Liebe ist«, sagte ich in einem vor Spott triefenden Tonfall.

Sie überging meine bösen Worte. »Ich habe lange darüber nachgedacht, was ich dir angetan habe. Wenn dein Vater reden würde, wie du es tust, könnte ich ihn verstehen, ihn habe ich für einen anderen verlassen. Dich habe ich nicht verlassen. Du bist auch kein kleines Kind mehr, das unter der Trennung der Eltern in diesem Maße leiden könnte.« Sie runzelte die Stirn. Einen Moment lang schienen ihre Augenlider ihr nicht mehr zu gehorchen, als läge ein ungeheures Gewicht auf ihnen. »Auch habe ich mich gefragt, ob du möglicherweise damit haderst, kein Kind der Liebe zu sein. Aber diesen Gedanken habe ich schnell wieder verworfen. Du warst und bist ein zutiefst geliebtes Kind. Das allein zählt.«

»Bist du jetzt fertig?«, fragte ich nach außen hin gelangweilt.

Sie setzte zu einer Antwort an, scheiterte jedoch an der Trockenheit ihres Mundes. Erst nachdem sie einen Schluck Wasser getrunken hatte, gelang es ihr fortzufahren. »Du fühlst dich von mir verraten, nicht wahr? Ich habe dir etwas vorgelebt, was zu funktionieren schien. Was so gut zu funktionieren schien, dass du beschlossen hast, es nachzuleben. Vielleicht hast du viel eher als ich gespürt, dass deine Entscheidung falsch war. Vielleicht musstest du nicht erst erfahren, was Liebe ist, um es zu wissen. Vielleicht hast du ganz einfach gespürt, was keine Liebe ist. Und vielleicht ist irgendwann in dir der Wunsch entstanden zu gehen. Aber du hast ausgeharrt, weil du es von mir nicht anders kanntest. Weil deine Kinder noch so klein sind. Weil, weil, weil ...«

Ich starrte sie hasserfüllt an.

»Und dann verlasse ich meinen Mann und tue damit das, was du dir wünschst, dich aber aus den unterschiedlichsten Gründen nicht traust, es dir vielleicht auch nicht zugestehst.« Ihre Worte kamen zunehmend stockender.

»Bist du betrunken?«, fragte ich alarmiert.

Unwillig schüttelte sie den Kopf. »Wenn du dich von mir verraten fühlst, kann ich dir zur Entschuldigung nur sagen, dass ich es nicht besser wusste. Was ich dir vorgelebt und mit deinem Vater gelebt habe, entsprang meiner Überzeugung. Bis zu jenem Tag, an dem ich ein Gefühl entdeckte, das ich bis dahin nicht kannte.«

»Wie rührend!«

»Es ist dein Leben«, fuhr sie mit schleppender Stimme fort. »Du hast in der Hand, wie es weitergeht. Überantworte es nicht mir. Wenn du meinst, einen Fehler gemacht zu haben, dann korrigiere ihn. Verschwende nicht deine Energie damit, mich zu hassen.« Ihre Zunge schien ebenso wie ihre Lider schwerer und schwerer zu werden.

»Was hast du genommen?«, fragte ich, einer plötzlichen Eingebung folgend.

»Tabletten.«

»Wie viele?«

»Genug.«

Ich lief zum Telefon und nahm den Hörer ab.

»Bitte nicht!«

Zögernd legte ich auf. »Bist du jetzt vollends übergeschnappt? Ihrem Liebsten in den Tod folgen doch nur verblendete Teenager.« Mein Herz raste vor Angst.

Ein zartes Lächeln erreichte ihre Mundwinkel. »Die Vorstellung, ihm in den Tod folgen zu können, ist wunderschön, aber eben nur eine Vorstellung.« Das Sprechen strengte sie zunehmend an. Die Pausen zwischen den einzelnen Worten wurden immer länger. »Ich bin Realistin.« Sie schluckte. »Eine schwer kranke Realistin. Vielleicht auch eine feige Realistin.«

Bleiernes Entsetzen machte sich in mir breit. »Was …? Wie …?«

»Ich habe einen inoperablen Hirntumor.«

»Nein!« Ich schluckte gegen die Tränen an, die drohten, meine Augen zu überschwemmen. »Es gibt doch heute so viele Möglichkeiten …«

»Nicht für mich.« Sie streckte mir ihre Hände entgegen. »Hilfst du mir? Ich möchte mich hinlegen.«

Mit zwei Schritten war ich bei ihr, griff nach ihren Händen, um sie aus dem Sessel hochzuziehen, und stützte sie auf dem Weg zu ihrem Bett. Die kurze Strecke schien nicht enden zu wollen. Während sie im Zeitlupentempo einen Fuß vor den anderen setzte, sah ich immer wieder zum Telefon.

Sie hatte meinen unschlüssigen Blick bemerkt und beschwor mich: »Hilf mir.«

Kaum hatten wir das Bett erreicht, als sie sich auch schon erschöpft darauf zurücksinken ließ. Mit letzter Kraft hielt sie meine Hand fest umklammert.

»Lass mich den Notarzt rufen«, flehte ich sie an.

Ihr Blick war voller Liebe. »Begleite mich bis zur Grenze und dann lass mich gehen.«

»Das kann ich nicht.«

»Du kannst so viel mehr, als du denkst«, lallte sie.

Die Zeit lief uns davon. »Was ich vorhin zu dir gesagt habe …«

»… kann meiner Liebe zu dir nichts anhaben.« Ihre Lider gaben den Kampf auf und schlossen sich. Bewegungslos lag sie da. Ihre Finger entkrampften sich und blieben federleicht auf meiner Hand liegen.

Ihre Finger auf meiner Hand – wären sie nicht gewesen, wäre ich aufgesprungen und zum Telefon gerannt. So aber blieb ich an ihrem Bett sitzen. Ich zählte ihre Atemzüge. Irgendwann waren es nur noch sieben in der Minute, dann drei. Und irgendwann – nach einer kleinen Ewigkeit – wurde mir bewusst, dass sie lange nicht mehr geatmet hatte.

Eine großartige Erzählerin mit Tiefgang und Herz

Sabine Kornbichler

Annas Entscheidung

Roman

Nach dem Unfalltod ihrer geliebten Eltern ist Anna völlig am Boden zerstört – Hals über Kopf stürzt sie sich in eine Beziehung mit dem Mediziner Steffen, der sich liebevoll um sie kümmert. Zwischen den beiden entwickelt sich eine tiefe Zuneigung, und bald willigt Anna ein, zu ihm zu ziehen. Sie könnte wieder Freude am Leben empfinden, wäre da nicht Thea, Steffens Mutter, die sich als ewiges Opfer fühlt und von ihrem Sohn ständige Zuwendung fordert. Ehe sie sich versieht, wird auch Anna zur Zielscheibe des Giftes, mit dem Thea ihre Umgebung lähmt. Doch da gibt es noch Ruppert, der ihr mit seinen lebensklugen Ratschlägen immer wieder den Spiegel vorhält und Anna neuen Lebensmut gibt …

Wenn Sie wissen wollen, wie Anna in diese schwierige Situation geraten ist, dann lesen Sie einfach weiter …

Knaur

Leseprobe

aus

Sabine Kornbichler

Annas Entscheidung

Knaur

1

W*as willst du mehr?*, hätte sie mich mit leisem Tadel gefragt. *Sitzt an einem wunderschönen Sommertag auf einer Bank und blickst auf ein Bergpanorama, das einem das Herz höher schlagen lässt.* Im Geist hörte ich die Stimme meiner Mutter, als stünde sie neben mir. Sie hätte tatsächlich nicht mehr gewollt, sie war ein Mensch gewesen, der akzeptierte, was nicht zu ändern war. Ich aber wollte die Zeit zurückdrehen und alles ungeschehen machen. So sinnlos dieser Gedanke auch schien, er war tausendmal besser als die Bilder, die mich seit jenem Tag im Mai verfolgten. Sie hatten von mir Besitz ergriffen und hielten mich ständig in ihrem Bann. Sie ließen keinen Raum für etwas anderes als dieses maßlose Entsetzen.

Ich will, dass das aufhört. Sofort!, antwortete ich meiner Mutter im Stillen und starrte auf die Berge, die sie so sehr geliebt hatte und für deren Schönheit ich blind geworden war. Weder der strahlend blaue Himmel noch die Wärme der Sonne auf meiner Haut konnten meine innere Starre auflösen. Würde es jemals etwas geben, das stärker war als die Bilder meiner Phantasie, etwas, das sie verdrängte und mich aus dieser Folterkammer befreite?

Wenn es etwas gab, so würde ich es hier jedoch nicht finden, das spürte ich ganz deutlich. Schwerfällig erhob ich mich von der Bank und setzte meine Wanderung fort. Ich war noch nicht weit gegangen, als ich merkte, dass ich meine Zigaretten auf der Bank hatte liegen lassen. Wäre ich nicht noch einmal umgekehrt und dabei auf einem Stein abgerutscht, der verdeckt im Gras lag, wäre ich Steffen wahrscheinlich nie begegnet.

»Auu«, schrie ich, als ein stechender Schmerz durch meinen linken Knöchel fuhr und mich in die Knie zwang. Ich ließ mich ins Gras fallen, zog meinen Schuh aus und massierte das schmerzende Gelenk. Gerade wollte ich aufstehen, um zu testen, ob ich auftreten konnte, als ich neben mir die Stimme eines Mannes hörte.

»Nein, nicht bewegen!«

»Wie bitte?« Über meine Schulter hinweg sah ich in hellbraune Augen unter einer tief in die Stirn gezogenen, dunkelblauen Schirmmütze.

»Ich möchte mir das erst einmal anschauen, wenn Sie nichts dagegen haben.« Er kniete sich neben mich.

»Und wenn ich etwas dagegen habe? Mein Knöchel ist schließlich kein Ausstellungsstück.« Ich sah ihn abweisend an.

»Ich bin Arzt.«

»Das mag sein, aber ich habe Sie nicht gerufen. Oder läuft Ihre Praxis so schlecht, dass Sie sich auf diese Weise Patienten beschaffen müssen?«

Er hatte seine Hände schon nach meinem Fuß ausgestreckt, zog sie jedoch blitzschnell wieder zurück, als habe er sie sich auf dem Weg dorthin verbrannt. »Entschuldigen Sie, ich wollte Ihnen nicht zu nahe treten.«

»Nein, ich muss mich entschuldigen«, lenkte ich halbherzig ein, als ich seinen zerknirschten Gesichtsausdruck sah. »Sie haben mich nur gerade auf dem falschen Fuß erwischt.«

»Auf dem umgeknickten«, meinte er lächelnd, während er sich auf seine Unterschenkel setzte. »Steffen Wolf.« Seine Hand streckte sich mir versöhnlich entgegen.

»Anna Laudien.«

»Darf ich jetzt Ihren Knöchel untersuchen?«

»Wenn Sie dann heute Nacht besser schlafen.«

»Eigentlich geht es mir darum, dass Sie heute Nacht gut schlafen«, entgegnete er ernst und begann vorsichtig, meinen Fuß abzutasten und in alle Richtungen zu drehen.

»Um das zu erreichen, müssten Sie ein Wunderheiler sein.« Wenn ich an die Nächte der vergangenen Wochen dachte, konnte ich mich ausschließlich an Alpträume erinnern.

»Geben Sie mir eine Chance«, sagte er sanft.

»Warum sollte ich?«

»Weil ...« Er sah mich forschend an und stockte sekundenlang. »Weil Traurigkeit lähmt – weit schlimmer als ein verstauchter Knöchel.«

Es war nicht Traurigkeit, die mich lähmte, aber wie sollte er das wissen? »Sprechen Sie aus Erfahrung?«, fragte ich mit leisem Spott, den er jedoch nicht zu bemerken schien.

»Schon vergessen? Ich bin Arzt.«

Mein Blick verfing sich in seinem, der ebenso viel Wärme ausstrahlte wie seine Hände, die meinen Fuß nach wie vor umfangen hielten. »Und ich hätte meinen Fuß jetzt gerne wieder.«

»Oh, Entschuldigung, natürlich.« Im Aufstehen reichte er mir seine Hand und zog mich hoch. »Was halten Sie davon, wenn ich Sie bei einer Tasse Tee über die möglichen Spätschäden von verstauchten Knöcheln aufkläre?«, fragte Steffen Wolf mit einem ebenso schiefen wie hoffnungsvollen Lächeln.

»Nichts«, antwortete ich ehrlich und erntete einen enttäuschten Blick, der sich bei meinem nächsten Satz jedoch in einen freudigen wandelte. »Aber gegen einen Kaffee hätte ich nichts einzuwenden. Ich hole nur schnell meine Zigaretten von der Bank dort drüben, bin gleich zurück.« Ich zog meinen Schuh an und trat vorsichtig auf. Mein Knöchel tat bei jedem Schritt weh, so dass mein Gang in ein Humpeln ausartete.

»Sie müssen Ihren Fuß später unbedingt kühlen«, rief er mir hinterher.

Seine Fürsorge tat mir gut. Zum ersten Mal seit Wochen entspannten sich meine Mundwinkel für einen wohltuenden Moment. Ich verstaute die Zigaretten in meinem Rucksack und ging zu ihm zurück. »Wohin wollen wir gehen?«

»Das Café Krugalm ist gleich da vorn, dort habe ich auch meinen Wagen abgestellt.«

»Ja … okay.« In dem Café, auf halbem Weg zwischen Bayrischzell und Schliersee gelegen, hatten meine Eltern auf ihren Wanderungen oft eine Pause eingelegt. Vor einem Jahr hatte ich sie zuletzt auf einem dieser Ausflüge begleitet.

Wir hatten Glück und bekamen draußen noch einen Platz im Schatten einer Linde. Steffen Wolf nahm die Schirmmütze ab und strich sich durch seine dunkelblonden Haare, die sich jedoch durch die Richtung, die er ihnen damit vorschreiben wollte, nicht beeinflussen ließen. Sie fielen ihm sofort in die Stirn. Während er versuchte, die Aufmerksamkeit der Kellnerin zu erlangen, betrachtete ich ihn etwas genauer. Er hatte ein schmales, fein geschnittenes Gesicht mit einem sehr sensiblen Mund. Im Vergleich zu den gebräunten Gesichtern an den Nachbartischen sah seines eher blass aus. Er trug ein weinrotes Polohemd zu dunkelblauen Bermudas und zählte offensichtlich zu jenen Menschen, die nicht leicht schwitzen. Trotz der siebenundzwanzig Grad im Schatten wirkte alles an ihm frisch.

»Machen Sie Urlaub hier?«, begann ich das Gespräch, nachdem die Kellnerin unsere Bestellung aufgenommen hatte.

»Halb und halb, ich war auf einem Kongress in Schliersee und hänge jetzt noch in Geitau das Wochenende zum Ausspannen dran.«

»Hat er sich gelohnt?«

»Wer?«

»Der Kongress natürlich.«

»Ja … schon allein, weil ich Sie sonst nie kennen gelernt hätte.« Er sagte es mit einer fast andächtigen Aufrichtigkeit und ohne jeden Anflug von billiger Schmeichelei.

Von *kennen* kann keine Rede sein, dachte ich, sagte es jedoch nicht, um ihn mit meiner Ruppigkeit nicht gleich wieder zu verschrecken.

Inzwischen hatte er seinen Tee und ich meinen Milchkaffee bekommen. Ich holte meine Zigaretten aus dem Rucksack und hielt ihm die Schachtel hin. »Rauchen Sie?«

Er schüttelte den Kopf und sah mir über seine dampfende Tasse hinweg zu, wie ich mir eine Zigarette anzündete und den Rauch tief inhalierte. »Sind Sie Kinderarzt?«

»Nein.« Meine Frage schien ihn zu amüsieren.

»Sie sind auf eine so besondere Weise fürsorglich, da dachte ich …«

»Meine Patienten sind zwar auch manchmal wie Kinder«, unterbrach er mich mit einem Lächeln, »aber weit älter. Ich bin Internist und habe mich auf Geriatrie spezialisiert.«

»Geriatrie? Das sagt mir nichts«, gab ich offen zu.

»Einigen meiner Kollegen sagt diese Ausrichtung leider auch nichts. Aber um Ihre Frage zu beantworten: Geriatrie ist Altersheilkunde.«

»Wie sind Sie denn darauf gekommen? Als Vorsorgemaßnahme zum Selbstzweck?«

Er zuckte merklich zusammen und starrte mich entgeistert an. Seine Antwort kam zögerlich: »Bei meinem Vater wurde Alzheimer diagnostiziert … er hat …«

»Oh, mein Gott, das tut mir Leid«, brachte ich stotternd heraus. Ich hätte mich ohrfeigen können. Was glaubte ich denn? Dass ich mich aus meiner Gefühlsstarre würde lösen können, indem ich anderen Schmerzen zufügte? Am liebsten wäre ich im Erdboden versunken.

»Wie sollten Sie das wissen – es steht doch nicht auf meiner Stirn geschrieben.« Die Falte, die sich plötzlich zwischen seinen Augenbrauen die Stirn hinaufzog, sprach allerdings Bände.

»Trotzdem war es taktlos von mir.« Und das war noch untertrieben.

»Schon vergessen«, sagte er beschwichtigend.

Wenn sich nur alles so schnell vergessen ließe, dachte ich müde. Um es wenigstens für den Moment zu versuchen, schnitt ich ein unverfänglicheres Thema an: »Wo leben Sie?«

»In Düsseldorf, dort habe ich meine Praxis und auch meine Wurzeln.«

Ich zog fragend meine Augenbrauen in die Höhe.

»Ich bin dort geboren, aufgewachsen und habe dort studiert.«

»Muss ja eine faszinierende Stadt sein, wenn es Sie nie von dort weggezogen hat.«

»Ach, ich weiß nicht«, sagte er mit wenig Begeisterung. »Ich denke, Düsseldorf ist so faszinierend wie jede andere deutsche Großstadt auch. Es hat sich für mich nur nie ergeben, von dort wegzugehen. Aber wir reden die ganze Zeit nur von mir – was ist mit Ihnen?«

»Ich lebe in Hamburg«, gab ich ihm knapp Auskunft. Nachdem ich mir noch einen Kaffee bestellt hatte, zündete ich mir eine weitere Zigarette an.

»Wenn Sie das noch ein paar Jahre machen, sterben Sie, lange bevor Sie ein Fall für einen Geriater werden könnten.«

»So mörderisch ist Hamburg nun wirklich nicht«, entgegnete ich, obwohl ich genau wusste, worauf er anspielte. »Außerdem töten uns meist die unvorhersehbaren Dinge.«

»Diese Ansicht ist nicht gerade altersgemäß, Sie …«

»Der Tod ist auch nicht immer altersgemäß«, unterbrach ich ihn vehement, zog kräftig an meiner Zigarette und gab mir Mühe, meine Gedanken in andere Bahnen zu lenken. »Wie alt sind Sie eigentlich, Herr Geriater?«

»Vierzig. Und falls es Sie interessiert«, fuhr er leise fort, »ich habe keine Kinder und bin weder verheiratet noch liiert.«

»Möchten Sie gerne, dass mich das interessiert?« So, wie ich mich ihm gegenüber gab, konnte ich mich selbst nicht ausstehen. Ich hatte jedoch so viel Wut in mir, dass ich sehnsüchtig nach einem Opfer suchte, an dem ich sie auslassen konnte.

Er stützte sein Gesicht in die Hände und sah mich ruhig an. »Ich glaube schon.«

»Warum?«, fragte ich verwundert. Er kannte mich so gut wie nicht, wirkte jedoch auch nicht wie ein geübter Aufreißer.

»Ein vages Gefühl von Seelenverwandtschaft.«

Da ich nicht bereit war, nach einer Stunde von Seelenverwandtschaft zu reden, versuchte ich, dem Ernst in seinen Augen mit leisem Spott zu begegnen. »Und meine aparte Erscheinung beeindruckt Sie gar nicht?«

»Soll ich ehrlich sein?«